LOVE, SING, HOPE

MEGÄRA NOLHAN

Ce livre est une fiction.
Toute resssemblance avec des personnes ou des faits réels
serait purement fortuite.

Dans le roman, la comédie musicale *Le Prince et la Chanteuse* a
été inventée par l'autrice pour les besoins du livre, ainsi que
toutes les chansons inspirées de ladite comédie musicale.

Et si vous aimez lire en musique, découvrez la playlist *Love,
Sing, Hope* sur Spotify !

À celles et ceux qui chantent pour rendre le monde meilleur, merci de faire de nos vies des comédies musicales.

PROLOGUE

LA NUIT DES PREMIÈRES FOIS

– Hope, ça va être à toi !

Une chape de plomb s'abat sur mes épaules et j'ai soudainement envie de pisser. Je serre les jambes pour me contenir ; je sais que je n'ai pas le temps de courir jusqu'aux toilettes.

Super, Hope. Tu vas devoir chanter en te retenant de te faire pipi dessus.

Devant moi, la scène. Elle est encore plongée dans l'obscurité, prête à m'accueillir. Dans quelques secondes, le rideau s'ouvrira. Dans quelques secondes, je serai sous les feux des projecteurs, face à ma famille et à tous mes amis.

Quelques secondes…

Je lisse mon costume, une robe blanche sous un corset serré. Dans le petit miroir des coulisses, je vérifie une énième fois que ma coiffure est en place. Les boucles ne semblent pas se faner, ce qui est une bonne chose. Logan dira que je ressemble à un caniche, mais je m'en fiche.

Aujourd'hui, je réalise un rêve.

Soudain, la musique. Elle emplit la scène tandis que le rideau s'ouvre sur le public.

Trompettes. Violons. Tambours.

Les autres acteurs se précipitent sur le plancher noir et

entament le numéro. Je les regarde chanter, danser, s'animer. Ce sont mes amis et pourtant, ce soir, ce sont des inconnus. Sous le costume et le maquillage, le visage transformé par l'allégresse, je ne les reconnais pas. Ils sont plus beaux, fantastiques, presque irréels.

– Hope ? Prépare-toi à entrer en scène.

La voix de Margaret, ma meilleure amie, se glisse à mon oreille. Elle se tient derrière moi avec une tablette tactile et une oreillette. Bien qu'elle ne soit pas sous les feux de la rampe, elle fait entièrement partie du spectacle. Sans elle, nous serions tous perdus. Elle s'occupe des acteurs, communique avec l'ingé son, le metteur en scène. Sans parler du soutien moral qu'elle m'apporte, juste en posant sa main sur mon épaule.

Sur scène, les acteurs se taisent. Noir. Tous se précipitent vers les coulisses dans un bruissement de tissus et de chuchotements. La musique redémarre et cette fois, je reconnais les premières notes de la chanson.

Ma chanson.

La main de Margaret me pousse délicatement et je fais un pas sur le plancher noir.

À ma gauche, je sens le regard du public. Tous ont les yeux vissés sur moi tandis que je prends place. Le piano continue, j'inspire un grand coup, et commence à chanter.

L'émotion me gagne aussitôt. La mélodie est belle, douce, et ma voix s'y enroule à la perfection. Je chante de tout mon cœur, pousse les notes, entre totalement dans le personnage. M'identifier à elle n'est pas très difficile.

Comme moi, Clarisse est une chanteuse. Comme moi, elle réalise son rêve.

Dans la pénombre de la salle, je reconnais le visage de

mes parents et, plus loin, celui de Logan. Je me rappelle ce que je lui ai promis après la première et le rouge me monte aux joues.

Ce soir, c'est la nuit des premières fois.

Profondément heureuse, je laisse la mélodie m'enivrer et m'y plonge tout entière.

CHAPITRE 1
LA VALSE DES CHAUSSETTES

HOPE

Tic. Tac.

L'horloge de la boutique émet un son affreux. Comment une simple aiguille perchée sur un mécanisme peut-elle faire autant de bruit ?

Je jette un regard au-dehors. Pas un client n'a pointé le bout de son nez depuis le début d'après-midi. Comment les blâmer ? Sur le bitume, la neige tombe à gros flocons. Je grimace en constatant que je vais avoir du mal à rentrer chez moi.

Seule, dans un magasin rempli de chaussettes. Elles sont accrochées partout sur les murs : grises, bleues, oranges, légères ou épaisses, à doigts séparés, antidérapantes.

Bientôt sept ans que je travaille ici. La réalité m'assaille.

Sept ans.

Sept ans à vendre des chaussettes au bon peuple de Minneapolis. Il faut dire que, comme les hivers sont toujours rudes, le business explose.

Est-ce que je rêvais d'une autre vie ? Totalement. Mais je n'ai jamais été douée pour les études. Après le lycée, j'ai pris ce job, car ma voisine, Mrs Freyman, avait besoin d'aide à la boutique.

Je ne suis jamais repartie.

Elle et moi nous partageons les journées. Elle ouvre le matin, je ferme le soir. Tous les jours, depuis sept ans, ma vie est réglée comme du papier à musique.

La musique… Maintenant que j'y pense, le tic-tac m'évoque un métronome. Il me ramène plus de huit ans en arrière, dans la salle de chant du lycée de Minneapolis, pendant les répétitions de *Le Prince et la Chanteuse*.

Ma seule et unique heure de gloire.

Jouer l'héroïne de la célèbre comédie musicale aurait pu changer ma vie. Elle aurait pu être mon aller simple pour Broadway. Mais non.

Margaret, elle, est partie. J'ignore où et comment, mais elle a trouvé la force de s'échapper du Minnesota pour s'installer à New York. Broadway, elle y travaille quotidiennement, en tant qu'assistante-régisseuse. Souvent, je l'envie. Ma meilleure amie a réalisé son rêve.

Pourquoi pas moi ?

Tic. Tac.

Maudite horloge ! Tous les jours, je brûle de monter sur une chaise pour la décrocher du mur. Même pour ça, le courage me manque.

Soupirant, je me décide à quitter mon comptoir pour remettre de l'ordre dans les chaussettes. J'ai encore plusieurs heures avant la fermeture de la boutique, alors autant essayer de tuer le temps. J'attrape celles en pilou pilou rouge, les range à côté des vertes. On est en octobre, mais Noël arrivera vite. Vu la météo, en tout cas, nous sommes déjà en hiver.

Tic. Tac.

Le métronome. Sans réfléchir, j'enfile les chaussettes sur

mes mains. J'ouvre et pince l'air entre mon index et mon pouce pour former une bouche. Et puis, commençant à me dandiner dans la boutique, j'entame :

— « *Oh, la vie d'une chaussette*

Pourrait être plus chouette,

Mais quand je la vois de l'autre côté,

Je n'ai qu'une envie : l'embrasser !»

Je continue sans songer au ridicule de la scène. Il n'y a que moi pour inventer une comédie musicale sur l'amour impossible entre une chaussette rouge et une chaussette verte.

— « *Vivement les sapins, le houx et le gui*

Pour qu'enfin, nous soyons réuniiiiiiiiis !»

— Hum, hum.

Un long frisson glacé me parcourt l'échine et je me retourne, mortifiée. Une vieille dame se tient devant moi, figée. Je cache mes acteurs dans mon dos et lui offre un sourire de circonstance :

— Bienvenue chez Chaussettes et Cie ! Que puis-je pour vous ?

La vieille me toise. Son visage dépasse à peine de son bonnet et de sa grosse écharpe, pourtant je distingue des yeux bleus perçants.

— Vous avez une très jolie voix, lâche-t-elle finalement. La chanson, en revanche…

Malgré moi, j'éclate de rire. Je préfère être chanteuse que parolière.

— Mon écriture n'a jamais été fameuse, admets-je. Laissez-moi deviner, vous venez pour des chaussettes ?

Derrière son écharpe, je crois déceler un petit rictus.

— Vous êtes drôle.

Bingo. J'ai toujours eu un don pour charmer les mamies.

Ravie d'avoir un peu de compagnie, je retire les chaussettes de mes mains et commence à la conseiller.

L'heure de la fermeture approche, enfin ! Ma seule cliente de la journée est repartie comblée, ce qui ne m'empêche pas de grimacer en comptant ma caisse.

Pas de prime à la fin du mois, ma petite Hope…

Moi qui voulais aller voir Margaret à New York, c'est raté.

En parlant du loup, son visage s'affiche sur mon portable. Je décroche aussitôt et m'installe sur la chaise derrière le comptoir, essayant tant bien que mal de faire tenir le téléphone contre le tiroir-caisse.

— Salut, ma beauté ! s'exclame Margaret. Alors, les chaussettes ?

— Tout baigne ! Les rouges et les vertes se languissent de Noël, mais les oranges jubilent : c'est bientôt Halloween !

— Tu m'étonnes !

Je remarque tout de suite que quelque chose cloche. Les yeux de mon amie, d'ordinaire d'un noisette brillant, semblent fades. Sa lèvre est un peu gonflée, sans parler de ses cernes…

— Mag ? Qu'est-ce qu'il y a ?

Elle soupire et s'affale dans son canapé. Oh oh. Il est à peine seize heures, en pleine semaine, et Mag est chez elle. Mayday, nous avons un problème.

Oh bordel, je crois qu'elle est en pyjama.

Mag ne se met jamais en pyjama. Selon elle, il n'y a rien de moins sexy qu'un ensemble en coton à l'effigie de *Mickey Mouse*. Moi, je vendrais un rein pour passer mes journées en chaussons et combinaison en pilou pilou.

Les yeux de mon amie se bordent de larmes. La voix chevrotante, elle m'annonce :

— Shirley est partie.

Je plaque une main devant ma bouche. Shirley, c'était la coloc de Mag. Et aussi sa copine, accessoirement. Je ne l'ai rencontrée qu'une fois, l'été dernier. Il y avait déjà de l'eau dans le gaz entre elles, mais j'étais loin de me douter que ça allait si mal.

— Je suis désolée, ma puce, lâché-je. Qu'est-ce qu'il s'est passé ?

— La même chose que d'habitude, renifle-t-elle. Elle m'a reproché d'être trop prise par mon travail, de ne pas lui consacrer assez de temps. Mais c'est Broadway ! Comment je peux dire non à Broadway ?

J'essaye de transformer ma grimace en moue compatissante. J'aimerais avoir les problèmes de Mag ; ceux d'une jeune New-Yorkaise à qui tout réussit. Mes soucis à moi se cantonnent à la façon de ranger les chaussettes de la boutique et aux moyens de rentrer chez moi pendant une tempête de neige.

— Pardon, s'excuse Mag. Je ne voulais pas…

— Ce n'est rien. Je suis désolée que Shirley n'ait jamais compris ta passion pour les comédies musicales et pour ton travail.

— Et moi donc…

Elle soupire et se lève de son canapé pour trottiner jusqu'à la cuisine, l'occasion pour moi de baver sur son appartement New-Yorkais. Moi qui vis dans une maison plus grande avec Logan, le petit espace de Mag me semble être un parfait cocon. J'envie les tabourets de bar, les tasses de thé laissées en plan sur la table du salon, le lit défait… Logan est trop psychorigide pour accepter autant de bazar.

Et moi parfois, j'aimerais. Avoir une vie bien moins rangée…

— Enfin, ce n'est pas pour ça que je t'appelais ! s'exclame Mag en se servant une tasse de café.

Je me retiens de lui dire que, vu l'heure, elle ne va pas dormir de la nuit. J'oublie souvent que Mag a un rythme totalement décalé du mien : elle se lève très tard et finit parfois le boulot à deux ou trois heures du mat', selon la fin de ses représentations.

— Hé ho ! Tu m'écoutes ?

— Pardon ! Tu disais ?

Mag soupire et me toise à travers l'écran.

— Je disais que le *Longacre Theatre* allait relancer des auditions pour *Le Prince et la Chanteuse*, et que tu devrais candidater.

Ma première réaction est de rire. Un rire franc et nerveux, un peu dédaigneux.

— Très drôle, Mag.

— Je ne plaisante pas, Hope ! En fait, je t'ai déjà inscrite.

Mon sourire se fane aussitôt et laisse place à deux yeux écarquillés. Moi ? Inscrite à une audition pour Broadway ? C'est impossible.

Ridicule.

— Je ne peux pas, je n'ai pas assez…

— De talent ? Bon sang, Hope, tu connais le rôle par cœur ! Ose me dire que ce n'est pas ce que tu souhaites, au plus profond de toi !

Elle sait que je ne peux pas faire une chose pareille. Mag et moi nous sommes jurées de ne jamais nous mentir, et nous avons toutes les deux mis un point d'honneur à respecter notre serment. Mais Broadway, sérieusement ? À quoi pensait-elle ?

— Je… je ne sais pas quoi te dire ! Je ne peux pas tout abandonner comme ça ! Il y a la boutique, Logan…

Mag rougit de colère et repose sa tasse sur son bar.

— Alors c'est ça, ta vie ? Tu vas la consacrer à vendre des chaussettes ? Rentrer chez toi auprès d'un type plan-plan, qui te demande en mariage tous les mois en espérant que tu dises oui ?

Je me mords la lèvre. Mag a touché juste. Depuis bientôt un an, Logan me rebat les oreilles avec le mariage, et je ne me suis toujours pas décidée à accepter. Nous sommes ensemble depuis le lycée, pourtant, et je n'ai connu que lui.

Et c'est peut-être ça, le problème.

— Et je vivrais où, hein ? Je n'ai pas assez d'économies pour un loyer new-yorkais, et je ne peux pas tout lâcher pour juste une audition.

— Juste une audition, me singe Mag. C'est la chance de ta vie ! Et si tu foires, je suis sûre que New York ne manque pas de boutiques de chaussettes !

La perspective de changer d'air suffit à me faire sourire. Je jette un regard par la fenêtre, vers cette Minneapolis que j'ai connue toute ma vie. Je mentirais si je disais que je n'ai jamais songé à partir. Mais j'ai toujours manqué de courage.

— Et puis, pour le logement, je te rappelle que ma coloc' vient de se tirer. La place est libre !

Comme toujours, Mag a réponse à tout et cette fois, je suis à court d'arguments. Je la vois pianoter sur son portable et quelques secondes plus tard, je reçois un mail d'une compagnie aérienne.

— Mag, grondé-je, qu'est-ce que c'est que ça ?

— Ton billet ! réplique-t-elle. L'audition est lundi prochain, je t'ai pris un vol pour après-demain. Si ça foire, tu pourras toujours rentrer à Minneapolis, mais bon… Compte sur moi pour sortir le grand jeu.

Devant mon air ahuri, elle éclate de rire.

— Tu es…

— Adorable ? Impétueuse ? Je sais, je sais. Allez, je vais raccrocher avant que tu ne changes d'avis.

— Mais je n'ai pas dit oui !

La communication se coupe d'un coup. Le silence emplit la boutique et me laisse démunie. Une vie peut-elle changer à ce point en quelques secondes ?

J'observe ma chaussette rouge et l'autre verte, affalées sur le comptoir. La simple idée de les faire chanter me donne des papillons dans le ventre. Au mur, la pendule imite toujours le métronome.

À quoi bon résister ?

Le cœur gonflé de joie, j'inspire un grand coup et me mets à chanter en fermant la boutique.

Putain, je vais à Broadway !

CHAPITRE 2
ARRÊTE DE CHANTER, HOPE !

HOPE

Dans la cuisine, en préparant le repas, j'ai la boule au ventre. Mon portable me brûle dans la poche arrière de mon jean, comme s'il s'était embrasé du feu de la trahison.

Logan a le cul vissé dans le canapé, comme tous les soirs. Il rentre plus tard que moi de son travail, ce qui est, selon lui, l'excuse parfaite pour en foutre le moins possible. J'évite de lui parler tant qu'il n'a pas fini son épisode de série, de toute façon. Ce serait le meilleur moyen de commencer une dispute.

Dispute que nous allons avoir, d'une manière ou d'une autre.

Le poulet dore dans la poêle, je le retourne. Dans ma tête, un seul mot : Broadway.

Je brûle déjà de faire ma valise. De fourrer pull et grosses chaussettes dans un sac et de me casser d'ici.

— *Mama said, Fulfill the prophecy,*
Be something greater, Go make a legacy.[1]

---

1 High Hopes, de Panic! at the disco
Traduction : Maman me disait : accomplis la prophétie. Deviens toujours meilleur, perpétue l'héritage.

– Hope ! râle Logan.

Je ravale les paroles. Parfois, je chante sans m'en rendre compte. Logan dit souvent que je me crois dans une comédie musicale, ce qui n'est pas entièrement faux.

Je sais qu'il déteste ça. En plus, ma voix couvre le son de la télé, ce qui l'exaspère au plus haut point.

Je soupire, une boule dans le ventre. Je sais que nous devons avoir une discussion, *la* discussion. Il ne voudra jamais me laisser partir pour une audition. Alors quoi, je me casse en lui laissant une lettre ? Hors de question, je ne suis pas du genre à me défiler ! Et puis, maman me passerait un savon.

Lui dire que je pars consoler Mag ? Pourquoi pas, ça pourrait marcher, d'autant que ce n'est pas entièrement faux. Je pose la spatule en bois sur le rebord du plan de travail et commence à tresser mes cheveux châtains, songeant encore à la manière de tourner les choses.

– *Had to have high, high hopes for a living,*
Shooting for the stars when I couldn't make a killing.[2]

– Arrête de chanter, Hope !

Il a parlé plus fort, cette fois. Je me mords la lèvre et me tais alors que le son de la télé s'éteint.

Oups. Moi qui espérais ne pas l'énerver, c'est loupé.

– Bébé, je t'ai déjà dit de ne pas chanter quand je rentre du boulot, lâche-t-il d'un ton las en se plaçant derrière moi. Tu sais bien que je suis stressé et qu'à la maison, j'ai envie de me détendre.

Sous-entendu : t'entendre chanter ne me détend pas du tout.

---

2 Traduction : Il me fallait de grands espoirs pour gagner ma vie. Je visais les étoiles même lorsque ce n'était pas la folie.

— Je suis désolée, marmonné-je.

Je me déteste de m'écraser ainsi. Mais c'est plus fort que moi, j'ai toujours évité les conflits. Depuis le divorce de mes parents, je fuis les disputes comme la peste. Des souvenirs de vaisselles brisées et de cris me reviennent en mémoire et je tasse ma colère.

— Ça sent bon, me glisse Logan à l'oreille en passant sa tête par-dessus mon épaule.

Je souris, malgré moi. Je suis loin d'être une excellente cuisinière, mais au moins mes efforts culinaires sont encouragés. Logan me connaît depuis tellement longtemps qu'il sait comment me parler, m'amadouer.

Ce qui me rappelle que j'ai quelque chose à lui dire. Quelque chose qui ne va pas lui plaire.

— J'ai eu Mag au téléphone, aujourd'hui.

— Ah.

Ma meilleure amie et mon mec ne se sont jamais entendus. Selon Mag, c'est à cause de Logan que je moisis encore dans ce trou pourri, et elle n'a pas tout à fait tort. Quant à lui, il est persuadé que Mag me met des rêves plein la tête. Rêves que je ferais mieux de laisser tomber pour me consacrer, enfin, à notre vie de famille.

Sauf qu'avant d'avoir une vie de famille, j'aimerais avoir une vie tout court.

— Elle m'a décroché une audition pour «*Le Prince et la Chanteuse*», à Broadway.

Silence. Je sens à peine le souffle de Logan dans ma nuque. Je n'ose pas me retourner et continue.

— Elle m'a pris un billet. L'avion décolle dimanche matin.

— D'accord…

Il se recule et je trouve enfin la force de pivoter pour lui faire face. Il a l'air si perdu… Il passe une main dans ses cheveux blonds, éternellement domptés par la gomina qu'il applique chaque matin avant de partir travailler.

— Et tu vas y aller ?

Je me mords la lèvre, tente de croiser son regard. Mais ses yeux bruns m'évitent et une chape de plomb s'abat sur moi.

— Je… j'aimerais bien, oui. Ce n'est qu'une audition…

— Tu vas me laisser tout seul ?

On y est. La culpabilisation. Logan exècre la solitude. Je crois qu'il n'a jamais passé une seconde tout seul depuis notre emménagement, il y a bientôt huit ans. Je vis avec lui depuis la fin du lycée et quand je ne suis pas là, c'est toujours le défilé des copains, à la maison.

— Ce n'est que l'affaire de quelques jours, me justifié-je. Ce n'est pas comme si j'avais vraiment une chance, de toute façon.

Ses yeux trouvent enfin les miens et me lancent des éclairs.

— C'est clair.

La voilà, la pique que je redoutais. Même si je ne m'attendais pas au moindre soutien de sa part, je dois admettre que ça fait mal. Mais c'est ainsi depuis toujours, entre nous. Je suis la rêveuse et Logan est toujours là pour me faire redescendre sur terre.

— Comme c'est impossible que tu sois prise, pourquoi t'embêter à y aller ?

Je serre les poings et inhale pour chasser la rage qui monte en moi. Si j'étais dans une comédie musicale, je partirais en claquant la porte et me mettrais à chanter au volant de ma voiture. Le paysage défilerait à travers la vitre alors que le temps s'accélèrerait.

Mais je ne suis pas dans une comédie musicale. Ça, c'est ma douloureuse réalité.

— Je… j'ai besoin de le faire, d'accord ? Pour moi.

— Tu fais toujours tout pour toi, Hope, me lance-t-il.

Je hausse les sourcils, blessée. Il n'a pas le droit de me balancer une chose pareille en pleine gueule.

— Ce n'est pas vrai !

— Ah non ?

Nous nous observons, le souffle court et le rouge aux joues. Nous sommes chacun trop fiers pour nous excuser, trop fiers pour faire le premier pas vers l'autre. Et nous savons tous les deux comment ça va se terminer.

Bouillante de rage, je me retourne pour éteindre le gaz. Le corps de Logan se colle aussitôt contre le mien et ses mains se glissent sous mon t-shirt. Je le laisse faire tandis que la colère se transforme en désir.

Que font deux personnes incapables de communiquer ? Ils évacuent la frustration d'une autre façon. Par le sexe, par exemple.

Je pivote et me retrouve coincée entre le plan de travail et le torse de Logan. Ses muscles se tendent sous mes doigts. Je remonte mes paumes pour faire glisser son t-shirt au-dessus de sa tête. Nos bouches se trouvent, affamées. Il me mordille la lèvre et je grogne de plaisir.

Mon haut rejoint le sien sur le sol. Sa paume droite crochète mon cou tandis que l'autre se balade sur mes fesses, me serrant contre son membre tendu à travers son jean. Logan fond dans mon cou, s'attarde sur l'attache de mon soutien-gorge et le détache d'une main.

Tout est rapide, précis. Nous nous connaissons par cœur.

Haletante, je déboucle sa ceinture et fais glisser son jean

sur ses cuisses. Je me frotte contre lui et je sens son excitation monter plus encore. Il grogne, soulève ma jupe, jure en constatant que je porte des collants. Il déteste ça.

D'un geste habile, il m'attrape par la taille et pivote. En une seconde, je suis perchée sur le plan de travail, le corps de Logan entre mes jambes. Impatient, il retire mes collants à la va-vite et se met à jouer avec l'élastique de mon string.

Ma main droite file vers la bosse enflée de son caleçon, l'autre désordonne ses cheveux. Doucement, mais sûrement, ses doigts titillent l'entrée de mon intimité, caressent mes lèvres gonflées de désir. De la pulpe du pouce, il commence à jouer avec mon clitoris et je laisse échapper un premier râle de plaisir.

Je m'accroche à lui de toutes mes forces, renverse la tête en arrière. Logan prend ça comme une invitation et sa bouche fond sur mes seins. Du bout de la langue, il dessine le contour de mes mamelons, les mordille, les pince. Ma main à moi s'aventure à l'intérieur de son caleçon et entoure sa hampe, avant d'entamer un lent mouvement de va-et-vient.

Nos regards se croisent, s'accrochent. Je suis toujours en colère contre lui, et lui contre moi. Mais nous brûlons d'un autre feu. C'est comme ça que nous avons toujours fonctionné.

Que nous fonctionnerons toujours.

– J'ai envie de toi, grogne-t-il.

J'acquiesce, trop essoufflée pour prononcer un mot. Je retire son caleçon pendant qu'il s'occupe de mon string. Puis, il m'agrippe par les hanches et je le dirige en moi.

Le premier coup de reins m'arrache un cri. Il me pénètre avec toute l'ardeur dont il est capable. Il repart à l'assaut et je m'étale sur le plan de travail, crochetant mes jambes autour de sa nuque.

C'est si bon que je pourrais me consumer tout entière. J'ondule sous ses à-coups, jusqu'à le faire grogner de plaisir. Il agrippe mon sein gauche et en pince le téton. Il sait que j'adore ça et il en joue.

La tension monte, irrépressible. Chaque seconde qui passe me rapproche de l'extase. Au visage crispé de Logan, je sens qu'il est aussi proche de la jouissance. Je commence à jouer avec mon clitoris, agite ma main…

– Hope !

Son cri s'étouffe dans mon cou alors qu'il s'effondre sur moi. Pantelante, je comprends que c'est terminé. Pourtant, le désir me tiraille toujours le bas-ventre.

Je l'enserre de mes bras, caresse son dos musclé. Après l'amour sauvage sur le plan de travail de la cuisine, un instant de tendresse.

Qui ne dure pas.

Logan se relève prestement, remet son caleçon et son pantalon. Moi qui comptais peut-être en profiter encore un peu, c'est raté. Sans m'accorder un seul regard, il lâche :

– Je vais prendre une douche.

Je me redresse, les larmes aux yeux. Nos «conversations» finissent toujours ainsi. La discussion est close, une fois de plus.

Pantelante, je descends du plan de travail et avise le poulet, resté dans la poêle. Tout ça m'aura coupé l'appétit.

Comme ma colère n'est pas passée, j'attrape mon pull et mon soutien-gorge avant de me diriger vers la chambre. Si mon cher et tendre ne veut pas m'aider à terminer ce qu'il a commencé, Juan, mon merveilleux vibromasseur, sera ravi de le faire à sa place !

CHAPITRE 3
NOUVELLE CHANCE

ADRIAN

– Adrian ? Hé ho ! Tu m'écoutes ?

Je sors de ma rêverie et reporte mon attention sur Clay. Ce n'est pas mon genre de déconnecter complètement pendant un rendez-vous professionnel, mais j'ai trop peu dormi la nuit dernière pour être concentré.

– Excuse-moi, j'étais ailleurs. Tu disais ?

Clay soupire. Je sais que je devrais m'en vouloir, mais une part de moi n'en a rien à secouer. OK, c'est un directeur de casting, et alors ? Je sais très bien pourquoi il est là, il n'avait pas besoin de me faire son petit laïus. «Adrian, tu es tellement exceptionnel, je te veux dans mon prochain spectacle !». J'ai entendu ça des dizaines de fois, ces derniers mois.

– Je disais, reprend-il, que tu serais parfait dans le rôle de Louis, dans *Le Prince et la Chanteuse.*

Bingo.

Je passe une main dans mes cheveux, hésitant. J'aime bien cette comédie musicale, mais sans plus. D'un autre côté, j'ai déjà refusé les premiers rôles de trois spectacles et je commence sérieusement à tourner en rond, tout seul dans mon appart.

— Qui est le producteur ? demandé-je pour en savoir un peu plus sur ce qu'il me propose.

— C'est Amelia Lewis. Elle est fan de ton travail, bien entendu. Adrian, il nous faut une vedette telle que toi pour porter ce projet.

Il a activé son mode lèche boules, ou quoi ?

— Et le metteur en scène ?

— James Karson.

J'acquiesce lentement, pensif. Ce sont tous des grands noms de la comédie musicale, leur association n'est donc pas surprenante. Clay lui-même a un don pour dénicher les talents. Un spectacle avec eux… Oui, ça pourrait me sortir de la léthargie profonde dans laquelle je suis plongé depuis quelques mois.

Ça va faire un an, Adrian.

Un an, ouais. Un an que ma fiancée s'est barrée avec une star de ciné, le lendemain de ma victoire aux Tony Awards. J'étais censé être le mec le plus heureux du monde et je me suis retrouvé au trente-sixième dessous.

— Alors ? insiste Clay. Qu'est-ce que tu en dis ?

Je bois une gorgée de café avant de reporter mon attention sur lui. Quand il m'a invité à ce rendez-vous, hier, au Wonder Coffee, je m'attendais à ce genre de proposition. Je ne suis venu que par politesse et comptais la refuser. Or, l'idée de remonter sur scène me démange. La vraie scène, je veux dire, pas les quelques interviews ou les deux-trois shows que j'ai pu faire depuis mon Tony.

Broadway…

— Tu penses à qui, pour le rôle de Clarisse ? hasardé-je.

Il déglutit, visiblement gêné. Clay a beau être une terreur

quand il s'agit de faire passer des castings, devant ses acteurs, il ressemble à un chiot apeuré.

— Eh bien ! finit-il par répondre. Je ne sais pas trop. Il y a une audition, la semaine prochaine. Je crois que j'ai envie de voir un peu de sang neuf. Qu'en penses-tu ?

Je ne pourrais pas être plus d'accord. À Broadway, on voit toujours les mêmes gens, moi y compris. De nouvelles têtes seraient les bienvenues.

Je me renfonce sur mon siège et termine mon café. La proposition est intéressante. Si Zack — mon meilleur ami — était là, me dirait d'accepter sur-le-champ. Je sais qu'il en a assez de me voir me morfondre, et ce spectacle est peut-être le coup de pied au cul dont j'avais besoin.

— Je viendrai aux auditions, décrété-je. Puis, suivant qui tu choisis pour le rôle féminin, j'aviserai.

Ce n'est pas un oui, mais le visage de Clay s'illumine. S'il n'y avait pas la table entre nous, il me sauterait au cou.

— Oh, Adrian, c'est fantastique ! Ce spectacle va être grandiose, oui ! Nous prévoyons la première pour Noël, en plus !

Là, je grimace. Noël est dans à peine deux mois. Je vais en bouffer, des répétitions.

— Où sont les auditions ?

— Au Longacre, lundi vers quatorze heures. C'est là-bas que nous jouerons *Le Prince et la Chanteuse*.

J'adore le Longacre, ce qui est un point plutôt positif. J'y ai de fabuleux souvenirs ; c'est dans ce théâtre que j'ai décroché mon premier rôle, celui d'un chanteur secondaire dans la troupe de *Mamma mia* !

— J'y serai.

Je me lève et fais mine de poser un billet sur la table. Clay secoue la tête et me prend de court. Il laisse dix dollars sous son café et me tend une main que je serre.

— Ce sera un plaisir de travailler avec toi, Adrian.

— Je n'ai pas encore dit oui. Trouve-moi une chanteuse d'exception, et je réfléchirai.

Clay opine du chef, un grand sourire aux lèvres.

Nous nous quittons là et je chope un taxi en sortant du café. Je lui donne mon adresse et la voiture s'engouffre dans la circulation New-Yorkaise. J'aurais pu prendre le métro, mais le besoin d'être seul est trop fort. Arrivé chez moi, dans le deux-pièces que j'occupe à quelques pas de Central Park, je m'écroule sur le canapé.

Tous mes amis de Broadway ont des apparts énormes, néanmoins je préfère le confort de mon petit nid. Ici, chaque chose est à sa place, bien que quelques tiroirs soient restés vides, depuis que Rebecca est partie.

Elle, elle détestait cet endroit. Combien de fois m'a-t-elle tanné pour que nous prenions un loft dans l'Upper East Side ? Trop pour que je puisse les compter.

Soudain, la porte s'ouvre. Zack entre comme s'il était chez lui — ce qui ne devrait plus m'étonner — et hausse un sourcil en me voyant avachi dans mon canapé.

— Pitié, Adrian, dis-moi que t'as bougé ton cul, aujourd'hui !

Zack essaye de me sortir de chez moi depuis un an. Parfois, il réussit. D'autres, il échoue lamentablement et capitule avant de passer la soirée avec moi à regarder des films. Bien qu'il ait son propre appartement, il squatte mon canapé à peu près toutes les nuits. Ce mec ne supporte pas la solitude.

— Ouais, figure-toi que je rentre d'un rendez-vous avec Clay.

À mi-chemin vers la cuisine pour aller se chercher une

bière, Zack s'arrête.

— Clay, le directeur de casting ?

— Ouais.

— Putain !

Il bondit par-dessus la table basse pour s'affaler sur le canapé à mes côtés. Son enthousiasme me fait marrer. Il pose sa tête dans sa main et me fixe de ses grands yeux noirs.

— Alors, raconte ! Tu as accepté un rôle ?

— J'ai dit que j'allais réfléchir, en fonction du rôle féminin. Je n'ai pas envie de me taper une starlette pendant toutes les répétitions et à chaque show.

— Grâce au ciel, tu n'as pas dit non ! Et c'est pour quel spectacle ?

— *Le Prince et la Chanteuse.*

Mon meilleur ami éclate de rire et saute par-dessus le dossier du canapé pour aller quérir ces fameuses bières.

— Tu peux te déplacer normalement ?

— Nope !

Au moins, j'aurais essayé.

Il revient avec deux bouteilles fraîches et m'en tend une. Le liquide coule dans ma gorge, agréablement amer. Parfaitement à son aise, Zack vide à moitié sa bière, retire son t-shirt et le laisse tomber au sol.

— Qu'est-ce que tu fous ?

— Je dois faire un peu de muscu ! m'explique-t-il en me foutant ses biceps sous le nez. Je dois porter Fran, dans la nouvelle scène du Roi Lion, et elle est plus lourde qu'elle en a l'air. Où t'as foutu tes haltères ?

Je m'esclaffe en lui indiquant un coin du salon. Il entame des séries de douze levés, qu'il coupe à chaque fois par une gorgée de bière.

Zack est hyperactif, mais je l'adore. C'est mon meilleur ami depuis le lycée et nous ne nous sommes jamais vraiment quittés. On a été à l'école d'arts dramatiques ensemble, fait nos premières auditions ensemble. Désormais, il joue Simba dans le Roi Lion. Le rôle de sa carrière.

Grand, la peau foncée, Zack est un mec craquant qui fait tourner toutes les têtes. Cela dit, l'amour de sa vie, c'est Broadway. La fille qui parviendra à comprendre ça n'est pas encore arrivée.

– Tu sais, il va falloir qu'on fête ça, halète-t-il en posant les haltères au sol.

– Qu'on fête quoi ?

– Ton rôle !

Je grimace. Je n'ai pas la moindre envie de sortir, mais je sens qu'il ne va pas me lâcher la grappe.

– Je n'ai pas encore dit oui, je te signale.

– C'est tout comme ! Allez, c'est décidé !

Il attrape son portable et commence à pianoter dessus. Je pousse un long soupir.

– J'envoie un message à Hilary et à Colin. On les retrouve au *Sing Along !* à vingt-deux heures !

Je ne discute pas ; je sais que cette bataille serait vaine. Et puis, ça fait un bout de temps que je n'ai pas vu les jumeaux. Sortir d'ici me fera peut-être du bien.

Alors que Zack court dans la douche, je songe à cette soirée qui s'annonce. Il y a une scène, au *Sing Along !* et je sais que Zack n'a pas choisi cet endroit par hasard. Je n'ai pas touché un micro depuis au moins quatre mois.

Et putain, ça me manque atrocement.

CHAPITRE 4
FLY AWAY

La boule au ventre, je boucle ma valise. J'ai mis plus d'affaires que nécessaire ; des pulls, mes chaussettes porte-bonheur, quelques livres. J'ai l'étrange sensation que je ne reviendrai pas ici de sitôt, même si j'ai prétendu le contraire à Logan.

Il est parti tôt ce matin. Logan entraîne les jeunes du quartier au football américain et ils avaient un match. Même s'il avait pu, je doute qu'il aurait accepté de m'amener à l'aéroport, de toute façon.

Mrs Freyman m'a accordé sans ciller mes jours de congés. Lorsque j'ai quitté la boutique, la veille, elle m'a souhaité bonne chance et a même dit qu'elle espérait pour moi que je ne revienne jamais dans cette ville. Une bouffée de tendresse me submerge quand je pense à cette femme. Elle a toujours su trouver les mots pour m'encourager.

On frappe à la porte et je cours ouvrir. Je souris en voyant le visage qui se dessine sur le seuil.

– Papa !

– Salut, ma princesse !

Je tombe dans ses bras. Le cliché de la fille à son papa n'a pas d'âge et je suis en plein dedans. Mon père a toujours été mon plus fervent défenseur, alors quand je lui ai dit que j'allais auditionner à Broadway, il a sauté de joie. Ma mère était plus sur la réserve, bien entendu : elle est team Logan et ne cesse de me harceler pour que j'accepte enfin ses multiples demandes en mariage.

– Tu es prête ?

J'acquiesce et il m'aide à porter ma valise jusqu'à sa voiture. J'aurais pu faire le trajet en taxi, mais je suis soulagée qu'il m'accompagne.

Je ferme la porte derrière moi sans un regard en arrière. J'ignore où j'en suis avec Logan, où j'en suis dans ma vie tout court et, pour la première fois, je m'en fous royalement. Une seule chose compte.

Je vais chanter. À Broadway !

Mon père me bombarde de questions tout le long du trajet jusqu'à l'aéroport. Quelle chanson ai-je choisie pour l'audition ? Quelle tenue vais-je porter ? Est-ce que je pourrais me prendre en photo devant le théâtre ?

– Pour la chanson…, réfléchis-je à voix haute, je pense partir sur la première de Clarisse, dans *Le Prince et la Chanteuse*.

– Excellent choix, ma chérie. C'est celle que tu chantes le mieux. Tu veux répéter dans la voiture ?

J'adresse un sourire complice à mon père. Il sait comment me faire plaisir. Après tout, si j'ai baigné dans les comédies musicales depuis ma plus tendre enfance, c'est surtout grâce à lui. Je me penche pour baisser le volume de l'autoradio et commence :

– *Dans la nuit, la lune se révèle,*
Et c'est alors qu'elle m'ensorcèle,

Par la fenêtre je la vois me sourire.

Dans le premier numéro de Clarisse, dans *Le Prince et la Chanteuse*, la jeune femme nettoie le bar dans lequel elle travaille après le départ des derniers clients. Elle voit la lune à travers la fenêtre et se met à chanter, exprimant son rêve de sortir de la misère pour pouvoir toucher les étoiles.

Je me suis toujours retrouvée en elle, même si ma situation est bien moins catastrophique que la sienne. La comédie musicale prend place dans un royaume moyenâgeux, gouverné par un roi qui a interdit la musique. Pourtant, ses sujets se retrouvent en secret pour partager leur amour de l'art, de la danse et du chant.

– Musique, sauve-moi !

Prends-moi, emmène-moi !

Ma voix s'enroule dans l'habitacle et je vois mon père sourire. Alors que je conclus l'ultime note, il lâche le volant quelques secondes pour m'applaudir.

— C'était magnifique, ma princesse. Si tu ne décroches pas le premier rôle, je viendrais moi-même expliquer la vie au directeur de casting.

— C'est gentil, papa, m'esclaffé-je, mais je ne vais sûrement rien décrocher du tout. Logan…

— On s'en fiche, de Logan ! Il faut y croire ! C'est ton rêve depuis toujours.

Plus jeune, je pensais qu'avoir le premier rôle à la comédie musicale du lycée me suffirait. Au contraire, cela n'a fait que créer une soif irrépressible, soif que j'ai tout de même tenté d'écraser.

Alors que nous nous garons devant l'aéroport, je prends conscience du virage que prend ma vie. Demain, je serai à Broadway.

Demain, j'aurai mon destin entre les mains.

— Bienvenue chez toi !

Mag m'ouvre la porte de son petit trois-pièces et traîne ma valise sur le seuil. Elle a absolument tenu à venir me chercher à l'aéroport et à payer le taxi jusque chez elle.

Je redécouvre, avec un plaisir non dissimulé, le havre de ma meilleure amie. Elle habite là depuis bientôt trois ans, maintenant ; un petit luxe que son boulot d'assistante-régisseuse lui permet de payer. Je ne suis venue ici que deux fois : la première pour aider Mag à emménager et la deuxième un an plus tôt, pour assister à la première du spectacle sur lequel elle travaillait.

— Je vais t'aider à défaire ta valise.

Elle se dirige vers la chambre du fond et je lui emboîte le pas. À peine suis-je entrée dans la pièce que la vue me submerge : New York s'étale sous mes yeux, belle, insaisissable. Ses multiples gratte-ciels illuminent la nuit et je pousse un long soupir de ravissement.

— Je t'avais dit que je sortirais le grand jeu, me taquine Mag en hissant ma valise sur le lit.

— C'est réussi ! Mais je ne suis là que pour l'audition, si j'échoue…

— Bla bla bla. La loi de l'attraction, tu connais ? Et puis, même si tu n'es pas prise, il y aura d'autres opportunités.

Je hoche la tête, peu convaincue. Rester à New York ? Cela voudrait dire quitter Logan pour de bon…

Logan… J'attrape mon téléphone dans la poche de ma veste pour lui dire que je suis bien arrivée. Sa réponse est claire et concise : Ok.

— Quel connard ! lâche Mag, qui a contourné le lit pour regarder par-dessus mon épaule. C'est pour ça que je préfère les filles.

— Ce n'est pas un connard, il est juste…

— Égoïste ? Égocentrique ?

J'attrape l'oreiller sur le lit et l'envoie sur ma meilleure amie en guise de protestation. Elle éclate de rire.

— J'allais dire sceptique, dis-je pour défendre mon petit ami.

— En ce qui concerne ton talent, ma chère Hope, il n'y a pas de place pour le scepticisme. Des années que j'essaye de te traîner ici : maintenant que tu es là, je ne vais pas te lâcher !

Je secoue la tête avec un sourire et ouvre ma valise. Si Mag remarque que j'ai pris beaucoup d'affaires pour un supposé voyage de quelques jours, elle ne laisse rien paraître. En revanche, son regard est attiré par une petite pochette rose. Je me penche pour l'attraper, mais elle est plus rapide.

— Tiens tiens, rit-elle. Ne serait-ce pas ce bon vieux Juanito ?

Son accent espagnol est à couper au couteau et je m'esclaffe.

— On a toujours besoin d'un Juan.

Je lui prends des mains et le glisse dans ma table de nuit. On ne sait jamais…

Nous finissons de ranger mes affaires en parlant de tout et de rien. Je l'interroge quelque peu sur Shirley, mais je devine que le sujet est sensible. Une fois que nous avons terminé, Mag me traîne dans la cuisine où elle nous sert deux grands verres de vin.

— Alors, t'as préparé quoi, pour l'audition ?

La même question que mon père.

— « Musique, sauve-moi. »

— Tu avais tout déchiré sur scène, au lycée.

— Mais tu crois que ce sera suffisant ? Je veux dire, je ne sors pas d'une grande école de dramaturgie comme tous les autres acteurs, et…

— Ma chérie, des acteurs, j'en vois tous les jours, rétorque-t-elle avant de boire une gorgée de vin. Toi, tu es un talent brut. Ce qui manque cruellement à Broadway.

Sa confiance en moi me chavire, mais je doute encore. Il y aura probablement des tas d'autres filles à l'audition, de vraies actrices. Et moi, la petite vendeuse de chaussettes du Minnesota, je suis censée les surpasser ?

Je pique un fard dans mon verre, soudain perplexe. Qu'est-ce qui m'a pris, de faire tout ce chemin ? À quoi bon, puisque la déception sera forcément au rendez-vous ?

— Hé, s'avance Mag en passant son bras autour de mes épaules. Ça va ?

Je secoue la tête pour chasser mes mauvaises pensées.

— Oui, je suis juste stressée, c'est tout.

Un sourire malicieux éclot sur les lèvres de ma meilleure amie et elle me prend mon verre des mains pour le poser sur le comptoir.

— Je sais ce qu'il te faut. Prends ton manteau, on sort !

— On sort ? Mais, l'audition demain…

— C'est à quatorze heures ! Allez, c'est ta première soirée à New York ! On va fêter ça, non ?

Son air ravi suffit à me convaincre. Mag a raison : je suis à New York. Audition ou pas, je me dois d'en profiter !

CHAPITRE 5

LA VIE N'EST PAS UNE COMÉDIE MUSICALE

HOPE

Dehors, New York s'est parée de couleurs automnales. Les feuilles jonchent le sol, jaunes et brunes, tandis que le vent les pousse dans les bouches d'égout.

Mag m'emmène, me fait glisser dans les rues. Elle me traîne sur la deuxième avenue, jusqu'à un bar à la devanture criarde. Un chat noir est dessiné sur la vitrine, suivi de quelques noms de cocktails que je ne connais pas. Avant que j'aie pu demander à Mag ce qu'est un *Long Island Iced Tea*, elle m'attrape le bras et me précipite à l'intérieur.

La chaleur me prend immédiatement à la gorge : l'endroit est bondé. La salle est beaucoup plus grande que ce que je m'étais figuré de l'extérieur : à droite, un long comptoir court le long du mur et trois barmaids s'agitent derrière. Dans le fond, les tables rondes et les banquettes sont presque toutes occupées et tournées vers une scène ovale sur laquelle se dandine une drag queen.

— Bienvenue au *Sing Along !* s'exclame Mag. Je ne compte plus le nombre de soirées que j'ai passé ici.

Je comprends pourquoi : l'endroit paraît magique. Une

drôle d'ambiance flotte dans l'air, un parfum d'impossible, d'audace, de liberté. Mag me pousse vers le bar et se penche par-dessus le comptoir.

– Hey, Gill !

Elle doit hurler par-dessus la musique. Je remarque alors seulement que la drag queen sur scène effectue un numéro de playback, une reprise très réussie de *Diamonds are the girl's best friend.*[3]

– Mag ! s'exclame la dénommée Gill en se tournant vers nous. Je ne pensais pas que tu passerais ce soir. Et en charmante compagnie, qui plus est !

La barmaid me lance un clin d'œil et je réponds par un sourire gêné.

– Désolée, elle est déjà maquée ! Gill, voici Hope, ma meilleure amie. Hope, je te présente Gill, la meilleure barmaid de tout l'Upper East Side.

– Salut, marmonné-je timidement.

Pour moi qui ne suis presque jamais sortie du Minnesota et qui ne vais dans un bar qu'une fois par an, le choc est rude. Néanmoins, le sourire accueillant de Gill me réchauffe le cœur.

– Mag m'a beaucoup parlé de toi ! Tu es venue tenter ta chance à Broadway, hein ?

Je foudroie mon amie du regard.

– Tu as raconté ma vie à tout le monde ? lui demandé-je.

– Seulement aux gens que j'aime bien.

– Mais tu aimes tout le monde !

– Ça, ce n'est pas vrai ! se défend-elle en riant. Allez, assez discuté, j'ai soif ! Une bière pour moi, Gill, s'il te plaît !

---

3 Chanson tirée de la comédie musicale «Les hommes préfèrent les blondes», originellement interprétée par Carol Channing et rendue célèbre par Marilyn Monroe dans le film éponyme en 1953.

— Une bière pour la cheffe ! Et pour toi ?

Comme j'ai peur de passer pour une grosse campagnarde en lui demandant la carte, je réponds le premier truc qui me passe par la tête :

— Un *Long Island Iced Tea*.

Gill hausse les sourcils, puis hoche doucement la tête avant de se mettre à préparer nos boissons. Mag éclate de rire.

— Quoi ? C'est un thé glacé, non ?

Ma meilleure amie passe son bras autour de mes épaules sans cesser de s'esclaffer.

— Tu m'as manqué, tu sais ?

Après quelques gorgées, je comprends que le *Long Island Iced Tea* n'était pas qu'un thé glacé.

C'est un mélange de plein d'alcools. Trop d'alcools.

À côté de moi, Mag rit à gorge déployée. Il faut dire que je dois faire une drôle de tête : je ne bois quasiment jamais ! Entre les deux verres de vin que nous avons pris chez elle et ça, je risque de finir bourrée avant minuit !

La soirée est malgré tout excellente. Je me nourris de l'ambiance du bar. Après le numéro de la drag queen, les artistes se sont succédé sur scène. Guitare, chant, danse : je me régale.

— Alors ? me hurle Mag dans les oreilles. Il n'y a pas ça à Minneapolis, hein ?

— Pas que je sache.

Vite, trop vite, mon verre est vide. Mag en est déjà à sa deuxième bière et je dois me rendre à l'évidence : j'ai encore soif. Autour de nous, la foule s'est mise à danser, et ma meilleure amie se lève pour aller saluer quelques connaissances. Bien décidée à prendre un deuxième *Long Island*, je me redresse et me dirige vers le bar.

— *Puis-je avoir un autre Long Islaaaaaand ?* chanté-je à Gill en me perchant sur un tabouret libre.

Elle hausse les sourcils avant d'éclater de rire. Moi, je me rembrunis : je n'avais pas du tout l'intention de chanter cette phrase, mais il faut croire que le premier cocktail m'a déjà désinhibée.

— *Désolée !*

Je plaque une main sur ma bouche. Je suis bloquée ou quoi ?

— J'adore quand on passe les commandes en chanson, s'esclaffe Gill. *C'est parti pour un Long Islaaaaand !*

Je joins mon rire au sien, non sans remarquer le regard étonné du mec installé à côté de moi.

Il a tout du New-Yorkais de base. Bien coiffé — mais sans gomina, Dieu merci ! — une chemise blanche et un veston cintré, un col un peu ouvert. J'essaye de ne pas trop le fixer, mais lui ne se gêne pas et me dévisage carrément.

— *Quelque chose sur ma tête ne vous revient paaaaas ?*

Oh bordel ! Je crois que je vais parler en chantant jusqu'à ce que je dessaoule. Il ouvre les yeux grands comme des soucoupes et se penche pour me glisser :

— Non, c'est juste… Vous chantez.

— *Monsieur est perspicace !*

Mayday, mayday. Arrête de parler, Hope.

— *C'est à cause du Long Islaaaaand.*

Je suis inarrêtable. Gill pose mon nouveau cocktail devant moi et je l'attrape aussitôt pour piquer un fard dans le verre.

L'inconnu se marre.

— Hé, Gill ! Tu lui as mis quoi dans son cocktail ?

— Rien de plus que d'habitude, baby. C'est la magie du lieu qui fait le reste. Toi, tu es immunisé depuis trop longtemps, à mon grand regret.

Elle m'adresse un clin d'œil et va servir d'autres clients. À côté de moi, le mec me regarde toujours. En d'autres circonstances, je jouerais probablement la carte de la timidité, mais soyons francs, je suis bourrée. Et de toute façon, New York est une grande ville ! Je ne recroiserai jamais ce mec de ma vie.

Je le détaille à mon tour. À la lumière tamisée du bar, ses cheveux bruns ont des reflets cuivrés. Sa peau est pâle, contrastée par deux prunelles cobalt qui me fixent avec intensité, comme si je détenais un secret qu'il brûlait de percer.

L'instant s'étire et nous nous observons en silence. Je sirote mon cocktail et en avale une gorgée. Puis, je me dis que je ferais bien d'aller retrouver Mag.

— *Je dois vous laisser.*

En plus, ma voix est éraillée. Vraiment, l'alcool ne me réussit pas. On dirait une chanteuse de jazz des années trente !

Je fais mine de partir, mais il me retient par le bras.

— La vie n'est pas une comédie musicale, vous savez.

Je me retourne vers lui et fronce les sourcils. On croirait entendre Logan et, à ce moment précis, il est la dernière personne à laquelle j'ai envie de penser.

— *Et pourquoi pas ? Je chante si j'ai envie de chanter. Ça vous met mal à l'aise ?*

Touché, Hope. Il perd son sourire et me toise soudain comme si j'étais un caillou dans sa chaussure. Sa mâchoire se contracte et mon cœur bondit dans ma poitrine.

Il est séduisant, il faut l'admettre. Sûrement un peu trop pour mon propre bien de jeune femme alcoolisée.

— Il y a une scène, et les scènes sont faites pour chanter, rétorque-t-il. Si vous voulez tant nous éblouir avec votre talent, faites-le proprement.

OK, il est séduisant, mais c'est un connard. J'avise le fond de la salle, où une autre drag queen a repris un numéro de playback.

— *C'est un défi ?*

Il retrouve son sourire narquois, ce qui lui vaut instantanément le surnom de «Monsieur Arrogance».

— Le relèverez-vous ?

Je pince les lèvres. Je ne peux pas laisser cet inconnu avoir le dernier mot, impossible. L'alcool me fait vraiment faire des folies. Je fais signe à Gill, qui revient.

— *Comment on fait pour monter là-dessus ?*

Bien que la barmaid semble étonnée, elle répond :

— Il faut s'inscrire. Il y a une place libre juste après, si tu veux, mais…

— *Vendu !*

Elle hausse les épaules et me tend une feuille. J'inscris aussitôt mon nom dessus et je sens Monsieur Arrogance regarder par-dessus mon épaule.

— Hope. Ça vous va bien.

J'hésite à lui demander le sien, or le numéro de la drag queen se termine déjà. Derrière son bar, Gill s'approche du micro et s'exclame :

— Mesdames et Messieurs, je vous demande d'accueillir comme il se doit notre prochaine artiste. Un tonnerre d'applaudissements pour Hope !

Bordel, mais qu'est-ce que j'ai fait ?

Dans la foule, j'aperçois Mag me chercher du regard. Quand elle me trouve, elle m'adresse un sourire étonné. Moi, j'avance vers la scène comme un condamné vers l'échafaud.

Maudit sois-tu, Monsieur Arrogance, de m'obliger à faire une chose pareille !

Je monte sur l'estrade sous les encouragements des autres clients. Au moins, personne ne me siffle. Derrière moi, les musiciens attendent mes instructions. Va falloir que je trouve une chanson, maintenant.

Elle s'impose comme une évidence. Il n'y a qu'une seule personne pour m'aider à surmonter cette épreuve. Le King en personne !

— *Can't help falling in love*,[4] s'il vous plaît, indiqué-je au guitariste.

Au moins, je ne chante plus. Je me tourne vers le micro et le public. Tous ont les yeux braqués sur moi. Le trac s'installe, ainsi que mon irrépressible envie de pisser. Je serre les jambes.

Ce n'est pas le moment, Hope !

Les premiers accords de guitare retentissent et j'oublie tout. Dans l'assistance, il n'y a que le visage ravi de Mag qui compte. L'euphorie de la scène me submerge tout entière.

Monsieur Arrogance ou pas, je suis exactement où je devrais être.

— *Wise men say,*
Only fools rush in, But I can't help,
Falling in love with you.[5]

Ma voix se déplie, joue avec la musique. Je pousse les

---

4 Originellement interprétée par Elvis Presley.

5 Traduction : Les sages disent que seuls les fous sont pressés. Mais je ne peux pas m'empêcher de tomber amoureux de toi.

notes, gonfle ma poitrine. Tout sort de mon ventre, de mes entrailles.

Alors que je termine la chanson, mon regard se porte vers le bar. Accoudé, Monsieur Arrogance m'observe, mon cocktail à la main.

Il ne sourit plus.

CHAPITRE 6
LA CLAQUE

ADRIAN

Putain, mais c'est qui cette nana ?

Je l'observe sans pouvoir détacher mes yeux d'elle. Plutôt petite, avec de longs cheveux châtains qui lui tombent dans le dos, un nez en trompette et une bouche un peu trop grosse, elle est loin de mes standards de beauté habituels. D'ordinaire, je donne plutôt dans la grande rousse aux yeux verts, mais il faut croire que je suis vacciné.

Cette Hope dégage quelque chose, un je-ne-sais-quoi qui m'était jusqu'à lors inconnu. Elle chantait avec une telle facilité, au bar, poussant des notes sans même se soucier de leur justesse… Je mentirais si je disais ne pas avoir éprouvé une pointe de jalousie. Pour elle, chanter semble facile.

Il faut aussi admettre qu'elle sait relever les défis. Je ne pensais pas qu'elle oserait monter sur scène, pourtant elle y est. La lumière des projecteurs lui confère une aura douce et chatoyante, comme si elle baignait dans la lumière du crépuscule.

Sa reprise de *Can't help falling in love* est magnifique. Authentique, forte. Je la regarde et j'en ai des frissons. Son regard parcourt la salle et se fige sur moi tandis qu'elle achève la dernière note. Elle s'arrête et je sens l'oxygène me manquer.

Si j'avais bu, je mettrais ça sur le compte de l'alcool. Mais nous venons d'arriver et j'étais parti commander des boissons pour Zack, Colin, Hilary et moi. Je les ai complètement oubliés, d'ailleurs. Hope a débarqué et tout le reste a disparu.

Elle descend de scène et se fait happer par un petit groupe. Je la perds de vue un instant et en profite pour reprendre mes esprits. Un peu largué et toujours accoudé au bar, je me retourne pour enfin passer commande. Gill, la barmaid, me toise avec un grand sourire.

– Ça s'appelle un coup de foudre, lâche-t-elle.

– C'est le nom de ton nouveau cocktail ?

– Non. Je mets des mots sur ce que tu viens de ressentir. Un coup de foudre.

Je secoue la tête et lui demande quatre bières. Elle s'exécute, non sans me faire une œillade.

Un coup de foudre… Et puis quoi encore ? On ne tombe pas amoureux d'une fille éméchée dans un bar parce qu'elle se met à chanter du Elvis Presley, ça non !

Je règle les boissons et me détourne pour retourner auprès de mes amis, sur une banquette près de la scène.

– Tu t'es perdu ou quoi ? s'exclame Hilary en attrapant sa bière.

– Désolé, il y avait du monde à commander.

– Tu mens ! déclare Zack. Je t'ai vu parler à la petite brune, qui vient de chanter.

Foutu Zack. Il ne me lâche jamais, hein ! Je hausse les épaules et rétorque :

– On a discuté un peu, ouais. Elle avait un coup dans le nez.

Ça, par contre, ce n'est pas un mensonge. Je ne sais pas

ce que Gill avait mis dans son cocktail, mais ça lui est très vite monté à la tête.

— T'as pris son numéro ? demande Colin.

— Pour quoi faire ?

Mes trois amis s'entreregardent et poussent un même long soupir.

— Adrian, chéri, commence Hillary. Ça fait plus d'un an, maintenant. Tu ne crois pas qu'il est temps de te remettre dans le bain ?

— Par «me remettre dans le bain», tu entends coucher avec tout ce qui bouge ?

Elle m'adresse un clin d'œil en avalant une gorgée de sa bière. Hilary est une croqueuse d'hommes, à l'image de son jumeau. Je la connais depuis la fac et ne l'ai jamais vu avoir la moindre relation sérieuse. À une époque, elle a même essayé de me mettre le grappin dessus, avant de comprendre que j'étais du genre à rester pour le petit déjeuner.

— On ne te parle pas de coucher, réplique Zack. Mais un petit rencard…

Je lève les yeux au ciel et déclare :

— Je croyais qu'on était venus fêter mon retour à Broadway !

Il faut au moins ça pour les faire changer de sujet. Mes amis lèvent tous leurs verres et nous trinquons.

— À ce rôle que tu n'as pas encore accepté ! clame Colin.

— À ton retour sur scène !

Je porte le goulot de la bouteille à mes lèvres et sirote une gorgée. Mes amis partent dans une grande discussion sur un de nos anciens camarades de fac, mais je ne les écoute pas. Malgré moi, je cherche Hope.

Je finis par la trouver au bras de Mag, une assistante-régisseuse de Broadway. J'ai déjà eu l'occasion de bosser avec elle : elle est sympathique, efficace, discrète. Toutes les qualités requises pour ce job. Elle rit aux éclats et finit par poser sa tête sur l'épaule de Hope. Je hausse les sourcils. Je pensais que Mag avait une copine et, pour l'avoir déjà croisée ici, elle ne ressemble pas du tout à la petite brune. Hope est-elle sa nouvelle conquête ? J'ai un petit pincement au cœur à cette idée.

Putain, Adrian, tu ne la connais même pas !

Je me force à détourner les yeux et tente de me concentrer sur la soirée. Peine perdue. Tout ce à quoi je pense, c'est le regard noisette de ma rencontre du soir, à sa voix incroyablement précise, sa façon de dérouler les notes, sa prestance…

— Tu devrais aller lui parler, me glisse Zack à l'oreille.

— Quoi ?

— Je te connais depuis plus de dix ans, mon pote. T'as ta tronche de romantique.

— Qu'est-ce que ça veut dire ?

— Que t'as l'air niais. Allez, va lui parler !

Heureusement, les jumeaux n'écoutent pas, absorbés par une conversation concernant le cadeau d'anniversaire de leur mère. Je cherche Hope de nouveau et sursaute en constatant qu'elle passe près de nous. Mag la tient par les épaules et je peux voir qu'elle chancelle. J'ignore combien de *Long Island* elle a avalé, mais visiblement, ça ne lui a pas réussi.

— *Je peux marcher toute seule !*

Je souris. Elle chante encore.

— Bien sûr que tu peux marcher toute seule. Je suis juste là pour m'assurer que tu ne tombes pas. C'est à ça que servent les meilleures amies !

Meilleures amies. Une vague de soulagement me submerge. Cependant, Mag fait vite progresser Hope vers la sortie et je n'ai pas le temps de me lever pour aller lui parler. À côté de moi, Zack me donne un coup de coude.

— T'es trop con !

— Tu l'as vue ? Elle était trop bourrée. Elle ne se souviendra sûrement pas de moi, demain.

— Toi, par contre, tu te souviendras d'elle.

À cet instant précis, j'ai envie de mettre mon poing dans la figure de Zack. Je sais qu'il a raison et ça me casse bien les couilles. Alors que la soirée se termine et que chacun rentre chez lui — même mon meilleur ami, pour une fois — toutes mes pensées convergent vers cette fille.

Fille que, soyons honnêtes, je ne reverrai probablement jamais.

CHAPITRE 7
L'AUDITION

HOPE

Le soleil perce à travers la fenêtre et me caresse la joue. J'ouvre péniblement un œil et le referme aussitôt.

Migraine.

Bordel, y avait quoi dans ce cocktail ?

Les souvenirs de la veille se bousculent dans mon crâne. Le bar, la scène, l'inconnu aux yeux bleus… J'ai aussitôt envie de mourir de honte.

Je grogne et disparais sous l'oreiller. Qu'est-ce qui m'est passé par la tête, bon sang ? Me faire remarquer pour ma première soirée à New York. En plus, ma gorge me tire d'avoir trop crié sur le chemin du retour. Elle a beau avoir essayé, Mag n'a pas réussi à me faire arrêter de chanter.

Ça va être pratique, pour l'audition.

L'audition ! Je repousse les draps et cherche mon téléphone. Il affiche onze heures. Une vague de soulagement me submerge : au moins, je ne serai pas en retard pour le rendez-vous le plus important de ma vie.

Déterminée à être sous mon meilleur jour malgré la gueule de bois qui me donne envie de rester clouée au lit, je me lève. Mes yeux sont encore collés par le maquillage que j'ai eu la flemme de retirer avant d'aller dormir. Un coup d'œil dans le miroir m'apprend que mon mascara a coulé : je ressemble à un panda.

Et pas un mignon petit panda. Un panda bouffi, pâle et affamé.

Mon ventre gronde, pourtant je ne me sens pas capable d'avaler quoi que ce soit.

Dans la cuisine, Mag est déjà levée. Elle m'accueille avec un sourire chaleureux et un clin d'œil :

— Bien dormi, Little Miss Sunshine[6] ?

Je grogne pour toute réponse et m'effondre dans son canapé. Marcher jusqu'ici depuis mon lit a pris toute ma maigre énergie.

— J'ai fait du café.

Ma meilleure amie me tend une tasse et s'installe à côté de moi. J'en inspire aussitôt les arômes. L'odeur du café a toujours eu quelque chose de rassurant.

— Mag, à propos d'hier soir… croassé-je.

— Tu as été grandiose ! Sérieusement, je ne m'étais pas amusée comme ça depuis des années !

Après ma petite performance sur scène, Mag et moi sommes restées danser au bar un long moment. Elle m'a présenté quelques-uns de ses collègues, dont les noms m'échappent totalement. Si je devais les recroiser, je ne serais pas certaine de les reconnaître.

— Je ne sais pas quelle mouche t'a piquée, mais c'était exceptionnel !

— Un type m'a lancé un défi.

Une lueur maligne s'allume dans le regard de ma meilleure amie et elle hausse les sourcils.

---

6 Référence au film de Jonathan Dayton, sorti en 2006.

— Un type ? Quel type ? C'est quoi son nom ? Il était canon ?

Ses questions m'assaillent et réveillent ma migraine.

— Je ne sais pas comment il s'appelle. Enfin, dans ma tête, c'est «Monsieur Arrogance». Et il aurait pu être pas mal s'il n'avait pas été un parfait connard.

Je lui raconte ma rencontre avec l'inconnu de la veille et elle s'esclaffe.

— Petite coquine ! Jamais je n'aurais cru que tu flirterais si tôt avec quelqu'un ! Logan et toi n'êtes même pas encore séparés !

— Pourquoi «pas encore» ? Je n'ai pas l'intention de me séparer de Logan.

— Ah non ? Pourquoi tu as pris quinze pulls, alors, si tu n'es censée rester que quelques jours ?

Touchée. Penaude, je pique un fard dans ma tasse et avale une gorgée de café. Je n'ai pas envie de penser à Logan, à mon couple merdique, pas alors que l'audition de ma vie est dans quelques heures.

— De toute façon, ce n'était pas un flirt, grommelé-je.

— C'est ça, me taquine Mag.

Son sourire se pare vite d'une expression mélancolique et je devine que ses pensées se dirigent vers Shirley. Je repose ma tasse et l'attire vers moi, caresse ses cheveux blonds coiffés à la garçonne. Elle n'a jamais aimé les avoir longs, prétendant que ça lui tomberait trop souvent dans les yeux. Moi, je n'ai jamais osé couper les miens.

— Tu as des nouvelles d'elle ?

— Aucune. C'est mieux comme ça.

Je n'insiste pas. Mag est secrète, mais je sais qu'elle se confiera à moi quand l'envie lui prendra. Ma mission, en attendant, c'est de lui changer les idées.

– Bon. Qu'est-ce qu'on porte, pour une audition à Broadway ?

Deux heures et demie plus tard, je passe enfin les portes du Longacre Theatre. Après de longues minutes de pourparlers, Mag m'a convaincue de mettre une simple jupe en jean, un pull bleu léger qui met mon teint en valeur et des bottines à petits talons. Seule chose à laquelle je n'ai pas voulu déroger : mes chaussettes porte-bonheur ! Orange pétant avec de petits renards dessus. Elles m'ont été offertes par mon père à Noël dernier. Fourrées dans mes bottines, elles dépassent à peine.

Arrivée devant le théâtre, je reste scotchée. C'est tout simplement sublime. La pierre claire se marie avec le gris du bitume et j'aperçois une colonnade en bas-relief, entrecoupée par d'immenses fenêtres au-dessus d'un auvent, agrémenté de spots éteints.

– Dépêche-toi, Hope !

Mag ne me laisse pas le temps de m'extasier sur la beauté du lieu et me précipite vers les coulisses. Une vague de panique me submerge : les autres candidates sont déjà là. Et, vu le regard de certaines, la compétition va être rude.

Je trouve ma place au bout de la file et une boule s'incruste dans mes entrailles. Le couloir est long, empli de comédiennes qui ont toutes l'air plus expérimentées que moi. Certaines se retournent pour me dévisager. J'ai l'impression que « Minnesota » est écrit en gros sur mon front.

– Te fais pas de bile, me chuchote Mag, ça va aller.

— Plus facile à dire qu'à faire.

Elle attrape mes épaules et colle son front contre le mien.

— Hope, j'ai vécu des dizaines d'auditions. Ces filles-là n'ont pas la moitié de ton talent. Je t'assure.

Malgré son air sincère, je suis loin d'être convaincue.

— Il y a une quinzaine de personnes avant toi. Quand tu seras dans les coulisses de la scène, tu donneras le nom de ta chanson à l'ingé son. Mais, normalement, on se retrouvera là-bas. Je vais coordonner un peu tout ça.

— Tu ne restes pas avec moi ?

Mes doigts agrippent sa veste en cuir. Je ne suis pas prête à rester seule ici, avec toutes ces pimbêches.

— Grant n'est pas là, et c'est moi qui suis en charge de l'audition de cette après-midi, me glisse-t-elle. Je suis déjà à la bourre. On se voit tout à l'heure !

Elle s'éclipse sans davantage d'explications et disparaît au bout du couloir. Entre-temps, quelques autres filles sont arrivées et se placent derrière moi.

Dire que j'ai la trouille serait un doux euphémisme. Je ne sais même pas comment j'arrive à tenir encore sur mes jambes ! J'attrape mon portable pour me changer les idées et sourit devant les messages de mon père et de ma mère. Le premier est encourageant, le deuxième un peu moins, mais c'est l'attention qui compte. Il y a aussi un texto de Logan et je fronce les sourcils.

Logan <3
Tu rentres direct après ton audition ?

Putain, y'a que ça qui l'intéresse ? Savoir combien de temps il va rester tout seul ? Je réponds :

Moi :

« Non. Les résultats seront dans quelques jours, je reste
à New York en attendant. Je t'appelle ce soir. »

Logan <3
« Ok. »

Ok… Pas un «bonne chance», un «je crois en toi», que
dalle. Je commence à me dire que Mag a raison. L'idée de le
quitter se dessine dans mon esprit. Nous sommes ensemble
depuis longtemps, mais les sentiments se sont étiolés. Peut-
être restons-nous ainsi plus par habitude que par réelle
envie ?

J'éteins mon portable et inspire profondément. Tout ça
n'a pas la moindre importance, pas maintenant, du moins. Je
suis à Broadway, bordel ! Sur le point de passer une audition
pour *Le Prince et la Chanteuse*, ma comédie musicale préférée !
Ignorant soudain le regard des autres filles, j'affiche un sourire niais, gonfle la poitrine et attends patiemment mon tour.

J'entre enfin dans la dernière ligne droite. Devant moi, il
ne reste que deux filles à passer. Je referme la porte du côté
jardin, laissant les coulisses derrière moi.

Sur scène, la musique bat son plein. Elle est accompagnée
par une voix délicate, un peu trop faiblarde dans les aigus. Je
me dévisse le cou pour apercevoir le visage de la chanteuse,
me prends les pieds dans un fil et tombe sur un mec.

– Je suis désolée, je ne regardais pas…

– Ce n'est rien, je… Hope ?

Je relève la tête et rougis de la tête aux pieds. C'est

Monsieur Arrogance, en chair et en os !

Son regard perce dans les ténèbres et je me sens fondre. *Bordel, il a encore plus d'effet sur moi sobre !*

— Qu'est-ce que vous fichez là ?

Bravo, Hope. Belle entrée en matière ! Je te donne cinq sur cinq pour le tact et la politesse. J'essaye de me rattraper :

— Je veux dire… Vous travaillez ici ?

Il me renvoie un sourire éblouissant et découvre des dents parfaitement alignées.

— On peut dire ça, oui.

Il reste volontairement flou. La curiosité me titille, néanmoins je ne relève pas.

— Et vous venez pour l'audition, je présume ? demande-t-il.

— Oui… Une première. Je ne fais pas le poids, de toute façon.

— Vous ne devriez pas dire ça. Votre performance était très réussie, hier. Vous avez une jolie voix, un peu chevrotante sur certaines notes, peut-être.

Chevrotante ? Je hausse les sourcils et me retiens de ne pas l'envoyer bouler. OK, il est aussi beau qu'hier, mais il est surtout aussi con !

La chanteuse s'arrête. Je suis encore trop loin pour entendre ce que lui disent les directeurs de castings. Elle finit par s'enfuir en courant de la scène, les larmes aux yeux. Une soudaine envie d'aller aux toilettes m'attaque la vessie et je serre les jambes.

— Quelque chose ne va pas ?

Évidemment, il est encore là pour assister à mon heure de gloire. Je suis trop stressée pour songer à lui mentir.

— Une envie pressante. À cause du trac.

Il écarquille les yeux, puis éclate de rire. Entre les pendrillons, plusieurs de ses collègues nous jettent un regard noir. Heureusement, la musique s'élève de nouveau et couvre nos voix.

— Vous bossez en coulisse, ajouté-je, vous ne pouvez pas comprendre.

— C'est évident.

Je le fusille du regard. Son sourire est toujours là, indécrochable, et mon cœur se met à battre plus vite. Pourtant, il n'est pas du tout mon style. Logan et lui sont radicalement différents : l'un est blond, l'autre est brun. Mon petit ami est baraqué ; Monsieur Arrogance, lui, est plus maigrichon, même si on devine quelques muscles dessinés sous son t-shirt.

Je secoue la tête et détourne les yeux. Le sang m'est monté aux joues et je dois me rappeler de respirer.

— Vos chaussettes sont fabuleuses.

Je regarde mes pieds et m'aperçois, à mon grand désarroi, que les petits renards se sont échappés de mes bottines. Je m'accroupis pour les remettre en place.

— Ce sont des porte-bonheurs.

Bordel, Hope, apprends à fermer ta gueule ! On est à New York, il va penser quoi, de tes gris-gris ?

— J'imagine que ça se fait beaucoup, d'où vous venez, ricane-t-il.

Son air suffisant est comme une douche froide. Moi qui ne voulais pas passer pour une campagnarde, c'est raté.

Heureusement, l'ingé-son arrive pour me sauver.

— Hope Harper ? Votre chanson ?

— C'est moi ! «Musique, sauve-moi», s'il vous plaît.

Il prend note et disparaît aussi rapidement qu'il est venu.

— «Musique, sauve-moi», hein ? Intéressant.

— Vous ne pouvez pas vous empêcher de faire des commentaires sur tout, pas vrai ?

Je me mords la lèvre. J'ai parlé trop vite. Mais, visiblement, Monsieur Arrogance n'est pas habitué à ce qu'on lui parle sur ce ton.

— J'allais vous dire que…

— Je me fiche bien de ce que vous alliez dire, répliqué-je. D'où je viens, pour reprendre vos mots, on évite de juger les gens qu'on ne connaît pas.

Nos regards se croisent. Si le mien lance toujours des éclairs, le sien s'est départi de sa lueur taquine. Cette fois, j'espère vraiment qu'il va me laisser tranquille.

— Hope !

Mag débarque comme un feu follet et attrape mes mains. Soulagée, je m'accroche à ma sauveuse.

— Ça va être à toi. Tu es prête ?

— Non, mais maintenant que je suis là…

— Tu vas être grandiose, et… Adrian ? Qu'est-ce que tu fous ici ?

Mag regarde par-dessus mon épaule et dévisage Monsieur Arrogance, qui a désormais un prénom.

— Je suis venu regarder les auditions. J'ai le droit, non ?

— Mouais… Vous vous connaissez, tous les deux ?

J'ouvre la bouche pour répondre, mais il me prend de cours :

— Nous nous sommes rencontrés hier, au bar.

Les yeux de Mag font la navette entre lui et moi tandis que je dessine le visage de la parfaite coupable.

— Alors, c'est lui, Monsieur Arrogance ? Adrian McKenzie ?

— Monsieur Arrogance ?

Pitié, envoyez-moi de l'aide avant que je crève de honte !

– Hope Harper !

On m'appelle depuis la salle et je lâche aussitôt ma meilleure amie. Elle n'a pas le temps de me souhaiter bonne chance que je file droit sur scène, résolue à mettre le plus de distance possible entre moi et Adrian McKenzie.

Ce nom chatouille ma mémoire. Où l'ai-je déjà entendu ?

Face à moi, le directeur de casting, la productrice et le metteur en scène me dévisagent. J'ai plus envie de pisser que jamais, cependant je me force à rester droite. Je me compose un sourire de circonstance et marmonne un faible :

– Bonjour.

Le directeur de casting lève les yeux au ciel.

– Nous vous écoutons.

La musique commence. Elle emplit la scène, suffisamment forte pour vibrer en moi, mais assez faible pour que je puisse chanter sans micro. Je fixe un point au loin, dans les fauteuils rouges et vides.

Les premières notes glissent dans ma gorge et forment des mots. Je ne suis plus Hope, la vendeuse de chaussettes du Minnesota. Je suis Clarisse, la jeune paysanne qui n'a pas le droit d'avoir une voix.

– Dans la nuit, la lune se révèle,
Et c'est alors qu'elle m'ensorcèle,
Par la fenêtre, je la vois me sourire.

Je me revois, sept ans en arrière, sur la scène du lycée de Minneapolis. J'imagine ma robe blanche et vaporeuse, mes cheveux relevés et bouclés. La magie me transporte et j'oublie tout. Plus rien n'a d'importance.

Chanter, c'est tout ce qui m'importe.

– Musique, sauve-moi !
Je t'en prie, emmène-moi !

— Merci, mademoiselle !

La musique s'arrête brusquement et mon rêve éclate comme une bulle de savon. Ils ne vont même pas me laisser terminer ? Ils sont sérieux ?

Vu la tronche de la productrice, qui ricane sur ma fiche, je crois que oui. Je jette un regard désemparé vers Mag dans les coulisses et devine qu'elle est folle de rage.

— Vous recevrez un mail dans quelques jours avec la liste des personnes retenues, et…

— Un instant !

Monsieur Arrogance débarque sur scène et se plante à côté de moi. *Putain, qu'est-ce qu'il me veut encore, celui-là ?*

— Adrian ? s'étonne le directeur de casting. Mais que…

— Je voudrais chanter avec elle.

— Adrian, commence la productrice, nous n'avons pas le temps.

— Juste un couplet, insiste-t-il.

Je reste figée, pantoise. Je ne comprends pas un traître mot de ce qui est en train de se passer.

— L'heure bleue, propose-t-il. Tu la connais ?

J'acquiesce sans avoir la moindre idée de ce que je fous. Devant moi, la productrice hausse les épaules et capitule :

— Tu sais très bien que je ne peux rien refuser à ma star. Juste un couplet, alors !

Soudain, je me rappelle très bien où j'ai déjà vu le nom d'Adrian McKenzie. Sur une affiche de spectacle. Je tourne la tête vers lui et réalise, devant son sourire digne d'une pub pour dentifrice, que je me tiens face à la vedette montante de Broadway.

Et merde.

CHAPITRE 8
LA VEDETTE DE BROADWAY

HOPE

Un silence gênant emplit la scène. Adrian me regarde et je le fixe, incapable de bouger le petit doigt. Tu m'étonnes, qu'il transpire l'arrogance ! Ce mec est une star de la comédie musicale depuis au moins cinq ans, probablement diplômé d'une fac prestigieuse. Il n'a pas gagné un Tony Awards, l'année dernière ?

Cette fois, c'est sûr, je vais me pisser dessus.

Les premières notes de la chanson retentissent dans la salle et il m'adresse un clin d'œil. Je déglutis, la bouche pâteuse. Qu'est-ce qui m'a pris de dire oui, bordel ?

Il ne t'a pas tellement laissé le choix, me chuchote ma voix intérieure, celle de la raison.

Le piano entame la troisième mesure et Adrian prend une grande inspiration.

— *Minutes, secondes,*

La nuit s'égrène et je l'affronte.

Au loin, le jour débarque et nous éclaire,

Amène un nouvel univers.

Sa voix résonne en moi, dans toutes les fibres de mon être. Elle pénètre ma chair avec un plaisir inégalé et me fait frissonner. Je suis tellement décontenancée que j'en oublie presque que c'est à moi de continuer :

— *Minutes, secondes,*

La nuit s'échappe et je m'accroche.

Je repousse ce que le soleil apporte.

Son regard happe le mien. La scène, le metteur en scène, Mag, tout disparaît. Il ne reste plus qu'Adrian et moi, debout au milieu d'un village perdu, entre le jour et la nuit. Nous inspirons à l'unisson et lâchons :

— *Tout ce que je veux,*

C'est rester dans l'heure bleue.

Le piano se fait accompagner par le violon. Mon cœur menace d'imploser dans ma poitrine : cette chanson a toujours été ma préférée. Elle évoque l'amour de Clarisse pour la musique, le désespoir du prince qui ne comprend pas les décisions de son père. Elle scelle leur destin à tous les deux, puisque cette musique se joue juste avant leur première rencontre. Pourtant, c'est le premier duo de nos héros.

Adrian s'apprête à poursuivre, mais, comme pour moi, la musique s'arrête brusquement. La magie se brise et nous nous retrouvons au milieu de la scène, éclairés par une rangée de projecteurs, à la merci de l'équipe de production.

— Hope, mon chou, c'était exquis, me lâche le directeur de casting en griffonnant quelque chose sur son calepin. On te rappelle dès que possible.

— Mais… commence Adrian.

— Je vous remercie.

Hors de question que je le laisse me ridiculiser encore. J'effectue une révérence maladroite — *pourquoi est-ce que je fais ça, hein ?* — et me glisse hors de la scène.

Je passe par les pendrillons côté cour et fonce vers la

porte des coulisses. Je n'ai qu'une idée en tête : trouver les toilettes les plus proches pour soulager ma vessie. Bien sûr, c'est sans compter sur Monsieur Arrogance qui utilise ses grandes jambes pour s'élancer à ma poursuite.

— Hope, attendez !

J'accélère. Je ne sais pas à quoi il pensait en me proposant ce duo. De toute évidence, ça n'a pas marché. Pire, il m'a imposé un traitement de faveur que je n'ai pas demandé !

Où sont ces putains de toilettes ?

Je cours presque dans les couloirs, Adrian sur mes talons. Il m'appelle, je ne me retourne pas. Heureusement, nous sommes seuls. Je sais que le ridicule ne tue pas, mais on ne va pas abuser non plus.

— Hope !

Il me dépasse, hors d'haleine, et me bouche le passage. J'essaye de passer sous son bras quand il m'attrape par les épaules.

— Je suis désolé pour ce qu'il vient de se passer, d'habitude ils laissent les gens chanter jusqu'au bout, mais là…

— Ce n'est rien, vraiment.

Je me dégage de son emprise et me glisse sur le côté pour continuer. Mes yeux cherchent un panneau, un écriteau, quelque chose qui pourrait m'indiquer où se trouvent ces maudites chiottes.

Je marche comme un canard, les cuisses serrées l'une contre l'autre. Mais Adrian n'en reste pas là.

— Si, je suis confus ! Je ne veux pas que vous croyiez que je me moque de vous…

— Je ne crois rien, maugréé-je.

Il trottine derrière moi et nous débarquons dans le couloir où quelques candidates attendent encore. Toutes le dévisagent, la bouche grande ouverte de stupeur. Si j'avais encore le moindre doute sur son identité, cela me suffit à le réduire à néant. C'est bien une star de Broadway.

Une vedette qui n'a rien à foutre avec une vendeuse de chaussettes du Minnesota.

– Puis-je au moins vous offrir un café pour me faire pardonner ?

– Mais bordel, où sont les chiottes ? m'exclamé-je à voix haute.

Putain, cette journée ne pourrait pas être pire !

Adrian s'arrête à côté de moi, un sourire plaqué sur son visage. Si je n'avais pas une envie pressante, je lui arracherais. Les autres filles chuchotent en me toisant de bas en haut et je sens le regard de certaines s'attarder sur mes pieds. Évidemment, mes chaussettes sont encore sorties de mes bottines !

– Venez, me glisse Adrian en passant son bras autour de mes épaules. Il y a des toilettes dans ma loge.

Si je n'étais pas persuadée que ma vessie allait exploser, je refuserais. Seulement, la perspective d'une cuvette blanche, quand bien même se trouve-t-elle dans la loge de Monsieur Arrogance en personne, est la seule chose capable de me faire mettre un pied devant l'autre.

Il me guide dans les corridors et les murmures des candidates s'essoufflent dans notre dos. Enfin, il ouvre une porte avec son nom marqué dessus et je me précipite à l'intérieur.

– C'est ici.

Il me désigne un autre battant et je me jette dessus. Je ferme à clé derrière moi, puis remonte ma jupe avant de m'écrouler sur la cuvette des toilettes.

C'était moins une ! Un peu plus et tu te faisais vraiment pipi dessus, Hope !

Je me repasse le film mental de tout ce qui vient de se produire et je prie intérieurement pour mourir de honte. J'ai le cul vissé sur les chiottes de la vedette naissante de Broadway, qui est toujours derrière la porte. Un bref regard dans la pièce m'apprend que, bien évidemment, il n'y a pas de fenêtre pour que je puisse m'échapper.

La fenêtre est bien la seule chose qui manque, d'ailleurs. Dans le coin gauche de la pièce, une douche d'angle avec de multiples jets fait face à un lavabo et un miroir. Le tapis de bain semble tout doux, tout comme les serviettes accrochées au radiateur chauffant.

Grand luxe.

Je jette un coup d'œil à ma droite pour inspecter le papier toilette. Putain, même ça, ça a l'air hors de prix ! On dirait que ça sent la rose et les feuilles sont aussi douces que les fesses d'un nouveau-né.

C'est pas tous les jours que tu vas te torcher avec ça, ma vieille !

Une fois soulagée, je me rhabille et tire la chasse. J'avise le lavabo pour me laver les mains et m'observe dans le miroir.

Heureusement, je parais encore à peu près potable. Contrairement à moi, Mag n'utilise pas du maquillage bon marché. Mon teint est impeccable et mon mascara n'a même pas coulé !

— Hope ? m'arrive une voix derrière la porte. Vous allez bien ?

— Euh, oui ! Je sors.

J'ouvre un peu trop vite le battant, car un grognement étouffé me parvient.

— Putain !

Oh non.

Je me précipite dans la loge et découvre Adrian, accroupi le long du mur, les mains sur son visage. Du sang goutte le long de son menton et je me moleste intérieurement.

Bien joué, Hope. Du grand art ! Ce mec t'invite à pisser dans sa loge et tu lui pètes le nez.

— Je suis désolée, m'écrié-je.

Je repars dans la salle de bain pour attraper une serviette, puis tombe à genoux devant lui. Les yeux brillants, il me regarde lui attraper les paumes et les baisser pour inspecter les dégâts.

— Ça n'a pas l'air cassé, murmuré-je. Allez, mettez-vous debout et installez-vous sur le canapé.

— Et je devrais vous écouter parce que… ?

Sa voix est pincée et je suis tentée de le laisser se vider de son sang.

— Parce que je crève d'envie de jouer à l'infirmière après mon audition merdique, m'entends-je lui répondre.

Il rit avant de grimacer. Néanmoins, il s'exécute. Il me prend la serviette des mains et s'écroule dans le canapé de sa loge, en laissant derrière lui quelques gouttes de sang sur la moquette violine.

— Ne mettez surtout pas la tête en arrière, ordonné-je en m'asseyant près de lui. Il faut que ça sorte.

— Si c'est cassé, je…

— Ce n'est pas cassé, faites-moi confiance. Vous auriez plus mal, si c'était le cas.

— Pourtant, je souffre le martyre.

Pas de doute, c'est un excellent comédien. Il a sans doute mal, mais la douleur s'estompera dans quelques minutes.

— Ça vous apprendra à rester derrière les portes. Faites voir !

J'approche mon visage du sien et retire la serviette. Un léger bleu apparaît sur l'arête de son nez, néanmoins le saignement ralentit déjà. Je le frôle de la pulpe du doigt, il frissonne.

– Je suis désolée, j'ai toujours les mains froides, murmuré-je.

Il ne répond pas. Je suis happée par son regard profond, bleu avec des touches de doré. Autour de nous, l'atmosphère se fait plus lourde, plus dense, comme si la température venait de grimper de plusieurs degrés.

Je prends soudain conscience de notre proximité et me recule d'un bond. Je bute contre l'accoudoir du canapé et me rends compte que mon pull est taché de sang.

– Fais chier ! lâché-je.

Je retourne dans les toilettes pour tenter de limiter les dégâts, mais le mal est fait. Je capitule et jette le papier toilette désormais rouge dans la poubelle, avant de retourner dans la loge.

Adrian s'est levé et se tient dos à moi. Il a retiré sa chemise, qui jonche désormais le sol, et s'éponge le cou et la clavicule avec sa serviette. Je ne peux empêcher mes yeux de suivre les courbes de ses bras, la ligne de son dos, jusqu'à…

– Quand vous aurez fini de me mater, vous pourrez me passer le t-shirt sur la chaise, à côté de vous ?

Je pique un fard et attrape ce qu'il me demande.

– Je ne matais pas, dis-je en lui tendant le vêtement.

– Non, bien sûr.

Un grand sourire barre de nouveau son visage et je rougis de plus belle. *Il faut vite que je me barre de là.*

– Eh bien, merci pour les toilettes. Je ne vais pas vous retenir plus longtemps, je suis sûre que vous avez plein de choses à faire.

Je me retourne et me retrouve nez à nez avec une étagère pleine de trophées. Au centre, le Tony Awards rutilant me rappelle que nous ne venons définitivement pas du même monde.

— Vous m'avez presque cassé le nez, me retient Adrian. Et je vous ai laissé utiliser mes toilettes privées. Je crois que ça vaut bien un café, non ?

Je me retourne pour le toiser. Il n'a plus de sang sur le menton et son t-shirt blanc en col V dessine encore mieux ses muscles discrets.

Mais pourquoi je le mate comme ça ?

— Je suis censée retrouver Mag, je ne sais pas si…

— Margaret ? Elle est bloquée ici jusqu'à la fin des auditions.

Je plisse les yeux, suspicieuse.

— Pourquoi voulez-vous prendre un café avec moi ? C'est votre truc de vedette ? Alpaguer les campagnardes paumées pour essayer de les mettre dans votre lit ? Parce que j'aime autant vous dire tout de suite…

Il éclate de rire, mettant un terme à ma pathétique tirade. Puis, il attrape une veste en cuir sur un portant et la passe sur ses épaules.

— Ce n'est qu'un café, Hope. Je vous assure que je n'ai pas le moindre attrait pour les campagnardes paumées.

Mouais. Même si c'était vrai, il ne me l'avouerait pas, de toute façon.

— Alors, pourquoi ? insisté-je.

Il ouvre la porte de sa loge et me pousse à l'extérieur, sans me laisser le loisir de dire non.

— Pourquoi pas ?

CHAPITRE 9

JUSTE UN CAFÉ

HOPE

C'est donc ainsi que je me retrouve attablée au Café français, à quelques rues seulement du Longacre, en compagnie du seul et unique Adrian McKenzie. Tout le décor est là pour rappeler un vrai café français : les tables en bois, les chaises, les affiches de la Tour Eiffel et de l'Arc de Triomphe…

– Êtes-vous déjà allée à Paris, Hope ?

Mon attention se reporte sur Adrian. Son doigt est enroulé dans la hanse de sa tasse et ses lèvres frôlent le café noir qu'il a commandé.

– Non, à mon plus grand regret, soufflé-je en attrapant moi-même mon breuvage, un mocha.

– Pourquoi regret ? Quel âge avez-vous ? Vingt-cinq, vingt-six ans ? C'est jeune pour avoir des regrets, vous ne croyez pas ?

Ma gorge se serre. Je réalise que j'ignore quand j'ai tiré un trait sur mes rêves de voyages. Comme Logan ne veut jamais aller nulle part, j'imagine que je m'étais fait une raison.

– Si je suis aussi jeune que vous semblez le croire, poursuivis-je, alors le vouvoiement est inutile. D'autant que tu ne dois pas être beaucoup plus âgé que moi, je me trompe ?

Mon passage au tutoiement le fait tiquer, mais ne semble pas lui déplaire. Il avale une gorgée de café et repose la tasse dans la soucoupe, avant de déchirer le sachet du carré de chocolat qui l'accompagne.

— Ça veut dire que j'ai raison ? s'enquit-il.

— J'ai effectivement vingt-cinq ans. Enfin, je viens de les avoir. Et toi ?

— Vingt-sept.

— Et déjà une vedette !

Il grimace et fourre son carré de chocolat dans sa bouche. C'est un geste simple, futile, pourtant je sens mon cœur s'accélérer dans ma poitrine quand je le vois s'essuyer le coin des lèvres avec son pouce.

Être aussi sexy devrait être interdit par la loi.

— Une vedette que tu n'avais pourtant pas reconnue…

Je passe une main dans mes cheveux et attaque mon propre sachet de chocolat. Comme je galère à l'ouvrir, je finis par le déchirer avec les dents, sous le regard amusé d'Adrian. Au moins, il ne m'a pas proposé son aide, comme aurait pu le faire Logan.

— Bah, tu l'as sûrement deviné, je ne suis pas d'ici. Les affiches de Broadway, ça ne court pas les rues, d'où je viens.

— Et c'est où, d'où tu viens ?

— Devine !

J'ignore pourquoi j'ai dit ça. C'est un jeu ridicule et je m'en veux aussitôt. Je m'apprête à lui balancer le nom de mon bled, quand soudain :

— D'accord ! J'ai droit à trois essais : si je gagne, tu payes le café. Si je perds…

— Tu passes la prochaine commande en chantant.

Il écarquille les yeux alors que j'éclate de rire.

— Ça veut dire qu'il y aura une prochaine commande ?

Un éclat de malice illumine son regard. Est-ce que c'est du flirt ? Bordel, je n'ai pas fait ça depuis le lycée. Dans ma poche arrière, mon téléphone me brûle. Ce petit jeu est tout à fait innocent, mais je ne peux pas m'empêcher de me sentir coupable.

C'est juste un café, Hope !

Juste un café. Avec un mec horriblement craquant, drôle, sexy. Si Mag me voyait, elle serait déjà en train d'envoyer un SMS de rupture de ma part à Logan.

Serait-ce une si mauvaise chose ?

— Hope ?

Je relève la tête. Adrian m'observe comme si j'étais prête à m'envoler sur la lune. Reprenant mes esprits, j'avale le chocolat et plaisante :

— Seulement si tu perds.

— Très bien, rit-il. J'ai le droit à un indice ?

Je fais mine de réfléchir.

— J'ai fait quatre heures d'avion pour venir jusqu'ici, lâché-je.

— C'est pas juste ! Il y a plein de villes à quatre heures d'avion !

— Ça, c'est pas mon problème !

Je me renfonce dans mon siège et me marre tandis qu'il cherche.

— Ohio ? tente-t-il d'abord.

Je grimace et secoue la tête.

— Un autre indice ?

— Tu veux pas que je te donne la réponse, non plus ?

Il ricane et termine son café. Je l'imagine en commander un en chantant et cela suffit à me plaquer un sourire satisfait sur le visage.

— Le Tennessee ?

— C'est à plus de quatre heures d'avion !

— Tu crois que j'ai appris par cœur les feuilles de route de JKF ?

Un point pour la star. Je jubile en songeant qu'il ne lui reste qu'une seule chance. Il ouvre la bouche, mais, au même moment, mon téléphone se met à vibrer.

— Excuse-moi.

J'extirpe mon portable de ma poche arrière et grimace en voyant s'afficher le nom de Logan. Mon premier réflexe est de refuser l'appel : fatale erreur. Il me rappelle aussitôt.

— Je suis désolée, j'en ai pour cinq secondes.

— Pas de problème. Ça me laisse le temps de cogiter.

Je balance un sourire contrit, puis plaque le combiné à mon oreille.

— Allô ?

— Hope ? Putain, ça fait une heure que j'essaye de te joindre !

Je soupire et grimace.

— Je t'ai dit que je t'appellerai ce soir.

— Je sais, mais là c'est urgent ! Je ne trouve pas mon short de sport, tu sais où tu l'as rangé ?

Il est sérieux, là ? Il me dérange pour son foutu short de sport ?

— Non, j'en sais rien.

Mon portable vibre de nouveau contre mon oreille et j'écarte le combiné. C'est un message de Mag. En voulant le lire, j'active maladroitement le haut-parleur.

— Sérieux, bébé, tu veux pas rentrer ce soir ? Il y a un avion pour Minneapolis à dix-neuf heures, je peux venir te chercher, et…

Je lève les yeux vers Adrian. Évidemment, il a tout entendu.

Tant pis pour la chanson.

Une sourde colère monte en moi et je m'empresse de désactiver le haut-parleur.

— Je ne rentre pas ce soir, annoncé-je. Je te rappelle plus tard.

— Mais…

Je raccroche avant de lui dire quelque chose que je pourrais regretter. Face à moi, Adrian n'a rien perdu de la scène. En soupirant, j'attrape mon portefeuille et en sors un billet de dix dollars.

— Minnesota, hein ? J'aurais dû m'en douter.

Bizarrement, ce jeu ne m'amuse plus. Est-ce qu'il sous-entend que j'ai tellement l'air d'une meuf paumée qu'il aurait pu deviner en un clin d'œil où j'ai passé toute ma vie ? Je ne suis pas sûre d'avoir envie de le savoir.

— Laisse, dit-il alors que je pose le billet sur la table.

— Non, un pari est un pari.

— C'est pas comme si je l'avais vraiment gagné.

Je me lève d'un bond. Mes doigts sont crispés autour de mes dix dollars et sa main recouvre la mienne, comme pour m'empêcher de payer. Je frissonne à son contact.

C'est juste un café.

Alors pourquoi je me sens comme ça ? Pourquoi j'ai l'impression que mon mec vient de me choper en flagrant délit d'adultère, et que le type en face de moi s'en amuse ?

— Mag a fini, je dois y aller.

— Attends !

Mais je n'attends pas. Je laisse le billet sur la table et me glisse hors de son étreinte. Aussitôt, j'ai froid et je m'en veux. Je réagis comme une gamine.

Je cours presque pour m'éloigner de lui et laisse la petite cloche du bar sonner le glas de notre premier — et dernier — café.

CHAPITRE 10
MONSIEUR ARROGANCE

ADRIAN

Elle part comme un courant d'air et je me sens soudain vide. Je me repasse le film des récents événements pour comprendre comment j'en suis arrivé là, dans ce café, avec la nana du *Sing Along* !

L'audition. Elle a débarqué dans les coulisses et j'ai cru que mon cœur allait dévaler à mes pieds.

C'est qui, putain !? Une sorcière ? Elle était là, avec ses chaussettes-renard, prête à s'élancer sur scène. Au moins, elle se souvenait de moi.

Monsieur Arrogance…

Je souris en songeant au surnom qu'elle m'a donné. Je sais que je peux avoir l'air hautain, la faute à mon éducation britannique et à ma grand-mère. Mais je m'en amuse. Au moins, elle ne m'appelle pas simplement : «le connard».

Puis, elle a commencé à chanter. J'ai su, en une seconde à peine, que c'était la personne idéale pour jouer Clarisse. L'émotion était juste, la voix parfaitement posée, quoique peut-être un peu trop nasillarde, par moment. Rien qui ne puisse être amélioré par quelques cours de chant.

Quand Clay a interrompu son audition, j'ai complètement vrillé. Vu la façon dont il avait traité les précédentes candidates, je commençais à me douter qu'il y avait anguille sous roche. Je suis persuadé qu'il a déjà une idée très précise du rôle féminin et ces auditions ne sont qu'une formalité. Mais Hope… Hope méritait mieux que ça.

Proposer un duo, c'est tout ce que j'ai trouvé.

Je n'avais pas chanté sur scène depuis des mois et pourtant, à ses côtés, tout semblait ridiculement facile, presque naturel. Je n'avais jamais senti une telle connexion auparavant.

Mais Clay est un connard, et la productrice, Amelia, n'est pas mieux. Hope n'avait pas la moindre chance.

Je pousse un long soupir. Devant moi, la place est vide de sa présence. Suite à l'appel de ce type, elle avait l'air ailleurs, déboussolée.

Il l'a appelée « bébé ».

Évidemment qu'elle n'est pas célibataire, Adrian !

Une fille comme elle ! Bientôt, elle rentrera dans le Minnesota et tu ne la reverras plus…

Dégoûté, je fais racler ma chaise sur le sol et sors du café.

Dehors, plus aucune trace d'elle. Je n'ai qu'une envie : rentrer chez moi. Cette fois, je ne hèle pas de taxi. Je sens que marcher me fera le plus grand bien.

À mi-chemin vers mon appartement, Zack m'appelle pour me demander où je suis. Lui, bien sûr, est déjà chez moi. Je le rejoins en quelques minutes, pour le découvrir affalé sur mon canapé.

— Tu ne bosses donc jamais ? demandé-je, un peu agacé par sa présence.

— J'ai un show ce soir. Alors, ces auditions ?

Je pousse un long soupir et m'écroule à côté de lui.

— Nul. Il n'y avait qu'une seule fille capable d'endosser le rôle de Clarisse, et Clay ne l'a même pas laissé finir.

— Ah bon ? C'était qui ? On la connaît ?

Je sais que je devrais mentir pour avoir la paix. Mais je n'ai jamais été doué pour ce genre de choses.

— Tu te rappelles la fille du bar, l'autre jour ?

— La future madame McKenzie, tu veux dire ? Ouais, je me souviens.

Il est vraiment con. Je lui donne un coup de coude et il s'esclaffe.

— Bah c'était elle. Elle est venue auditionner.

— Tu déconnes !

Je secoue la tête et ses yeux se mettent à pétiller. Il bondit sur ses pieds et s'accroupit en face de moi, de l'autre côté de la table basse.

— C'est géant ! Ce n'est plus une coïncidence, c'est carrément le destin ! Alors, tu lui as parlé ?

— On est même allé boire un café.

— Sans rire ! Attends, qu'est-ce que tu as sur le nez ?

Je frôle du doigt mon arrête de nez et grimace. C'est encore un peu douloureux, mais Hope avait raison, ce n'est pas cassé.

Je raconte tout à Zack. L'audition foireuse, son irrépressible envie d'aller aux toilettes, la loge… Il boit mes paroles et je sens que j'entendrai parler de cette histoire pour le restant de mes jours.

— C'est trop dément ! Elle a l'air chouette, je l'aime déjà. Tu me la présentes quand ?

Je ne peux m'empêcher de sourire devant l'enthousiasme de mon meilleur ami.

— Jamais, je pense. Elle a un mec. Et elle va rentrer dans le Minnesota.

— Ah.

La tronche de Zack s'assombrit et je pousse encore un long soupir. Je ne peux pas m'empêcher d'être déçu, même si je la connais à peine.

— Au moins, poursuit mon meilleur ami, ça nous prouve que tu es enfin guéri de l'autre garce ! Tu es prêt à rencontrer quelqu'un !

Je n'avais pas vu les choses sous cet angle, mais je réalise qu'il a raison. Rebecca est partie depuis un an, maintenant.

Il est grand temps pour moi de tourner la page.

Zack reste un peu et file vers dix-huit heures pour se préparer pour son spectacle. Il me propose de venir le voir jouer, mais j'ai envie d'être seul.

Allongé sur mon canapé, je traîne sur mon portable. Malgré moi, je me mets à chercher le nom de « Hope Harper » dans le moteur de recherche. Bien sûr, je ne trouve pas grand-chose. Il y a des centaines d'Américaines qui répondent à ce nom, alors je précise la mention : « Minneapolis ». Là encore, je fais face au néant, mis à part une vidéo mise en ligne par le lycée de la ville, il y a huit ans.

J'ouvre la page et mon cœur rate un battement. C'est elle, en Clarisse, qui monte sur scène. Elle se met à chanter et la même certitude que pendant son audition se faufile en moi.

C'est à elle que doit revenir ce rôle. Même si elle débarque de nulle part, même si elle n'est pas passée par la case « prestigieuse école d'arts dramatiques ». Elle possède une authenticité qui ne s'imite pas, que je jalouse presque. Mon authenticité à moi, je l'ai perdue depuis longtemps.

La vidéo s'achève. Je la remets en boucle. C'est ainsi que je m'endors, le téléphone dans la main et la voix de Hope dans mes oreilles.

CHAPITRE 11

LA FRIPERIE DES CŒURS BRISÉS

HOPE

À peine me suis-je échappée du café que j'appelle Mag. Elle décroche aussitôt et me dit qu'elle m'attend à l'angle de la huitième et de la quarante-neuvième avenue. Heureusement, je ne suis pas loin. Je presse le pas et ne tarde pas à l'apercevoir, café à emporter à la main.

– Ces chacals ! crache-t-elle en me serrant dans ses bras. J'en reviens pas de ton audition ! Ils m'avaient promis de te laisser chanter !

– C'est pas grave, Mag.

Je n'en pense évidemment pas un mot. Je suis vexée comme un pou de ne pas avoir eu de vraie chance, mais j'imagine que ma non-expérience a joué contre moi. Tout ce que je redoutais.

– Si, c'est grave ! Même Adrian a trouvé ça dégueulasse, même si c'était stupide de sa part de proposer un duo.

Je grogne pour toute réponse. Le souvenir de mon moment sur scène avec lui se rejoue dans mon esprit. Sa voix et la mienne, la musique, ses yeux…

– Tu l'as vu, d'ailleurs ? me questionne Mag alors que

nous empruntons le chemin de son appartement.

Son regard inquisiteur glisse sur moi et je me sais incapable de lui cacher tout ce qu'il s'est passé. Je lui raconte tout : mon envie de pisser, la loge, le nez presque cassé et le café.

— Il fait chier, ton mec ! s'exclame-t-elle. J'aurais payé cher pour voir Adrian McKenzie commander son café en chantant.

— Moi aussi, admets-je.

Ce rendez-vous avait un goût de trop peu. Pourtant, je sais qu'il ne se reproduira pas. Dans quelques jours, j'aurais les résultats de l'audition et je sais pertinemment que mon nom ne sera pas sur la liste. Alors, je n'aurais plus aucune excuse pour ne pas rentrer à Minneapolis.

— Il est encore tôt, signale ma meilleure amie. Que dis-tu d'une petite séance shopping pour oublier tout ça ?

Mon visage s'illumine. J'acquiesce, passe mon bras sous celui que me tend Mag et la laisse me guider dans le dédale des rues de New York.

Même si on est encore fin octobre, les décorations de Noël commencent déjà à faire leur apparition. Sur quelques balcons, les guirlandes d'Halloween tutoient les couronnes de houx. Ça fait des années que Mag me tanne pour que je passe les fêtes avec elle, à New York. Cette année, peut-être…

Mag nous emmène devant une petite friperie qui, de l'extérieur, ne paye pas de mine. Mais, quand nous entrons, j'ai l'impression d'avoir été transportée au paradis.

— C'est…

Les mots me manquent. La boutique s'étale sur deux étages et les portants sont couverts de jeans, de chemises, de jupes et de robes. Je me sens comme une gamine à Disneyland.

— Je sais que tu adores les vieux trucs, me glisse Mag. Alors, voilà !

La vendeuse nous adresse un clin d'œil et je ne résiste pas une seconde de plus. Je commence à parcourir les rayons. Mag me suit distraitement, un œil sur son téléphone.

— Tu attends un coup de fil ?

— C'est Shirley. Elle m'a envoyé un message, tout à l'heure. J'ai répondu, et maintenant…

Je fronce les sourcils alors que mes doigts caressent un chemisier fleuri en flanelle.

— Elle voulait quoi ?

— Savoir comment j'allais.

Les yeux de Mag se bordent de larmes. Je n'insiste pas. Je décroche une robe des années 80 avec des manches bouffantes et la colle contre son corps :

— Ça t'irait bien.

— Je ne porte pas ce genre de trucs, soupire-t-elle.

— On s'en fout ! Tu te rappelles quand on était gamines ? On passait notre temps à essayer des fringues au centre commercial !

C'était d'ailleurs notre principale occupation. En sortant des cours, on courait dans les boutiques et on passait toutes sortes de vêtements, qu'on les trouve beaux ou moches. Mag lève les yeux au ciel et capitule. Elle empoigne la robe et la jette par-dessus son épaule.

— Tu veux jouer à ça ?

Elle fouille parmi les combinaisons et m'en trouve une avec des grosses fleurs en relief. Je l'accepte de bon cœur : quand on vend des chaussettes toute la journée et qu'on est la risée de sa famille, on accepte bien vite que le ridicule ne tue pas.

Nous écumons ainsi toute la boutique, sous le regard amusé de la vendeuse. Lorsque nous croulons sous les fringues, nous titubons jusqu'aux cabines d'essayage et nous engouffrons à l'intérieur.

Alors que je passe ma première tenue — une robe absolument hideuse qui fait penser à un sapin de Noël — Mag m'interroge :

— Alors, Adrian… Tu vas le revoir ?

— Bien sûr que non, lâché-je un peu trop vite. Je suis avec Logan.

— Pourquoi tu restes avec ce type ? C'est un mystère, pour moi !

Je zippe la robe tant bien que mal. Le tissu me gratte les jambes et je repousse le rideau de la cabine pour me faufiler dans celle de Mag. Elle n'est pas mieux : elle a enfilé une chemise large, qu'elle essaye de rentrer dans un pantalon pattes d'eph orange fluo.

— T'es affreuse, ris-je.

— T'es pire.

Je repars aussitôt dans ma cabine et me déshabille. J'espérais que Mag avait oublié le sujet de notre conversation, mais elle revient à la charge :

— Alors ? Pourquoi tu restes ?

— Je n'en sais rien, soupiré-je. Par habitude, j'imagine.

— L'habitude, ça suffit pas, Hope.

Je me mords la lèvre. Je n'aime pas la tournure que prend cette discussion et, comme à chaque fois que Mag me travaille au corps sur ma relation avec Logan, mon regard tombe sur mon ventre.

— J'avais déjà pas compris pourquoi tu étais restée, après

le lycée, alors qu'on avait toutes les deux pour projet de venir à New York. Mais là…

Je glisse du portant une combinaison en jean. Une voix me souffle que je dois lui dire. Je lui cache depuis trop long-temps et, cette fois, Logan n'est pas là pour m'empêcher de parler de ça.

— Hope ?

— J'étais enceinte.

Les mots sont sortis et je ne peux pas les rattraper. Un bruissement de tissu plus tard, Mag débarque dans ma cabine, en soutif culotte.

— Quoi ?

Elle n'a pas l'air en colère, juste choquée. Je soupire et tombe sur le tabouret recouvert de fringues.

— Je suis tombée enceinte à la fin de notre dernière année de lycée, expliqué-je. Quand je m'en suis rendu compte, il était déjà trop tard pour avorter. J'étais bien sûr pas du tout prête à être mère… Logan, lui, était fou de joie. C'est pour ça qu'on s'est installés ensemble aussi vite.

Mag tombe à mes genoux et m'attrape les mains. Tout lui raconter me soulage autant que cela me brise le cœur.

— Pourquoi tu n'as rien dit ? souffle-t-elle.

— Parce que j'avais honte. Honte d'être la stupide petite Hope, trop bête pour être acceptée à la fac, trop bête pour mettre une putain de capote à son mec. Je pensais que j'avais mérité ce qu'il m'arrivait et surtout, je voulais pas que tu restes à cause de moi.

— Ma chérie…

Elle m'entoure de ses bras et je plonge mon visage dans son cou. Pourtant, je ne pleure pas. Tout reste coincé dans ma gorge, indélogeable.

— Et le bébé ?

Le bébé… Voilà longtemps que je n'y avais pas pensé. Ma poitrine se serre, les souvenirs m'assaillent. Les urgences, les larmes de Logan, le sang…

— J'ai fait une fausse couche. À cinq mois.

Mag se recule et je lis dans ses yeux qu'elle fait le calcul.

— J'étais déjà à New York…

— Ouais… Après ça, Logan a tout de suite voulu qu'on essaye d'en avoir un autre. J'ai refusé. Je ne voulais pas être mère et surtout, je ne voulais pas revivre ça. Mais il était si triste… Alors j'ai promis.

Ma voix s'étrangle. Mag comprend et lâche :

— Tu lui as promis un bébé, hein ?

J'acquiesce, parce que c'est tout ce que je suis capable de faire. Ma meilleure amie tombe sur les fesses sur la moquette de la cabine d'essayage.

— Putain, Hope…

— Je sais.

Nous devons peindre un bien pathétique tableau. Elle à moitié à poil, moi semi-rentrée dans une combinaison et assise, le dos voûté, sur un tabouret recouvert de fringues.

— Alors, c'est pour ça que tu restes ? Parce que tu lui as promis un enfant ?

— En mémoire de celui que nous avons perdu… Logan est de plus en plus insistant et moi, j'arrive à court d'excuses.

— Mais t'as envie d'être maman ?

On y est, la question qui fâche. Et la réponse est loin d'être simple.

— Oui, mais pas tout de suite. Je voudrais voyager, chanter, passer des auditions même si je me fais recaler. Je voudrais juste…

— Vivre.

Cette fois, les larmes montent. Je les sens glisser sur mes

joues, laissant une marque brûlante dans leur sillage. Mag les essuie, me sourit :

— Ma puce, t'avais dix-sept ans. Je sais ce que les promesses représentent pour toi, mais si on va par là, tu m'avais aussi promis qu'on s'installerait toutes les deux à New York après le lycée.

Je grimace et renifle. Je regrette de ne pas lui en avoir parlé plus tôt.

— Ne fais pas naître un enfant dans un foyer où il n'y a plus d'amour, Hope. Toi mieux que personne, tu sais ce que ça fait.

Mon cœur, déjà amoché, achève de se briser. J'attire Mag à moi et sanglote sur son épaule. Elle me berce doucement, comme elle avait l'habitude de le faire lorsque, enfant, je me glissais chez elle pour échapper aux disputes de mes parents. Elle a raison et je le sais.

Pour la première fois depuis huit ans, je ne me sens plus seule.

— Pleure, ma belle.

Pour pleurer, je pleure. Pour ma vie gâchée, pour cet enfant que j'ai échoué à mettre au monde, pour Logan et ses promesses, pour mon audition ratée. Je chiale et rien ne peut m'arrêter.

— Tout va bien ? nous parvient une voix derrière le rideau.

Je hoquète alors que Mag répond :

— Vous avez des mouchoirs ?

La vendeuse soupire. Je me sens conne de péter un câble dans sa boutique, mais ce n'était pas vraiment prévu. Elle revient quelques minutes plus tard et glisse un paquet de mouchoirs à travers le rideau.

— Rupture difficile ? s'enquiert-elle alors que j'essuie mon nez.

– On va dire ça, hasarde Mag.

Elle se relève et son regard croise le mien. Je sais que je ne peux plus faire machine arrière. Je devrais être morte de trouille et, pourtant, je me sens en paix avec cette décision que je viens de prendre sans m'en rendre compte.

Je ne peux pas faire un enfant avec Logan. Je ne peux pas rester avec lui.

Je ne peux plus.

– Tu sais quoi ? reprend ma meilleure amie. Dans trois jours, il y a une soirée d'Halloween au *Sing Along !*. Ça te tente d'y aller ? Je suis sûre qu'on peut trouver de quoi se déguiser, ici.

Une fête costumée ? Je n'ai pas fait ça depuis une éternité. Logan déteste ce genre de choses. Les yeux encore gonflés par les larmes, j'opine du chef. Au moins, ça me fera penser à autre chose.

Mag ouvre brusquement le rideau. La vendeuse ouvre la bouche, puis s'arrête sur l'ensemble de sous-vêtements en coton de Mag. Elle s'empourpre et balbutie :

– Je… euh…

– Vous nous filez un coup de main ? Vous vous appelez comment ?

– Euh, Julie, mais…

– Parfait, Julie ! Alors, dites-nous, qu'est-ce que deux jeunes célibataires à New York peuvent porter à une soirée déguisée d'Halloween ?

✦

Trois heures plus tard, nous ressortons enfin de la friperie, les bras chargés de sacs. Julie a retourné son magasin pour nous dégoter les tenues parfaites : une combinaison ultra moulante pour Mag, qui deviendra Catwoman, et une longue robe vaporeuse pour moi. J'ai longtemps hésité avant de choisir de me déguiser en Christine, l'héroïne du *Fantôme de l'opéra*[7].

En partant, j'ai bien évidemment remarqué que Julie glissait son numéro dans le sac de Mag. Ma meilleure amie fait vraiment de l'effet à tout le monde. J'espère qu'elle l'appellera, même si c'est l'histoire d'une nuit. Elle mérite d'oublier un peu Shirley.

En arrivant, je cours me délester de mes paquets dans ma chambre. J'extirpe mon téléphone de ma poche et remarque que Logan a encore essayé de m'appeler trois fois. Une boule d'angoisse s'incruste dans mes entrailles.

Je ne peux pas ignorer ce qu'il s'est passé, dans cette cabine d'essayage. Par la fenêtre, New York me promet la liberté et me hurle de la rejoindre.

Depuis que je suis là, je redeviens la Hope d'avant. Celle qui était impulsive, celle qui prenait les meilleures décisions de sa vie sur un coup de tête. Plus décidée que jamais, j'empoigne mon téléphone et ouvre la vitre. J'enjambe le parapet, m'installe sur l'échelle d'incendie. Un instant, je ferme les yeux et me laisse envahir par le bruit de la ville.

Tu vas vraiment faire ça ?

La réponse se faufile en moi. Mag a raison. Je ne peux pas rester avec quelqu'un pour une simple promesse. Je ne peux pas avoir un bébé juste parce que je l'ai promis.

Le cœur au bord des lèvres, je colle le combiné à mon oreille. Chaque bip est un supplice et me donne une chance

---

7 Comédie musicale d'Andrew Lloyd Weber, inspirée du roman éponyme de Gaston Leroux, publié en 1910.

de changer d'avis.

Mais je ne changerais pas d'avis. Jamais.

Logan et moi, c'est terminé.

CHAPITRE 12

RUPTURE SUR UNE ÉCHELLE D'INCENDIE

HOPE

— Allô ?

La voix de Logan est un peu sèche, comme s'il était énervé. Il doit probablement l'être, vu le nombre de fois qu'il a essayé de m'appeler.

Je sens que ça va être une conversation constructive.

— C'est moi.

C'est l'entrée en matière la plus pourrie que j'ai jamais vue.

— Je sais que c'est toi, Hope. Je pensais que t'appellerais plus tôt.

— Je suis désolée, je viens juste de rentrer chez Mag. On est allées faire les boutiques.

— Ah.

Une bourrasque se faufile dans la ruelle et me fait frissonner. J'hésite à rentrer pour attraper un pull, mais j'ai l'impression que si je le fais, je vais me dégonfler. Alors, je ne bouge pas. Je reste assise sur l'échelle d'incendie, les jambes ramenées contre ma poitrine.

— C'était bien, ton audition ?

Whaou, il sent que ça pue pour s'intéresser soudain à ce que je fais ?

– C'était… oui, c'était bien.

Je ne peux pas lui dire la vérité. Je n'ai pas envie d'entendre ses «je te l'avais bien dit» ou «comme tu as raté, tu peux rentrer à la maison».

– Au moins, tu auras essayé, me lâche-t-il.

Je fronce les sourcils. Ça veut dire quoi, ça ? Que même si ça s'était bien passé, je n'aurais pas eu la moindre chance d'être prise ? Il croit donc si peu en moi ?

La colère monte et me fait crisper la mâchoire. Sans réfléchir, j'ajoute :

– J'ai fait plus qu'essayer. J'ai eu le directeur de casting au téléphone. Je suis prise.

Ah, il ne s'y attendait pas, à celle-là !

Et moi non plus, à vrai dire. Qu'est-ce qui m'a pris de mentir, bordel ?

– Tu… tu es prise ?

J'attends le moment où il va se réjouir pour moi, même si c'est faux. J'attends qu'il me félicite, qu'il me dise que je suis fabuleuse, qu'il me soutiendra.

Ce moment ne vient pas.

– Alors… tu ne vas pas rentrer ?

– Putain, Logan, c'est tout ce qui t'intéresse ? Savoir quand je vais rentrer ?

Je parle sans réfléchir, mais ça me fait un bien fou.

Il soupire. J'entends quelques bruissements de tissus et je devine qu'il s'allonge dans le canapé. Je n'ai aucun mal à l'imaginer dans notre salon, avec une bière ouverte sur la table, peut-être un bol de chips à la main. Mon cœur se serre un peu et la colère diminue quand je songe que je ne vivrai plus jamais ça.

— C'est juste…, souffle-t-il. Tu me manques, Hope. J'aime pas quand t'es pas là. Reviens, bébé, s'il te plaît !

La boule dans ma gorge fait son grand retour. Mille émotions frappent à ma porte et se disputent pour entrer la première. Finalement, c'est le ressenti qui gagne.

— Tu fais même pas semblant d'être content pour moi, grincé-je. Broadway, c'est mon rêve ! Et maintenant que j'y suis, tu voudrais que je le quitte pour toi ?

— Tu l'as déjà fait une fois.

— Justement !

J'ai parlé un peu trop fort et, en dessous, quelques passants tournent la tête vers moi. Je m'excuse d'un geste et reprends, plus bas :

— Il y a huit ans, je suis restée, car je pensais que nous allions être parents. Je sais ce que je t'ai promis, ce que nous nous sommes promis, mais… Ce n'est plus ce dont j'ai envie.

Le silence est lourd, à l'autre bout du fil. Les respirations saccadées de Logan me parviennent. Soudain, je me dégoûte de faire ça au téléphone. J'aurais dû rentrer à Minneapolis pour lui dire ça en face et récupérer le reste de mes affaires. Je lui devais au moins ça.

— T'es sérieuse, Hope ?

Son ton est dur et je ne peux pas lui en vouloir. Nous sommes ensemble depuis si longtemps… Trop longtemps.

— Je suis désolée. Être ici, avec Mag, me fait prendre conscience que c'est ce que j'ai toujours voulu et…

— C'est Mag qui t'a retourné la tête, hein ? Putain, elle m'a toujours détesté !

— Mag n'a rien retourné du tout ! m'exclamé-je en fronçant les sourcils. Je ressens ça depuis longtemps. J'avais juste… peur de l'affronter. Maintenant que je suis à New York… Logan, j'ai envie de vivre, tu comprends ?

— Non. Non, je ne comprends pas.

Sa voix est plus rauque, presque cassée. Je m'en veux de le faire souffrir ainsi. Mais je ne peux plus continuer, pas comme ça. Tout mon être me hurle de rester à New York et j'ai la nausée à la simple idée de remettre les pieds dans le Minnesota. J'ignore où tout ça va me mener, or s'il y a une chance pour moi de vivre de ma passion, je dois la saisir.

— Quand est-ce que tu rentres, Hope ?

Je sens qu'il commence à s'agacer. Je prends une grande inspiration et rétorque :

— Je ne rentre pas.

Il jure. Nouveau bruissement de tissus. Je devine qu'il se lève, marche jusqu'au frigo, décapsule une nouvelle bière. Puis, je l'imagine s'appuyer contre le plan de travail de la cuisine, là où nous avons fait l'amour, il y a quelques jours.

Une éternité.

— Tu peux pas me faire ça. On voulait fonder une famille, on…

— *Tu* voulais fonder une famille ! Moi, je ne suis pas prête à avoir un enfant. On n'a jamais quitté Minneapolis, bordel ! On n'est jamais partis en voyage, on n'a rien vécu en dehors du Minnesota.

— Alors, tu vas briser ta promesse, comme ça ? Madame est prise à Broadway donc ça y est, elle abandonne tous ceux qui l'ont soutenue ?

Je me reprends mon mensonge en pleine gueule et les larmes me piquent les yeux.

— Tu ne m'as jamais soutenue ! Jamais prise au sérieux !

— C'est faux, je t'ai laissé partir ! Visiblement, j'aurais jamais dû !

— C'était quoi l'autre option, m'enfermer dans la cave ? crié-je. Tu t'entends parler, Logan ? Je ne suis pas ta copine, je suis ta prisonnière !

Ma voix résonne dans la ruelle, mais je m'en contrefous. Le monde entier peut bien m'entendre gueuler. Au moins, ça me soulage.

— Tu vas rentrer à la maison, dit Logan d'une voix calme qui me glace le sang. Et on ne reparlera plus de tout ça.

Je songe que, si nous avions été face à face, nous nous serions déjà jetés l'un sur l'autre pour faire l'amour sur le sol de la cuisine. Voilà, au fond, pourquoi je ne suis pas rentrée. Être loin me donne une vraie chance de m'exprimer. Une vraie chance de le quitter.

— Non. Je ne rentrerai pas.

Je l'entends frapper du poing, casser quelque chose. Je ne veux pas savoir ce que c'est.

De toute façon, ce n'est plus chez moi.

— C'est fini, Logan.

Prononcer ces mots m'achève autant que ça me libère. Je sens la détresse de Logan à l'autre bout du fil. Une part de moi voudrait le consoler, lui dire que tout va bien aller. Mais l'autre en a assez d'être la gentille petite Hope.

Soudain, je suffoque. Un poids m'écrase la poitrine, chasse l'air de mes poumons. Je me force à inspirer longuement, à expirer. Logan, lui, ne dit plus rien.

Il n'y a plus rien à dire.

— Je… haleté-je. Mon père va venir chercher mes affaires. Je vais continuer de payer ma part du loyer jusqu'à ce que tu trouves quelqu'un, ou une autre maison…

— T'emmerde pas pour ça, grince-t-il.

C'est vrai que Logan gagne mieux sa vie que moi, il n'aura aucun problème à payer la maison tout seul.

– Je suis désolée, répété-je.

– Oui, moi aussi.

Nous restons un moment ainsi, à écouter la respiration de l'autre. Nous savons que, quand l'un de nous deux raccrochera, il n'y aura pas de retour en arrière possible.

Je dois être forte. Je dois…

– Je t'aime, Hope.

Je t'aime. Voilà des années qu'il ne me l'avait plus dit. L'entendre me fait plus de mal que de bien et je laisse les larmes couler sur mes joues.

C'est maintenant ou jamais.

– Au revoir, Logan.

J'écarte le portable de mon oreille et raccroche. Je l'éteins aussitôt. Je sais très bien ce qu'il va se passer : Logan va appeler ses parents, qui appelleront les miens. En quelques heures, nos familles et amis seront au courant et me harcèleront de messages. Je ne veux pas voir ça. Pas ce soir.

Les minutes s'égrènent sur l'échelle d'incendie. Je ne bouge pas, figée par la décision incroyable que je viens de prendre. Pour la première fois depuis huit ans, je suis célibataire.

Oh putain, je suis célibataire !

Je renverse la tête en arrière et offre mon visage au vent. L'air de New York est tout sauf délicat : pollution, alcool, fumées en tout genre. Pourtant, il est libérateur. Je le laisse m'envelopper et pousse un long soupir.

Je sais, au fond de moi, que j'ai fait le bon choix.

– Hope ? Je peux venir ?

Mag passe sa tête à travers la fenêtre de ma chambre et j'acquiesce. Elle me tend une bière, que j'accepte volontiers. Je porte immédiatement le goulot à mes lèvres et avale une longue gorgée.

– Ça va ?

Je hausse les épaules. Elle s'installe à côté de moi, sur l'échelle d'incendie, et passe son bras autour de ma taille.

– J'ai quitté Logan, grogné-je.

– T'as bien fait.

Évidemment, elle ne va pas dire le contraire. Sans elle, je n'en aurais jamais été capable. Finalement, même si elle n'aboutit pas, cette audition m'aura au moins permis de m'affranchir de lui.

Putain… L'audition.

– Je lui ai dit que j'avais décroché un rôle à Broadway, réalisé-je.

Mag écarquille les yeux et éclate de rire :

– Tu as fait quoi ?

– Je voulais… Je suis vraiment trop conne !

Elle s'esclaffe et me serre contre elle. Il n'y a qu'elle pour s'amuser de ce genre de situation.

– C'est pas drôle ! Il va le dire à tout le monde.

– Tu seras peut-être prise ! Qui sait ?

– Te fous pas de ma gueule, Mag. Tu sais très bien que j'aurai pas de rôle. Ça va revenir à toutes celles qui sortent du conservatoire ou de l'école de comédie musicale, ou que sais-je encore.

Elle grimace et se réfugie dans sa bière. Puis, elle ajoute :

– Tu auras d'autres occasions ! Et puis, on s'en fout de ce que les autres pensent. C'est pas demain la veille que Minneapolis va débarquer à New York pour te voir jouer.

Voilà au moins une chose qui me rassure. Je penche la tête pour la poser sur son épaule et demande :

– Tu connais un endroit avec une chambre de libre ? Il

paraît que je vais rester à New York un petit moment…

Elle bondit de l'escalier et se met à sauter de joie sur la plateforme. Je m'accroche aux barreaux de l'échelle d'incendie, terrorisée à l'idée qu'elle s'écroule.

— Tu vas rester ici ! s'exclame-t-elle. Oh, Hope, je suis si heureuse ! Toi et moi, à New York ! Tu seras bientôt une star de Broadway, et…

— Pas si vite, là-dessus.

— Pas de modestie avec moi, chérie ! Allez, on sort pour fêter ça !

Elle me tire par le bras, mais je reste le cul vissé sur mon échelle.

— Mag ? Tu crois qu'on peut rester juste toutes les deux, ce soir ? Je viens de dire adieu à huit ans de relation… J'ai pas la tête à faire la fête.

Son sourire s'évanouit et son dos se courbe.

— Oh ! Bien sûr. Je vais commander des pizzas, ça te va ?

— Nickel !

Elle m'embrasse sur la joue et repasse par la fenêtre de la chambre. Assise sur le chambranle, elle m'adresse un dernier regard :

— Je suis contente que tu restes.

— Moi aussi.

Elle s'apprête à partir, mais je l'apostrophe une nouvelle fois :

— Mag ?

— Oui ?

J'étire les lèvres et désigne ma valise d'un coup de menton :

— On se met en pyjama pilou pilou ?

CHAPITRE 13
LE FANTÔME DE L'OPÉRA

HOPE

La journée du 31 octobre, le couperet tombe : je n'ai pas été prise dans le casting du *Prince et la Chanteuse*. Je m'y attendais, néanmoins j'ai tout de même un pincement au cœur en lisant la liste reçue sur ma boîte mail. Mag regarde par-dessus mon épaule et peste :

— Ils ont pris cette connasse de Rebecca Cooper pour le rôle de Clarisse ! J'y crois pas !

J'ignore qui est cette Rebecca, mais elle doit avoir les oreilles qui sifflent. Le nom du rôle masculin principal a été attribué à Adrian, sans surprise. Je pose ma tasse sur la table basse et m'avachis dans le canapé.

— C'était sûr, maugréé-je.

— Rebecca Cooper ! continue Mag. Cette fille est une diva en puissance. Tu sais que je me suis occupée d'elle, sur son dernier spectacle ? Elle n'avait même pas le rôle principal et elle avait déjà la grosse tête. Alors, là !

Je l'entends sans l'écouter. Même si je m'attendais à une telle décision, je ne peux m'empêcher d'être déçue.

— Je ne comprendrai jamais ce qu'Adrian a bien pu lui trouver...

Mon intérêt se réveille soudain. Adrian ? Pourquoi parlet-elle de lui ?

— Ils sont ensemble ? demandé-je en serrant un coussin contre moi.

— Ils l'étaient. Elle l'a plaqué comme une vieille merde quand une star de ciné a commencé à s'intéresser à elle. Je sens d'avance que les répétitions vont être un vrai cauchemar.

Elle s'écroule sur le canapé à côté de moi et pose sa tête sur mes jambes. Je me mets aussitôt à lui masser le crâne pour l'aider à relâcher la pression.

— Si elle te casse les pieds, envoie-là moi. Je suis d'humeur, en ce moment.

Elle ricane. C'est vrai que, depuis ma discussion avec Logan, je suis d'une humeur de chien. J'ai catégoriquement refusé de quitter l'appartement et mon pyjama est devenu mon refuge. Comme si, après des années à étouffer ma colère, elle sortait enfin au grand jour.

— Avec un talent comme celui-ci, ajoute-t-elle en parlant du massage, tu ne vas pas rester sur le marché très longtemps.

— Je vais mettre ça sur mon profil Tinder. «Masseuse de crâne exceptionnelle.»

Elle bondit sur ses genoux et approche son visage du mien, aussi excitée qu'une puce. Mag a toujours été capable de passer d'une émotion à l'autre en un quart de seconde, mais là, c'en est presque inquiétant.

— Ça veut dire que tu vas te faire un profil Tinder ? Je peux t'aider ? Attends, on va choisir tes photos.

Je recule avant qu'elle n'ait eu le temps d'attraper mon téléphone.

— On se calme, Casanova. Je disais ça pour déconner.

— Mouais. J'arriverai bien à te convaincre. Allez, aujourd'hui, tu sors de ce pyjama !

Elle se lève et m'attrape par le bras pour me tirer. Une seconde plus tard, je suis campée sur mes pieds, prête à affronter la terrible soirée d'Halloween dont Mag me parle depuis trois jours.

— Je ne sais pas si c'est une bonne idée.

Je tente le tout pour le tout pour y échapper. Je n'ai qu'une envie : passer ma soirée devant la télé, avec une comédie romantique et une glace pour seule compagnie.

— C'est une excellente idée. T'es à New York, hors de question que je te laisse te morfondre une seconde de plus.

Elle me pousse dans la salle de bain et m'arrache à mon pyjama pour me mettre sous la douche. Mag et moi nous connaissons depuis si longtemps que je me fiche bien d'être nue devant elle. Pendant que je laisse le jet d'eau évacuer toute la tension accumulée, Mag chantonne et se maquille devant le miroir.

Je reconnais presque aussitôt les premiers accords de *Love Song*, de Sara Bareille. Cette chanson date de nos années lycée et je reprends en cœur avec elle :

— *I'm not gonna write you a love song,*
'cause you asked for it,
'cause you need one, you see. [8]

Nous continuons quand je sors de la douche, quand nous nous maquillons, quand nous enfilons nos costumes. Je chante et ça me libère. J'aide Mag à se glisser dans sa combinaison ultra moulante de Catwoman et elle me rend la pareille quand le corset de ma tenue se comprime autour

---

8 Traduction : Je ne vais pas t'écrire une chanson d'amour, juste parce que tu me l'as demandée, juste parce que tu en as besoin, tu vois ?

de ma taille.

— Rappelle-moi pourquoi je me déguise en Christine, déjà, grincé-je alors que mon souffle se coupe.

— Parce que tu adores ce personnage et que le *Fantôme de l'opéra* est une des meilleures comédies musicales de tous les temps ?

OK, un point pour elle.

Elle achève de boucler mes cheveux et je jette un coup d'œil dans le miroir. Je n'ai plus rien à voir avec la Hope de ces derniers jours. Mon teint est rehaussé d'une touche de blush et mes lèvres roses paraissent plus pulpeuses que d'ordinaire.

Ça y est. Je suis officiellement sortable.

Quand nous quittons enfin la salle de bain, il est presque vingt-et-une heures. Mon ventre gargouille et je réalise que je n'ai presque rien avalé de la journée. J'empoigne ma longue robe blanche et vaporeuse pour me diriger vers le frigo, mais Mag me prend par le bras et me pousse vers la sortie.

— J'ai faim ! protesté-je.

— Il y a à bouffer sur place. J'ai pas envie que tu salisses ta robe.

Je capitule, car je sais que toute résistance est vaine. La porte de l'appartement se referme sur nous et ma meilleure amie me précède à l'extérieur.

Il fait un peu frais et, bien sûr, je n'ai pas pris de veste. Heureusement, le bar n'est pas très loin. C'est donc avec un plaisir non dissimulé que je retrouve le *Sing Along !* et sa charmante barmaid, qui nous adresse de grands signes.

— Gill ! s'exclame Mag en se penchant par-dessus le comptoir pour lui claquer une bise. J'adore ton costume !

Effectivement, elle est grandiose. Elle arbore fièrement

son déguisement de Captain Marvel et ses cheveux sont tirés en arrière.

— Vous êtes sublimes aussi, les filles. Je vous sers la même chose que d'habitude ? Hope, on continue sur le *Long Island* ?

Je rougis malgré moi avant d'accepter. Je sais que je devrais éviter, surtout avec le ventre vide, mais bordel, on n'a qu'une vie !

Mag et moi nous mêlons à la foule. Nous retrouvons très vite ses collègues et les résultats du casting du Prince et la chanteuse sont sur toutes les langues.

— Franchement, Rebecca Cooper ! entame Hugh, l'ingénieur son. Elle a beau être douée, ça ne l'empêche pas d'être infecte !

— Tu prêches une convertie, renchérit April, l'accessoiriste. Elle m'en avait fait voir de toutes les couleurs dans *Mamma mia !* !

Je reste un peu en retrait, gênée. Cette Rebecca a l'air d'une vraie peste, mais je ne me sens pas de cracher sur le dos de quelqu'un que je ne connais pas. Je préfère diriger mon attention vers la scène, où la vilaine sorcière de l'ouest et le Magicien d'Oz ont entamé un duo électrique.

Soudain, mon attention dévie vers les petits fours, sur une table un peu à l'écart du reste. Mon ventre gronde et je m'y précipite. Mon *Long Island* commence déjà à me monter à la tête. Si je ne me nourris pas très vite, je vais finir bourrée en trois gorgées.

Je me rue sur les minis-burgers comme si ma vie en dépendait. J'en avale un, puis deux, puis trois. Je m'apprête à jeter mon dévolu sur les petits canapés au saumon quand une main s'interpose entre mon dîner et moi.

— Pardon, je voudrais…

— Hope ?

Je relève les yeux. Le fantôme de l'opéra se tient devant moi, en chair et en os. Malgré le masque blanc qui lui dévore la moitié du visage, je reconnais sans peine le regard moqueur et arrogant d'Adrian McKenzie.

Mon cœur fait une embardée dans ma poitrine et je dois me rappeler de respirer. Le voir ainsi, dans un costume ridiculement accordé au mien, a quelque chose d'irréel.

— Adrian ? risqué-je.

Il glousse et sa paume frôle la mienne au-dessus des petits fours. Je retire mes doigts comme si je m'étais brûlée, électrisée par son simple contact.

— Et moi qui pensais être incognito, c'est raté. Toujours au *Long Island*, à ce que je vois ?

Je baisse les yeux sur mon verre et remarque que j'ai soudainement très soif. Je le vide et le pose sur la table.

Grossière erreur, ma petite Hope. Dans cinq minutes, tu vas te remettre à parler en chantant.

— Tu… balbutié-je en cherchant quelque chose à dire. Très beau costume.

Mon regard glisse sur lui. Il est droit dans une veste queue-de-pie, serrée à la taille par un foulard rouge. Son pantalon est impeccablement coupé et, derrière le masque blanc qui lui mange la moitié du visage, ses yeux bleus me scrutent, amusés.

— Tu n'es pas mal non plus. Tu fais une Christine magnifique.

Je rougis comme une adolescente et m'empresse de prendre un canapé au saumon pour masquer ma gêne. Face à ce mec, je perds systématiquement mes moyens.

— J'étais déçu, tout à l'heure, de ne pas voir ton nom sur

la feuille du casting.

La gêne se transforme en colère. Il se moque de moi ?

— Le Minnesota n'a pas sa place à Broadway, je dois me faire une raison ! ironisé-je.

— C'est Broadway qui est stupide de ne pas laisser sa chance au Minnesota.

Je me racle la gorge et évite soigneusement son regard. Je n'en reviens pas qu'il me parle alors que, la dernière fois, je suis partie comme une folle furieuse. Et puis, c'est la vedette de la comédie musicale, bordel !

Ne sachant quoi ajouter d'autre, je reprends mon verre et l'agite pour lui faire comprendre que je vais me resservir au bar. Contre toute attente, il me suit et s'accoude à côté de moi, devant une Gill plus en forme que jamais.

— Tiens donc, Christine et son fantôme bien-aimé en personne ! Qu'est-ce que je vous sers ? Hope, tu restes sur le *Long Island* ?

— Surprends-moi ! soupiré-je.

— Et toi ?

— Pareil qu'elle !

Je cherche Mag du regard, bien décidée à ignorer Adrian. Je la trouve en charmante compagnie : Julie, la vendeuse de la friperie, a visiblement décidé de la rejoindre. Les deux se dévorent du regard et ma meilleure amie ignore royalement les signaux de détresse que je lui envoie.

— J'en connais une qui ne va pas rentrer toute seule, ce soir.

— Oulah, tu vas un peu vite, non ? Je veux dire, on se connaît à peine et je ne suis pas un garçon si facile.

Je pivote vers Adrian, mortifiée. Il n'a pas cru... Oh bordel. Vu l'œillade qu'il me lance, c'est précisément ce qu'il a cru.

— Je disais ça… Je voulais dire… Oh, et puis merde ! Gill, on peut avoir de la tequila avec les cocktails ?

— Deux tequilas, c'est parti !

Une poignée de secondes plus tard, deux petits shooters et deux grands verres au contenu orange trônent devant nous. Alors qu'Adrian approche timidement ses lèvres de la paille, j'attrape la tequila et me l'envoie cul sec.

— Eh beh, ça doit pas plaisanter avec la boisson, chez toi !

— Figure-toi, Monsieur Arrogance, que j'ai plus bu en quatre jours à New York que ces vingt-cinq dernières années à Minneapolis.

Est-ce que je viens de l'appeler par son surnom ? Putain, je suis déjà bourrée.

Heureusement, il n'a pas l'air susceptible. Il délaisse bien vite son cocktail et vide à son tour son shooter, avant d'en commander deux autres.

— Regarde-nous, soupire-t-il. Qui eût cru que c'était là la véritable fin du *Fantôme de l'opéra* ? Accoudés à un bar, le fantôme et Christine enchaînent les tequilas…

Je ne peux m'empêcher de ricaner. Dans la comédie musicale, Christine s'enfuit avec son fiancé, le vicomte de Chagny. Le fantôme, lui, n'oublie jamais la chanteuse, à qui il portera toujours un amour éternel.

— Je préfère cette fin, avoué-je. Même si le fantôme est torturé, je n'ai jamais aimé que Christine préfère le vicomte.

— Ah non ? C'est une opinion… particulière.

J'ignore sa remarque et vide mon deuxième shooter. Mon esprit s'embrume déjà, mais je m'en fiche. Tout plutôt qu'affronter cette soirée sobre.

Je cherche de nouveau Mag du regard. Cette fois, ses yeux

sont rivés dans ma direction. Mais, au lieu de voler à mon secours, ma meilleure amie glisse son bras autour de la taille de sa cavalière et m'adresse un sourire entendu.

— Tu attends quelqu'un, peut-être ? demande Adrian.

— J'attendais que ma meilleure amie vienne me libérer de ton emprise, mais visiblement, elle préfère s'occuper de Wonder Woman.

Je les indique à Adrian, qui se rapproche de moi. Je peux presque sentir son souffle sur mon cou et son parfum me chatouille les narines.

— C'est Mag, ta meilleure amie ?

— Ouais. Depuis le lycée. C'est elle qui m'a décroché cette audition, en fait. Sans elle, je ne serais jamais venue ici.

— Et ça aurait été bien dommage.

J'ignore s'il se moque de moi où s'il me drague ouvertement. Après huit ans passés avec le même mec, je n'ai plus les codes sociaux pour ce genre de choses.

— Alors, risqué-je pour faire la conversation. J'ai vu que tu avais eu le premier rôle. Félicitations !

Il grimace.

— T'es pas content ?

— Je pense que je vais refuser.

— QUOI ?

J'ai crié si fort que quelques têtes se tournent vers nous. Je me rembrunis et ajoute, sur un ton plus posé :

— Quoi ?

Il lâche un petit sourire triste et inspire profondément.

— C'est juste que… Je ne me vois pas faire des semaines de répétition avec mon ex.

Son ex ? Pourquoi il me parle de son ex ?

Les explications de Mag me reviennent en mémoire et je

lâche, sans réfléchir :

— Ah, la connasse !

Je plaque une main sur ma bouche alors qu'il éclate de rire.

— Je suis désolée, je ne la connais pas, je…

— Ne t'excuse pas. Tu as tout à fait raison. C'est une grosse connasse.

Rien ne pourrait suffire pour cacher ma gêne. Comme il n'a pas touché à sa tequila, je l'attrape et la vide.

— Hé ! C'était à moi !

— Minnesota, 3, New York, 1 ! scandé-je. Il va falloir que tu rattrapes ton retard, mon vieux. La campagnarde est en train de te mettre une raclée.

Gill nous recharge sans que nous ayons à lui demander. Je capte son clin d'œil, mais décide de l'ignorer. Qu'est-ce qu'ils ont tous, aujourd'hui ? Je suis célibataire depuis à peine trois jours, je ne vais pas me jeter sur le premier venu !

Il égalise les scores en prenant les deux shooters. Il a l'air d'avoir autant de choses que moi à oublier, ce soir.

— C'est de bonne guerre. La balle au centre.

Autour de nous, le monde commence à se faire flou, mais je m'en fiche. Une douce chaleur auréole mes joues et je ne me suis jamais aussi bien sentie que perchée sur ce tabouret de bar, à côté d'une star de Broadway.

— Tu ne peux pas lâcher ce rôle à cause de ton ex, dis-je en mordillant la paille du cocktail orange.

— Ah non ? Et pourquoi cela ?

— Parce que ce serait la laisser gagner ! Elle t'a déjà largué comme une vieille merde, elle va en plus te voler ce rôle ?

Il hausse les sourcils, amusé.

— T'as l'air d'en savoir un rayon, à mon sujet. Je croyais

que tu ne savais pas qui j'étais.

— Elle m'a briefé, rétorqué-je en indiquant ma meilleure amie, dont la langue est désormais au fond du gosier de Julie.

— C'est vraiment injuste. Tu en sais trop sur moi, et je ne sais rien de toi.

— Y'a rien à savoir. Je m'appelle Hope, je viens du Minnesota et, avant d'arriver ici, je vendais des chaussettes.

Sa gorgée de cocktail doit partir dans le mauvais tuyau, car il manque de s'étouffer. Je suis obligée de lui donner une grande claque dans le dos.

— Tu faisais quoi ?

— Je vendais des chaussettes. Il y en avait de toutes les sortes ! Des multicolores, en laine ou, mes préférées, en pilou pilou !

Ça y est, il me regarde comme si je débarquais d'une autre planète. Et comme l'alcool délie les langues, je suis incapable de m'arrête de parler.

— Mais mon rêve, ça a toujours été la comédie musicale ! Alors, parfois, je faisais des spectacles de chaussettes.

— Des spectacles de chaussettes ?

Je m'interromps. J'ai envie de lui enlever son masque pour voir la totalité de son visage, mais j'ai peur d'y trouver un air moqueur. Penaude, je plonge dans mon cocktail et sirote un peu du liquide à l'orange et ce que je devine être de la vodka.

C'est pas bon, les mélanges, Hope !

— C'est stupide, je sais…

— Je paierais cher pour voir ça ! s'esclaffe-t-il.

— Dommage, ça n'arrivera plus ! Les chaussettes, c'est terminé ! Je reste à New York !

— Oh, vraiment ? s'incruste Gill. Tu as enfin largué ton

bonhomme ? Félicitations, chérie, Mag m'a dit que c'était un vrai trou du cul.

J'écarquille les yeux et maudis silencieusement ma meilleure amie. Je suis sûre qu'elle a raconté ma vie à tout le monde.

À côté, Adrian a l'air de beaucoup s'amuser de cette situation. Sans se départir de son sourire, il commande carrément un mètre de shooter à notre barmaid. Puis, il lève le premier vers moi et lance :

— À ton trou du cul d'ex !

Je sais que je devrais arrêter de boire. Que je ne devrais pas trinquer davantage avec lui. Et pourtant…

— À ta connasse d'ex !

CHAPITRE 14
NEVER ENDING STORY

HOPE

Je passe le reste de la soirée à boire avec Adrian et à parler de tout et de rien. Il me raconte sa vie, ses études à la très prestigieuse école d'arts dramatiques de New York, ses premières auditions, puis sa carrière qui prend un tournant décisif, il y a quelques années.

— Mais depuis mon Tony, ce n'est plus pareil, m'avoue-t-il, le regard vitreux. J'ai l'impression d'avoir atteint le sommet et tout m'ennuie. Ce rôle, dans *Le Prince et la Chanteuse*… Je ne suis même pas certain d'en vouloir.

Il avale un énième shooter — j'ai arrêté de compter depuis longtemps — et soupire :

— Je suis désolé, je dois passer pour un connard orgueilleux qui a tout ce qu'il veut…

— Un peu, admets-je en souriant. Je veux dire, je vendrais un rein pour avoir ne serait-ce qu'un microrôle à Broadway. Mais je ne connais rien à ce monde, donc je ne peux pas comprendre ce que tu vis.

Ses yeux s'ancrent dans les miens. Un drôle de courant passe entre nous et j'ignore encore si je dois m'en réjouir ou être terrifiée. Tout va trop vite, ici. Il y a encore une semaine, je quittais ma boutique de chaussettes et désormais, je suis à enchaîner les tequilas avec une star de Broadway.

– Tu es incroyable, Hope Harper, lâche-t-il soudain.

– Ah ? Incroyablement banale ?

– Non. Juste incroyable. Tu n'essayes pas de faire semblant de comprendre, comme toutes les autres filles que j'ai l'habitude de fréquenter. Tu es… une bouffée d'air frais.

Je devrais rougir, mais mes joues sont déjà à leur maximum, échaudées par tout l'alcool ingurgité cette nuit. Devant moi, Adrian commence à se dédoubler. Si je lève mon cul de ce tabouret, je ne sais même pas si je serais capable de marcher.

Sur la scène du bar, les chansons s'enchaînent. À un moment, Gill débarque et nous demande si nous voulons nous inscrire. Adrian grimace, mais je devance sa réponse :

– Absolument ! *J'ai envie de chanteeeeeeer.*

Oh merde, voilà que ça recommence.

– Hors de question, râle Adrian.

– *Oh, s'il te plaît !* supplié-je. *Nous n'avons jamais eu le temps de terminer notre duo !*

– Tu veux chanter *L'heure bleue,* en plus ? s'esclaffe-t-il. Certainement pas, je vais suffisamment en bouffer pendant le mois qui arrive.

– *Le fantôme de l'opéra,* alors ? propose Gill, qui ne s'avoue pas vaincue. Après tout, vous avez tous les deux le costume.

Cette fois, c'est à mon tour de faire la grimace.

– *C'est trop haut pour moi !* chantonné-je. *Je suis incapable de tenir les notes.*

Adrian grommèle dans sa barbe et je crois distinguer un : «je suis sûr que c'est faux».

Soudain, l'illumination. J'attrape la feuille de Gill, lui

pique son crayon et griffonne maladroitement le titre de la chanson. Comme la fois précédente, Adrian regarde par-dessus mon épaule.

— Oh ! Excellent choix ! Je préviens la scène.

Elle disparaît avant que ma vedette préférée ait eu le temps de protester.

— T'es sérieuse ? râle-t-il. Il va falloir qu'on revoie ton répertoire, ce titre a mille ans !

— Mon répertoire est très bien. Et puis, qu'est-ce que tu as contre les années 80, hein ?

Ah, j'ai arrêté de chanter. Il secoue la tête. Je n'arrive pas à savoir s'il est amusé ou si toute cette histoire l'embête vraiment. Heureusement, Gill est rapide et ne nous laisse pas le loisir de tergiverser. Sur scène, elle attrape le micro et balance :

— Messieurs dames, en exclusivité ce soir pour la terrifiante nuit d'Halloween, Christine et son fantôme !

— C'est nous ! m'exclamé-je, tout excitée.

Je bondis du tabouret et le monde se met à tanguer autour de moi. Deux bras me rattrapent avant que je ne tombe en arrière.

— Hope, on est trop saouls…

— Parle pour toi ! Je suis à peine pompette.

Je m'accroche à lui et commence à avancer parmi la foule hilare, qui n'a rien perdu de notre échange. Parmi les clients, je croise le regard étonné de Mag, dont la paume est scotchée au cul de Julie. Au moins, il y en a une qui profite.

J'arrive à traîner Adrian jusqu'à la scène. Il freine des quatre fers, mais, avec une agilité insoupçonnée, je le contourne pour le pousser. Devant nous, tout le monde se marre. Même si on chante mal, on aura au moins fait rire les gens.

— Je ne peux pas faire ça, maugrée-t-il. C'est ridicule.

— *Le ridicule ne tue pas !* chanté-je.

Il veut reculer, mais c'est trop tard. J'ai réussi à le camper devant un des micros. Je le place face au public comme un pantin désarticulé et lui lance, en reprenant ma voix normale :

— Et souris, monsieur Arrogance ! C'est toi l'habitué, ici ! Personne va te bouffer.

Il me fait un doigt d'honneur et j'éclate de rire. Puis, je me poste devant mon propre micro et attends la musique.

J'ai tellement d'alcool dans le sang que j'ai du mal à voir à plus de deux mètres devant moi. Quand les premiers accords de Never Ending Story retentissent, je me tourne vers Adrian. Il a l'air pétrifié, comme s'il avait perdu l'habitude de chanter en public hors des représentations de Broadway. Dans la foule du bar, le public l'encourage.

— Allez ! hurle Mag.

— Tu déchires ! renchérit April.

Son regard glisse vers moi et je lui sors mon plus beau sourire. Comme il n'a toujours pas commencé à chanter, la musique s'arrête. Il lâche, à ma seule intention :

— Tu vas me le payer.

Je vois qu'il est sérieux, mais ce petit jeu m'amuse trop pour que je l'arrête maintenant.

— D'accord, réponds-je simplement.

Je le vois prendre une grande inspiration, gonfler sa poitrine. Puis, il entame, a capella :

— *Turn around,*

Look at what you see,

In her face,

The mirror of your dreams.[9]

La musique reprend et accompagne sa voix. Elle est douce, chaude, vibrante. Elle se faufile en moi et les paroles me picotent la gorge. Je me joins à lui :

— Make believe I'm everywhere,

Given in the light,

Written on the pages,

Is the answer to a never ending story.[10]

Ses épaules se décrispent. Je ne fais plus attention au public qui nous regarde et nous acclame. Tout ce qui compte, c'est lui. Ses yeux bleus qui me dévorent, sa voix qui m'entraîne, son visage à moitié recouvert par le masque blanc en demi-lune.

Adrian tend sa main et je la saisis. Je décoince mon micro et il me fait tournoyer sur moi-même, jusqu'à ce que je me retrouve plaquée contre lui.

— Reach the stars,

Fly a fantasy,

Dream a dream,

And what you see will be.[11]

Nous dansons en passant d'un pied sur l'autre. Je sens son torse dans mon dos et son odeur musquée emplit mes narines.

— Rhymes that keep their secrets,

Will unfold behind the clouds,

---

9 *The NeverEnding Story*, écrite par Keith Forsey, composée par Giorgio Moroder et interprétée par Lamahl.
Traduction : Retourne-toi. Regarde ce que tu vois, sur son visage, le miroir de tes rêves.
10 Traduction : Fais croire que je suis partout, offert dans la lumière, écrit sur les pages, se trouve la réponse à une histoire sans fin.
11 Traduction : Atteins les étoiles, laisse ton imagination s'envoler, rêve d'un rêve, et tes visions deviendront réalité.

And there upon a rainbow,
Is the answer to a never ending story.[12]

Même si je suis raide bourrée, je crois n'avoir jamais chanté aussi bien de ma vie. Ma respiration est calquée sur celle d'Adrian et, au creux de mon ventre, sa main me pousse à risquer des notes inconnues. Il me fait de nouveau tournoyer et je me retrouve face à lui. Nous croisons nos bras pour chanter dans le micro de l'autre :

— *Ah-ah-ah-ah-aaaaaah*
Never ending story.[13]

Je veux me perdre dans cet instant. Je n'ai qu'un seul espoir : me souvenir de tout demain matin.

— *Ah-ah-ah-ah-aaaaaah*
Never ending story.

Son front se colle au mien. Je frissonne des pieds à la tête, électrisée par l'instant.

— *Never ending story*
Ah-ah-ah-ah-aaaaaah.

La note finale nous laisse hors d'haleine. Une seconde passe, ou peut-être est-ce une minute, une heure. Je n'arrive pas à décrocher mon regard de celui d'Adrian. Il y a, au fond de ses yeux, un océan d'inconnu et je ne demande qu'à m'y noyer.

Soudain, la foule en délire nous acclame et nous réveille. Je brise le charme en tournant la tête. Je vois Mag bondir sur scène et m'arracher à l'étreinte de mon fantôme.

— Hope, c'était dément !

— Tu as un talent fou ! ajoute Julie en me prenant dans

---

12 Traduction : Des rimes aux secrets bien gardés, se découvriront derrière les nuages, et ainsi, sur un arc-en-ciel, se trouve la réponse à une histoire sans fin.

13 Traduction : Une histoire sans fin.

ses bras.

Je les remercie d'un signe de tête avant de me détourner pour voir où est Adrian. Mon cœur se serre en m'apercevant qu'il n'est déjà plus sur scène. Je le cherche près du bar, mais rien.

C'est quoi son super pouvoir, pour disparaître aussi vite ?

Je veux partir à sa recherche, mais Mag m'agrippe par les épaules et continue de s'extasier sur mon exploit.

— Il faut absolument que tu chantes à Broadway, me lance April. Tu ferais une bien meilleure Clarisse que cette Rebecca Cooper !

— C'est ce que je me tue à lui dire ! renchérit ma meilleure amie. Hein, Hope ? Hope ?

Elle me secoue trop fort. La tequila remonte à vitesse grand V dans mon œsophage et j'ai à peine le temps de courir aux toilettes. Je vomis tripes et boyaux, la tête renversée dans la cuvette.

Je savais que j'aurais dû manger avant de venir, putain.

Une fois mon estomac vide, je me laisse tomber sur le carrelage et entoure mes jambes de mes bras. Le souvenir de mon duo avec Adrian vibre encore dans toutes les fibres de mon corps. Je me rejoue la scène, encore et encore.

Je crois que c'est mon nouveau moment préféré.

— Hope ?

La voix de Mag me sort de ma rêverie. Je donne un coup sur la porte des toilettes pour signaler ma position et elle vient m'ouvrir.

— Bordel, Hope, t'as bu combien de shooters ?

— Trop, croassé-je.

Ma meilleure amie ricane et se penche pour essayer de me relever. Je tiens à peine sur mes jambes.

— Allez, la soirée est finie pour toi, ma belle. Je te ramène à la maison.

— Non, protesté-je. Je veux encore chanter !

— Désolée, en plus ton fantôme s'est fait la malle.

— C'est le problème, avec les fantômes.

Je continue de pester dans ma barbe. Mag me soutient par la taille et me fait sortir des toilettes. Aussitôt, la chaleur et l'odeur de sueur mêlée à celle de l'alcool me donnent un nouveau haut-le-cœur.

— OK, on va te faire passer par l'arrière-cour.

Une seconde plus tard, une bouffée d'air frais me chatouille le visage. Mag m'appuie contre un mur et me lance :

— Je vais prévenir Julie qu'on s'en va !

— D'accord, grommelé-je.

La fatigue m'assaille et je commence à battre des paupières. Je vois trouble et je glisse lentement le long du mur, jusqu'à me retrouver assise sur la fraîcheur du bitume.

— *Never ending story, Ah-ah-ah-ah-aaaaaah.*

Je chantonne encore, incapable de me sortir cette chanson de la tête. Soudain, mes doigts rencontrent quelque chose, comme du plastique. Je baisse les yeux et distingue ce qui ressemble à un masque, avec un unique trou pour voir et une forme arrondie.

Le masque d'Adrian.

Je souris et le serre contre mon cœur. Lui aussi, a dû sortir par l'arrière. Je me redresse pour voir s'il est toujours là, mais la cour est vide. Très vite, Mag revient et m'attrape les mains. Je m'écroule à moitié sur elle quand elle essaye de me relever.

— Je suis désolée, balbutié-je. Je t'ai pourri ton coup.

— C'est rien, s'esclaffe-t-elle. Je crois que je suis pas prête, de toute façon. Et puis, te voir heureuse, c'est tout ce qui compte.

Elle nous guide jusqu'à la rue et nous hèle un taxi. Alors que je me faufile à l'intérieur de la voiture, je caresse le masque, songeuse.

– Dis, Mag ?

– Mmh ?

– T'as aimé ma chanson ?

Elle m'offre un sourire chaleureux et je tombe la tête la première sur ses cuisses. Ses doigts me caressent les cheveux. À mon tour d'avoir un massage !

– C'était merveilleux, chuchote-t-elle alors que je glisse dans l'inconscience. Merveilleux.

CHAPITRE 15

DÉSILLUSIONS ET SECONDE CHANCE

ADRIAN

Je suis bourré.

Ça ne m'était pas arrivé depuis des années. Torché, à peine capable de mettre un pied devant l'autre. Le monde autour de moi est flou, sombre, mais toutes mes pensées sont dirigées vers une seule et même personne.

Hope.

J'ignore quel est son super pouvoir. Comment elle s'y prend pour m'hameçonner de la sorte. Le destin l'a remise sur ma route, ce soir. Dommage, comme un couillon, j'ai trop bu !

Je me suis senti mal dès la fin de notre duo. Quand Mag l'a tirée hors de scène, brisant notre instant magique, j'ai cru que j'allais vomir. J'ai tout juste eu le temps de courir dans l'arrière-cour pour vider mon estomac dans une poubelle.

— Adrian, reste tranquille, putain ! s'énerve Hilary. J'appelle un taxi.

Elle m'a trouvé dans la ruelle derrière le club et m'a convaincue de rentrer chez moi. Zack et Colin sont toujours au bar. Hilary, elle, a l'air plus sobre que jamais, alors que je

125

l'ai pourtant vue s'enquiller plusieurs shots.

Au prix d'un énorme effort, elle arrive à me caler dans un taxi et monte à côté de moi. Elle indique mon adresse au chauffeur pendant que j'ouvre la vitre. Il fait trop chaud, là-dedans.

— Bordel, t'as bu quoi pour être dans cet état-là ? râle-t-elle.

— Tequila. Et un autre truc orange.

— Je t'ai déjà dit de pas faire de mélanges !

Je tourne vers elle une tête de chien battu. Je déteste quand elle m'engueule, mais je sais comment la faire se dérider.

— Me regarde pas comme ça.

— Je suis désolé, Hilary. J'espère que je t'ai pas pourri un coup ?

— C'est à toi que tu as pourri un coup ! Si t'avais moins bu, t'aurais peut-être pu ramener la petite brune.

— J'crois pas. Elle était aussi bourrée que moi.

— Super, vous faites la paire.

Nous arrivons enfin devant mon appartement et elle m'aide à sortir de la voiture. Par chance, j'ai un peu dessaoulé et j'arrive à tenir debout sans son aide. Nous nous engouffrons dans les escaliers et, à peine rentré chez moi, je m'écroule dans les coussins du canapé.

J'avise Hilary, déguisée en démone. Elle s'active dans mon appart pour dénicher un verre d'eau et une bassine, qu'elle pose à côté de moi. C'est une belle femme, indéniablement, avec ses longs cheveux blonds et ses yeux clairs. Je comprends pourquoi tant d'hommes se jettent à ses pieds.

— Si tu comptes me faire une déclaration d'amour, je te conseille d'attendre demain matin, lâche-t-elle.

— Y'a pas de risques. Je t'aime, mais toi et moi, ça pourrait jamais marcher.

Elle sourit et s'assoit à côté de moi.

— Je sais.

Nous restons un instant sans rien dire. Puis, elle brise à nouveau le silence.

— C'était un très beau duo, Adrian. Ça me fait plaisir de te voir de nouveau comme ça.

— Comment ?

— Heureux. Je ne t'avais pas vu chanter sur scène depuis ta rupture avec Rebecca.

— C'est faux, j'ai donné quelques interviews, été à quelques shows…

— Oui, mais tu le faisais sans passion, rectifie-t-elle. Ce soir, c'était différent.

Ce soir, il y avait Hope. Cette nana qui sort de nulle part et qui bouleverse toutes mes certitudes. Je passe une main sur mon visage, réalise que je n'ai plus mon masque. J'ai dû le faire tomber en vomissant.

— Fais tout de même attention à toi, souffle Hilary en se relevant. Protège-toi.

— Me protéger de quoi ?

— De toi-même. Je te connais, Adrian. Tu es du genre à foncer tête baissée sans réfléchir aux conséquences. C'est ce qu'il s'est passé avec Rebecca. Regarde où ça t'a mené.

Je me mords la lèvre, silencieux. Hilary a toujours raison et c'en est pénible. Elle me plaque un baiser sur le front et se dirige vers la porte.

— Où tu vas ?

— Je retourne au bar, lance-t-elle avec une œillade. Après tout, la nuit n'est pas finie !

Elle me laisse seul avec mes états d'âme et ma tête qui tourne. Je repense à cette soirée incroyable, avant de réaliser que je n'ai aucun moyen de contacter Hope. Quand Gill a balancé qu'elle était célibataire, j'ai eu du mal à contenir ma joie.

C'est ridicule, mec, tu la connais à peine.

C'est vrai, je ne la connais pas. J'aimerais, pourtant. La tête dans le coussin du canapé, je m'endors sur cet unique souhait : recroiser Hope et l'inviter à dîner.

Le lendemain, je me réveille avec la pire gueule de bois de ma vie. J'ai l'impression d'être passé sous un bus et qu'un connard s'amuse à taper dans une casserole juste sous mon nez.

J'ouvre les yeux. Il n'y a pas de casserole, mais bel et bien un connard. Zack est là, assis sur la table basse, en train de faire ricocher sa cuillère sur les bords de sa tasse.

— Putain, qu'est-ce que tu fous là ?

— Je suis passé voir comment tu allais. On t'a perdu de vue, hier soir, après ton petit spectacle.

Les événements de la veille me reviennent en pleine tronche. Le bar. Hope, en costume de Christine. La chanson. Moi qui me tire comme un voleur pour ne pas dégueuler en plein milieu de la scène.

Bordel, elle a dû me prendre pour un salaud.

— Aspirine ?

Zack me tend un verre et m'aide à me redresser. J'avale cul sec le médicament et prie silencieusement pour qu'il fasse effet le plus vite possible.

— Je suis également venu pour te rappeler que tu as rendez-vous avec Amelia, ce matin.

Putain, merde !

J'ouvre des yeux grands comme des soucoupes et manque d'avaler de travers.

— Il est quelle heure ?

— Onze heures moins vingt.

— Bordel !

Je me lève à la hâte et ignore les étoiles devant mes yeux. Je me désape en vitesse et file sous la douche pour ne pas sentir le poivrot pour un rendez-vous pro. J'avais complètement oublié ce truc : la veille, Amelia, la productrice du spectacle, m'a demandé de la retrouver pour un café. Et, ça tombe bien, j'ai pas mal de trucs à lui dire, en particulier concernant leur choix du rôle féminin.

Car il est hors de question que je rechante sur scène avec Rebecca. Jamais de la vie.

Je sors de la douche, m'habille en sautillant. J'ai encore la nuque humide et je grimace en passant une écharpe. Tant pis, Amelia aura le privilège de me voir au saut du lit.

— Merci, mec, lancé-je à Zack, qui a déjà pris ses aises dans le canapé.

— À toute !

Une fois dehors, j'envoie un message à Amelia pour lui indiquer que j'aurai quelques minutes de retard. Puis, je saute dans un taxi.

Quand j'arrive enfin au Café français, l'endroit où j'ai emmené Hope, l'autre jour, mon cœur est pris de l'espoir de la croiser. Mais il est à peine onze heures et demie du matin et, vu l'état dans lequel elle était hier, elle doit probablement être en train de cuver.

Et puis, qu'est-ce qui te dit qu'elle a envie de te revoir ?

Je secoue la tête pour la chasser de mes pensées. Ce n'est pas le moment.

Je pénètre dans le café et repère immédiatement la productrice. Ses cheveux courts, coupés au carré, lui confèrent un air sévère et de grosses lunettes lui mangent le visage. Elle me fait signe et je remarque la personne assise en face d'elle.

Une chevelure rousse. Un parfum que je reconnaîtrais entre mille.

Rebecca.

Je soupire et me poste devant la table. Amelia lève les yeux vers moi, imitée par ma connasse d'ex.

— C'est une plaisanterie ?

— Bonjour, Adrian, commence la productrice. Assieds-toi, je te prie.

— Si elle est là, je ne compte pas rester.

— Pour l'amour du ciel, Adi ! s'exclame Rebecca en faisant voleter sa longue chevelure derrière son épaule. On est des adultes, on peut peut-être rester quelques minutes dans la même pièce sans s'entretuer, non ?

Je déteste quand elle fait ça. Quand elle m'appelle Adi, quand elle me fait passer pour un gamin immature. La mâchoire crispée, je tire une chaise et m'installe entre Amelia et elle.

— Bien. Avant toute chose, nous allons passer commande.

La productrice fait signe au serveur. Je demande un café serré, Amelia un thé et Rebecca un smoothie détox. Je ne peux m'empêcher de ricaner en songeant que son nouveau mec — un gourou du bien-être doublé d'un abruti — doit l'empêcher de se gaver de burgers.

Nous attendons en silence d'être servis et je n'ai qu'une envie : me tirer de là. Néanmoins, c'est la petite voix de Hope qui me fait rester.

Tu ne peux pas lâcher ce rôle à cause de ton ex, m'a-t-elle dit.

Les meufs ont tout le temps raison et ça m'énerve.

— Si je vous ai fait venir, commence Amelia une fois que nous avons eu nos boissons, c'est pour déblayer un peu le terrain. Je suis, bien entendu, au courant de ce qu'il s'est passé entre vous.

— Alors, pourquoi nous forcer à travailler ensemble ? la coupé-je. Si vous êtes au courant, comme vous dites, vous savez que ça ne va pas fonctionner.

— Certaines personnes sont pourtant plus professionnelles que d'autres, intervient Rebecca en minaudant.

Je me demande comment j'ai pu aimer cette nana. Comment j'ai pu la laisser m'atteindre à ce point. Je serre les poings sous la table et laisse Amelia continuer :

— J'ai l'espoir que nous puissions arranger les choses. Pour le bien du spectacle. Vous êtes tous les deux des comédiens formidables et je suis convaincue qu'ensemble, nous pouvons faire de grandes choses.

Elle nous brosse dans le sens du poil pour nous amadouer, mais son petit jeu ne prend pas avec moi.

— Pour le bien du spectacle, vous auriez dû choisir quelqu'un d'autre. J'avais dit à Clay que j'accepterais, sous réserve de savoir qui tiendrait le rôle de Clarisse. Je ne sais pas dans quel monde vous vivez, mais…

— Et vous, Adrian, dans quel monde vivez-vous ?

Sa question me désarçonne et, à côté de moi, Rebecca rit sous cape. Amelia redresse ses lunettes sur son nez et poursuit :

— Votre carrière est en chute libre. Votre dernière apparition publique remonte à quoi, six mois ? Je ne vais pas vous apprendre ce qu'est la mort artistique. Vous avez déjà refusé trop de rôles et, dans les coulisses de Broadway, il se murmure que vous êtes une cause perdue. Que vous avez perdu la flamme.

Je déglutis. Je savais que ma carrière traversait une mauvaise passe, mais pas à ce point. Rebecca continue de pouffer. Quand Amelia darde son regard sur elle, elle stoppe.

— Quant à vous, Rebecca, vous êtes une grande chanteuse. Mais votre réputation vous précède également. Vous êtes, comment dit-on, déjà ? Ah oui. Une casse-couilles.

Alors que j'étais en train d'avaler une gorgée de café, je manque d'avaler de travers. Je risque un coup d'œil vers mon ex devenue livide. *Amelia vient véritablement d'employer ce terme, ou je rêve ?*

— Je crois en ce projet, et je crois en ce projet avec vous. Je me fiche que vous ayez couché ensemble, que l'un de vous deux ait trompé l'autre ou que sais-je encore. Ici, vous êtes à Broadway. Vous êtes des acteurs. Je vous crois capable de mettre de l'eau dans votre vin. Je me trompe ?

J'ai l'impression de me faire gronder par ma grand-mère et je ne connais rien de plus désagréable. Penaud, je hoche la tête, imité par Rebecca. Amelia a raison : si nous voulons continuer Broadway, ni elle ni moi n'avons le choix.

Fait chier !

— À la bonne heure ! s'exclame Amelia. J'appelle tout de suite Ricardo pour qu'il prépare le contrat. Les répétitions commencent lundi. Bonne journée !

Et elle se casse.

Je reste un instant pantois, choqué par ce qu'il vient de

se produire. Puis, je me rappelle que je suis dans un café, à côté de Rebecca.

Trop, c'est trop. J'avale mon espresso cul sec et me lève à mon tour.

— Adi, on peut peut-être en profiter pour parler ?

— Je n'ai rien à te dire, grincé-je entre mes dents. Je ferai des efforts, pour le spectacle. Mais, en dehors de ça, on ne se connaît pas. On ne se connaît plus.

J'évite soigneusement son regard. Je ne veux pas croiser les yeux verts que j'ai aimés, adorés. Ceux pour qui j'aurais traversé le monde, repoussé des tempêtes.

Rebecca m'a brisé le cœur. Et ça, je ne peux pas l'oublier si facilement.

Je laisse un billet sur la table et lâche, à son attention :

— Et arrête de m'appeler Adi.

CHAPITRE 16

À QUOI BON ?

HOPE

Quand je me réveille le lendemain, je sais que je vais passer une journée abominable. Un marteau piqueur a élu domicile dans mon crâne et j'ai la bouche si pâteuse que j'arrive à peine à décoller ma langue de mon palet.

Je grogne et repousse mes draps, constatant que je suis en sous-vêtements. Ma robe gît au pied du lit et je devine que Mag a eu la présence d'esprit de me la retirer. Je me traîne jusqu'à la salle de bain et évite de faire le moindre bruit.

Devant le miroir, je grogne. Mes yeux sont encore collés par le maquillage, on dirait que je sors tout droit d'un film d'horreur. J'enfile un peignoir, marche jusqu'à la cuisine et retrouve Mag, avachie sur le canapé du salon, son téléphone en main.

— Bien le bonjour, me salue-t-elle avec un grand sourire.

— B'jour.

C'est tout ce que je suis capable de grogner. Je fouille dans les placards à la recherche d'une aspirine et, quand je la trouve, je laisse le comprimé fondre dans un grand verre d'eau. Puis, je m'écroule à côté d'une Mag hilare.

— Ma pauvre, tu fais peine à voir.

— Je sais. Le mètre de shooter… était en trop.

— Le mètre de shooter ? La vache, Adrian n'a pas fait semblant ! Et à quoi avez-vous trinqué ?

Malgré ma terrible gueule de bois, mes souvenirs de la veille sont intacts.

— À nos saloperies d'ex, grommelé-je.

— Oh, alors il sait que tu es célibataire ?

Je la foudroie du regard et avale une première gorgée d'aspirine.

— Oui, à cause de toi ! Putain, Mag, t'as raconté ma vie à tout le monde ! C'est Gill qui a lâché le morceau.

Son sourire s'évanouit et elle prend son plus bel air de chien battu. Lèvre qui tremble, yeux larmoyants. Mag connaît tous mes points faibles et elle les exploite avec brio.

— Je suis désolée, j'ai lâché ça dans une conversation… Tu m'en veux ?

Elle frotte sa tête contre mon épaule et je me décoince.

— Non, ça va. Mais arrête de parler de moi à tous tes copains, d'accord ?

— Vu ta performance d'hier soir, je n'ai plus besoin. Tout le monde t'a adorée !

Mon duo avec Adrian me revient en mémoire. C'était beau. C'était bien. Si je pouvais recommencer, là, maintenant, tout de suite, je n'hésiterais pas une seconde.

— Whaou, il te fait vraiment de l'effet, hein ?

Mag me lance une œillade et je me rembrunis.

— Pas du tout.

T'as jamais été douée pour le mensonge, Hope.

— Bah toi, en tout cas, tu lui fais de l'effet !

— Arrête, tu racontes n'importe quoi.

— Il a passé la soirée avec toi, Hope. Tu crois qu'il était

venu tout seul ?

Là, elle me pose une colle. En réalité, je ne m'étais même pas posé la question. Il était là, c'est tout.

— Ses copains étaient peut-être partis avant lui, et…

— Je les connais, ses amis. La troupe de vedettes. Tiens, regarde.

Elle pianote sur son téléphone et me le tend. Une photo de cinq personnes est apparue sur l'écran.

— Là, c'est Hilary Swinton, une fille qui était dans sa promo, à l'académie d'arts dramatiques. Elle a joué dans *Mamma Mia !* l'année dernière. Ici, son frère, Colin, qui est un des meilleurs danseurs de Broadway. À côté, c'est Zack, le meilleur ami d'Adrian. Ils ont fait toute leur scolarité ensemble et il joue Simba dans *le Roi Lion*. Et enfin, Rebecca et Adrian.

Tout à droite de la photo, les deux stars de Broadway se tiennent par la taille. Les longs cheveux roux de Rebecca tombent sur sa poitrine, élégamment ondulés. Quelques taches de son parsèment ses pommettes et rehaussent un regard vert vif. Le mien glisse sur ses formes sulfureuses et une pointe de jalousie me pique : je n'ai rien de tout ça. Enfin, si, mais je suis team petits seins et gros cul. Question proportions, on repassera.

Adrian, lui, a l'air plus jeune de quelques années. Il regarde Rebecca avec une telle intensité… Je doute que Logan m'ait jamais observée de la sorte. Tout dans la posture du chanteur indique qu'il aime sa partenaire.

— Je ne me rappelle pas les avoir vus, hier, soufflé-je.

— Ils étaient là, pourtant. Sauf Rebecca. Depuis qu'elle a plaqué Adrian, ils ne traînent plus trop ensemble.

— Comment tu sais tout ça ? T'es paparazzi à tes heures perdues, ou quoi ?

— Je suis régisseuse, andouille ! C'est mon job de m'occuper d'eux. En plus, Hilary et Colin sont de vraies pipelettes.

Je vide mon aspirine et m'enfonce dans les coussins moelleux du canapé. J'ignore quoi penser de tout ça. Est-ce que je plais vraiment à Adrian ? J'imagine que oui, s'il a préféré passer la soirée avec moi plutôt qu'avec ses amis. Mais je ne peux pas m'empêcher de trouver ça louche. Il doit avoir des tas de filles à ses pieds, pourquoi jeter son dévolu sur une pauvre vendeuse de chaussettes ?

— De toute façon, grommelé-je, je ne suis pas prête. Pour rien. Je suis célibataire depuis trois jours et je n'ai même pas de boulot.

— À ce propos !

Mag pianote de nouveau sur son téléphone et me montre une offre d'embauche.

— Femme de ménage pour le Longacre ? m'étonné-je.

— Je sais que ce n'est pas terrible, mais c'est en attendant. Je vais te trouver d'autres auditions, et…

Je ne la laisse pas finir sa phrase et lui saute au cou. Aussitôt, ma migraine se rappelle à moi et je m'échoue sur elle en gémissant.

— C'est parfait, je t'assure. J'irai poser mon CV demain.

— Inutile. Si tu veux le job, il est à toi. J'ai juste un coup de fil à passer.

Je secoue la tête alors qu'elle se lève.

— Mag, je ne veux pas être pistonnée, je…

— C'est juste un boulot, Hope. Laisse-moi faire ça pour toi.

— Tu fais déjà beaucoup.

Son front se colle contre le mien et elle chuchote :

— Tu es ma meilleure amie. Je ferai n'importe quoi pour que tu sois heureuse.

Puis, elle se redresse et part téléphoner dans sa chambre. Je reste seule dans le salon, sur ce canapé témoin de mon état pitoyable. Aujourd'hui, c'est sûr, je ne mets pas le nez dehors. Je déplie un plaid, l'étale sur moi et allume la télé.

Même si une bonne comédie romantique passe, je n'arrive pas à me concentrer sur l'histoire. Tout me semble insipide, fade. Mon esprit ne fait que rejouer en boucle mon duo de la veille.

J'attrape mon téléphone, ignore les vingt-six appels manqués de ma mère et les messages de mon père, puis tape le nom d'Adrian dans la barre de recherche.

Je tombe immédiatement sur des vidéos : sa première audition, son premier rôle, quelques interviews télé. Je le vois monter sur scène pour aller chercher son Tony Awards, à seulement vingt-cinq ans. Puis, dans les vidéos plus récentes, je le vois moins pétillant, moins alerte. Comme si quelque chose en lui s'était éteint.

C'est elle qui l'a bousillé comme ça, Adrian ?

Je n'ai aucun mal à trouver le compte Instagram de Rebecca Cooper. Sur chaque photo, elle s'affiche avec son nouveau petit ami, aka le très sexy Tom Goodwin. L'acteur et elle ont l'air d'enchaîner les soirées, les dîners mondains, les tapis rouges.

J'arrête vite, honteuse. Je me sens comme une voyeuse à espionner la vie privée des gens. Lasse et sentant que la migraine n'est pas près de me laisser tranquille, j'éteins la télé et retourne me coucher.

⁙ ⟡ ☆ ⟡ ⁙

Le lendemain, je me pointe à treize heures au Longacre. Mag n'a pas menti et a réussi à me décrocher le job. La femme de ménage en poste, Paula, n'est pas mécontente d'avoir un coup de main.

— D'habitude, je suis toute seule l'après-midi. Toute seule, tu te rends compte ! Enfin, je suis heureuse que tu sois là, mon petit.

Paula doit avoir des origines latines, si j'en crois son teint basané, ses cheveux noirs tirés en chignon et la façon dont elle roule les «r». Elle me prend par le bras et me guide jusqu'aux vestiaires, où elle me montre ma nouvelle tenue : une combinaison bleue avec un nombre incalculable de poches.

— Avant, me dit-elle, on avait des jupes. Mais c'était si peu pratique ! Je suis bien contente qu'ils aient changé ça.

J'acquiesce et enfile l'uniforme réglementaire. Paula épingle un badge avec mon prénom sur ma poitrine et me fait attraper un balai.

Elle me fait visiter tout le théâtre, m'explique ce qu'il y a à faire. Même si je suis là pour nettoyer, je suis époustouflée par un tel endroit. La salle de spectacle, en particulier, est à couper le souffle.

Plusieurs balcons surplombent la scène, encadrée par deux immenses rideaux rouges. Les rangées de sièges bleus, en arc de cercle, se succèdent jusqu'à la fosse et, au-dessus, des loges privées confèrent une vue imprenable. Je m'imagine sans peine danser ici, chanter, jouer.

— Toi aussi, tu es une rêveuse, hein ? s'enquiert Paula.

— Euh, oui, avoué-je.

— C'est bien de rêver. Je te souhaite d'arriver où tu veux, un jour.

Je souris tandis qu'elle referme la porte de la salle de spectacle derrière moi. Je suis déjà précisément où j'ai envie d'être.

Une semaine passe ainsi. Je prends mes marques, me glisse dans la peau de la nouvelle Hope. Je prends mon service tous les midis, vers treize heures, et ne débauche que vers vingt heures. En ce moment, le Longacre est vide, alors il n'y a pas grand-chose à faire. Mag m'a expliqué que les acteurs sont encore en répétition dans une salle privée, non loin de Central Park. Pour elle aussi, en ce moment, c'est plutôt calme.

Au bout de quelques jours, je me décide enfin à appeler mes parents. Ma mère décroche immédiatement et hurle :

— Hope ! J'essaye de te joindre depuis des jours !

Son ton agressif me fait déjà grincer des dents et je me force à ne pas raccrocher.

— Je suis désolée, maman.

— Tu es encore à New York ? Logan m'a dit ce qu'il s'était passé. Ma fille, tu fais une sacrée connerie.

Je me mords la lèvre et le goût du sang s'insinue sur ma langue.

— Oui, je suis encore à New York, je vis chez Mag. Et non, je ne fais pas une sacrée connerie. Je vis ma vie, c'est tout.

— À Broadway ? Ha ! Il paraît que tu as décroché un rôle alors ça y est, tu oublies d'où tu viens !

Putain, le rôle. J'avais totalement oublié cette histoire. Si je dis à ma mère que mon rôle, c'est de récurer les chiottes du théâtre, je vais m'en prendre plein les dents.

— Je n'oublie rien, maman ! C'est juste… Logan ne me

rendait plus heureuse depuis longtemps. Ici, au moins, je me plais.

— Vraiment, Hope, je ne te comprends pas. Je suis sûre que c'est encore ton père qui t'a mis des idées dans la tête.

Un classique de Tiphany Meyer. Tout mettre sur le dos de mon père, l'éternel responsable de tous ses tourments.

— Laisse papa en dehors de ça, fulminé-je. C'est moi et uniquement moi qui ai pris cette décision. Je n'aime plus Logan et je ne vais pas me forcer à rester avec lui juste pour te faire plaisir !

Silence au bout du fil. Cette fois, je lui ai rabattu son caquet. Je continue :

— Si tu n'es pas capable de te réjouir pour moi, alors ce n'est pas la peine de me rappeler. Bonne journée, maman.

Et je raccroche.

Mon cœur bat la chamade et, balais à la main, je m'appuie contre le mur de l'arrière-cour. Il me reste encore quatre heures à tirer avant de pouvoir rentrer chez Mag. Autant m'y remettre.

Helena et moi nous partageons équitablement les tâches. Aujourd'hui, c'est à moi de m'occuper de la salle de spectacle. Je m'y glisse prudemment, mais il n'y a personne.

Étrange, songé-je. D'habitude, il y a toujours le metteur en scène ou quelques personnes du spectacle. Les répétitions sur place avec les acteurs commencent la semaine prochaine, selon Mag. Dans mon cœur, je porte l'espoir de revoir Adrian. Je sais, grâce à elle, qu'il n'a finalement pas refusé le rôle. Est-ce que j'y suis pour quelque chose ? Non, ça m'étonnerait.

Il me faut trois bonnes heures pour nettoyer la salle de fond en comble. Quand je termine, j'ai le dos moulu de m'être trop penchée et mes mains me font mal. Je m'écroule sur un fauteuil, épuisée. La conversation de tout à l'heure avec ma mère me fout toujours en rogne. Au moins, je constate en dégainant mon téléphone qu'elle n'a pas essayé de me recontacter. Mon père, lui, m'informe qu'il a bien récupéré mes affaires chez Logan.

C'est vraiment fini, cette fois.

Un éclair de nostalgie me traverse l'esprit. Je suis partie si précipitamment de chez moi que je n'ai pas eu la chance de réellement faire mon deuil de cette vie. Depuis, tout est allé vite, trop vite. Il y a encore une semaine, j'étais sur cette scène, à chanter une chanson qu'on ne m'a pas laissé le temps de finir.

Et, désormais, cette même scène est vide et n'appelle que moi.

Je risque un regard à gauche et à droite. Il n'y a vraiment personne. Le travail est terminé. Paula est sûrement rentrée chez elle.

Alors, qu'est-ce que tu risques ?

Je me relève et me hisse sur le plancher. Mes pas résonnent dans la salle — il faut dire que j'ai des grosses chaussures de sécurité peu élégantes. Je me retourne, imagine le public en folie, les décors installés derrière moi…

C'est ma chance. Tant pis si la salle est vide. Au moins, il n'y a personne pour m'empêcher de chanter.

— *Ce soir, je rêve et personne ne m'entend,*

Ce soir, je crie et personne ne comprend,

Je ne suis qu'une ombre qu'on ne regarde pas,

Je ne suis personne, donc personne ne me voit.

J'ignore pourquoi cette chanson me vient en particulier, plus qu'une autre. Dans *Le Prince et la Chanteuse*, c'est celle que Clarisse chante juste après avoir rencontré le prince pour la première fois. Elle est un peu déprimée, car, après avoir économisé toute sa vie pour partir de chez elle, le roi a fermé les frontières et interdit ses sujets de partir. Le rêve de Clarisse s'écroule, elle qui voulait parcourir les routes et devenir artiste de rue.

— À quoi bon rêver ?
Les forts viendront tout piétiner,
À quoi bon chanter ?
Ils m'obligent à abandonner,
À quoi bon vivre ?
Si je ne peux m'envoler.

Je reprends le couplet, et encore le refrain. Je pousse sur ma voix comme je n'ai jamais osé le faire, encore portée par le souvenir d'Adrian à côté de moi. Comme si je sentais sa paume sur mon ventre, j'ouvre grand ma gorge et pousse l'ultime note.

Elle résonne dans la salle à l'acoustique parfaite. Je reste hors d'haleine, les joues baignées de larmes. Transcendée.

Soudain, le silence est brisé par deux mains frappées l'une contre l'autre. Une silhouette s'avance, mon sang se glace.

Je ne suis plus seule.

CHAPITRE 17

PAR UN LUNDI DE NOVEMBRE...

HOPE

Mortifiée, je ne parviens pas à remuer un seul orteil. Je suis prise sur le fait, à chanter sur une scène trop prestigieuse pour moi, la vendeuse de chaussettes du Minnesota.

Mon unique spectateur avance dans la lumière et se révèle bientôt être une spectatrice. Une femme plutôt âgée me sourit et m'applaudit, ses cheveux blancs tirés en arrière en un chignon banane sophistiqué. Elle porte un tailleur pantalon vert sapin, qui fait ressortir ses yeux bleus et son maquillage discret. Dans sa main, une canne au pommeau d'argent donne le rythme de sa marche lente.

– Magnifique, lance-t-elle.

– Je… oh mon dieu, je suis désolée.

Je m'empresse de me baisser et saute hors de la scène. Après toute une journée passée à faire le ménage, je dois être dans un état pitoyable. Le foulard noué dans mes cheveux est tout emmêlé dans mes boucles et je pue la transpiration à plein nez.

– Je pensais que j'étais seule, je n'aurais jamais dû faire ça, je vous demande pardon.

— Cessez donc de vous excuser, raille la femme en faisant claquer le talon de sa canne sur la moquette. Quel est votre nom ?

Bordel, elle est terrifiante. Moi qui me gausse toujours de charmer les mamies, pas sûr que mon pouvoir marche sur celle-ci.

— Je m'appelle Hope, madame.

Je plie les jambes pour faire une foutue révérence et m'invective mentalement. Il faut vraiment que j'arrête avec ça.

— Hope…

Sur sa langue, mon nom a une saveur particulière. Elle s'approche encore de moi et son regard me détaille. Je me sens passée au crible et, si elle m'annonçait qu'elle possédait la capacité de lire à travers l'âme des gens, je la croirais sur parole.

— Que faites-vous ici, Hope ?

— Je suis la nouvelle femme de ménage.

— Je vois.

Elle me contourne et je n'ose pas bouger d'un iota, des fois qu'il lui viendrait à l'idée de se servir de sa canne autrement que pour marcher. Puis, elle se campe face à moi et sa main gantée me lève le menton.

— Hope, vous avez un talent fou. On vous l'a déjà dit ?

— Eh bien, oui. Mais vous connaissez le syndrome de l'imposteur, tout ça…

— Tout ça ?

Elle hausse un sourcil et je déglutis. Bon sang, comment une bonne femme peut-elle être aussi terrifiante ?

— Vous savez danser ?

— J'ai pris des cours de danse jusqu'au lycée.

— Et après ?

J'hésite à lui dire que je dansais dans ma boutique de chaussettes, mais j'ai l'impression que ce n'est pas vraiment ce qu'elle a envie d'entendre.

— Après, j'ai mis mes rêves de côté.

Sa main glisse de mon menton et retourne se poser sur son autre paume, autour de sa canne.

— Voilà qui est bien dommage.

Je me risque à la détailler un peu plus, moi aussi. Malgré sa peau ridée, elle est encore très belle et doit avoir dans les soixante-dix ans, peut-être plus. Son abominable caractère se lit sur son visage et je n'ose même pas lui demander ce qu'elle fait là, elle, après la fermeture du théâtre.

— Vous avez un talent fou, mais c'est encore un talent brut qui doit être poli. Vous respirez aux mauvais moments et nous pouvons encore faire de gros efforts sur votre voix de tête.

Bordel, mais qui c'est, cette mamie ?

— Je, euh… Je tâcherai de m'en souvenir.

— Je vous donne ma carte, lâche-t-elle en fouillant dans son petit sac à main noir. Venez chez moi lundi, à neuf heures tapantes.

Elle me tend un petit bout de carton. Ma bouche s'arrondit sous la surprise.

Helen Fitzgerald, professeure de chant.

Alors qu'elle fait mine de se détourner, je l'apostrophe :

— Je suis désolée, mais je crois qu'il y a un malentendu. Je suis une femme de ménage, je n'ai pas les moyens, je…

Elle lève le bras et je me tais aussitôt.

— Gardez votre argent. Une voix comme la vôtre se doit d'être entendue, Hope. À lundi !

Et elle me laisse là, complètement abasourdie par cette

rencontre. Je dois m'accrocher au dossier d'un siège et me pincer pour me convaincre que je ne rêve pas.

Est-ce que je viens d'être repérée par une prof ? Et elle veut me donner des cours ? Gratuitement ?

Je bondis de joie. En chantant, je ramasse mon balai et me faufile hors de la salle. Puis, je cours me changer avant d'attraper mon téléphone et de composer le numéro de Mag.

— Hope ? Tu as fini ?

— À l'instant ! On se donne rendez-vous au *Sing Along !* ?

— Si tu veux. Mais pourquoi as-tu l'air si excitée ?

Dans la rue, je dois me retenir pour ne pas sauter partout. Je trépigne d'impatience et il me faut toute la retenue du monde pour lâcher à ma meilleure amie :

— Tu ne devineras jamais ce qui vient de m'arriver !

***

— Helen Fitzgerald ? s'exclame Mag.

Accoudées au bar — qui est encore peu animé à cette heure — Mag et moi sirotons chacune un cocktail préparé par Gill. Quand je lui ai annoncé le nom de ma future professeure de chant, elle a avalé de travers.

— Quoi ? C'est quelqu'un de connu ?

— Quelqu'un de connu ? Non, mais tu rigoles !

Elle dégaine son portable et une photo s'affiche. C'est définitivement la même femme, avec quarante ans de moins, au bas mot.

— C'était une chanteuse à Broadway, dans les années soixante ! Elle a fait une carrière formidable, travaillé avec les plus grands ! Même avec Barbra Streisand, tu te rends compte ? Helen a aussi gagné plusieurs Tony, avant de prendre sa retraite. Depuis, on ne la voit pas très souvent. Pour tout t'avouer, je pensais qu'elle était morte.

– Bah je peux t'assurer qu'elle est bien vivante.

Décidément, je vais de surprise en surprise. C'est la deuxième star de Broadway qui s'intéresse à moi en l'espace d'une semaine. Je vais finir par prendre la grosse tête.

– Qu'est-ce qu'elle fichait au Longacre ? s'enquiert Mag.

– J'en sais rien. Elle me fichait trop les jetons, j'ai pas osé lui demander.

Ma meilleure amie éclate de rire et avale une gorgée de son cocktail. Derrière elle, un groupe de quatre personnes débarque dans le pub et je me retrouve, malgré moi, à chercher le visage d'Adrian. Comprenant qu'il n'est pas là, je rabaisse les épaules, déçue.

– Pas de Monsieur Arrogance, ce soir ?

Mag me taquine et je me sens obligée de lui rendre la pareille :

– Pas de Julie non plus ?

– Je la ghoste un peu. Elle est du genre à vouloir une relation sérieuse et je n'ai pas du tout la tête à ça. Je rêve plutôt d'une nuit torride et sauvage. Sans l'option «je reste dormir», si tu vois ce que je veux dire.

Oh oui, je vois très bien. Je mentirais si je disais que la même idée ne m'effleure pas l'esprit, ces derniers jours. Une histoire sans lendemain, sans attache, sans rien. J'ignore seulement si j'en serais capable. Logan est le seul mec avec qui j'ai jamais couché.

– Enfin, c'est une super nouvelle, ça ! Helen est une technicienne hors pair. Nul doute qu'elle va te transformer en une véritable star.

Je plonge dans mon cocktail. Mag a l'air si sûre de moi,

mais je suis incapable d'avoir la même confiance en mes capacités. J'ai l'impression que j'ai juste… de la chance.

Après notre verre, nous rentrons directement à l'appartement. Une fois n'est pas coutume, Mag doit se lever tôt demain pour un préshow qui a lieu l'après-midi.

– Je déteste quand ils font ça, maugrée-t-elle. Qui a l'idée de venir voir des spectacles le dimanche à quatorze heures, hein ? Ça me force à ne pas faire la fête alors que, bordel, c'est samedi soir !

Contrairement à elle, je ne boude pas mon plaisir. Demain, c'est dimanche, ce qui signifie que je vais pouvoir passer la journée en pyjama.

Le rêve.

Le lundi arrive vite, bien trop vite. Je me lève beaucoup trop tôt pour mon propre bien et fonce sous la douche. Je veux être impeccable. Si Mag était réveillée, elle me charrierait en disant que j'ai l'air de me préparer pour un rencard.

Un rencard avec une star de soixante-seize ans, très précisément.

J'ai passé mon dimanche à me rencarder sur Helen Fitzegerald. J'ai lu presque toutes ses interviews, regardé de vieilles vidéos d'elle. Mag n'a pas menti ; c'est une chanteuse incroyable, avec une technique à faire pâlir de jalousie Céline Dion en personne.

En revanche, j'ai trouvé très étrange la façon dont elle s'est éloignée de la scène, il y a une dizaine d'années. Du jour au lendemain, on ne l'a plus vue du tout.

Bah, songé-je en appliquant un peu de mascara sur mes

cils, *elle voulait peut-être juste prendre sa retraite !*

Pour ma première leçon de chant, je décide de sortir mes plus beaux vêtements de ma valise. Je passe une chemise blanche avec un col Claudine, ainsi qu'un jean brut taille haute. J'assortis le tout avec une paire de mocassins piquée à Mag — Dieu merci, on fait la même pointure — et attache ma tignasse châtain en une queue de cheval.

Pas mal, Hope ! me félicité-je en croisant mon regard dans le miroir.

Vieux réflexe du Minnesota, je m'enroule dans une écharpe épaisse et enfile mon manteau. Une fois le nez dehors, je réalise que c'est inutile : en ce début novembre, les températures sont encore assez douces. Je profite d'être en avance pour rejoindre l'adresse indiquée à pied.

Helen Fitzgerald habite au pied de Central Park, aussi décidé-je de couper par là. Je m'extasie devant les teintes automnales, dont les arbres se sont parés. Les feuilles sont tombées par centaines sur le sentier, ce qui me donne l'occasion de marcher dessus.

Si la vie était une comédie musicale, maintenant serait le moment parfait pour pousser la chansonnette. Je me mettrais à danser dans les amas orangés de l'automne, rejointe par les joggeurs matinaux et les promeneurs. Nul doute que la chorégraphie serait grandiose, tout comme la chanson aux notes bucoliques.

Hélas, la vie n'est pas une comédie musicale. Cela, Logan et ma mère me l'ont répété bien trop de fois. J'achève donc de traverser Central Park et me campe devant la maison d'Helen, pile à l'heure.

Maison n'est, néanmoins, pas le terme exact. Je vérifie deux fois l'adresse sur la carte de visite pour m'assurer que c'est bien là. Je fais face à un manoir de deux étages, coincé entre deux immeubles. La pierre grise se marie à merveille avec la teinte automnale du grand peuplier qui pousse sur un petit carré d'herbe, juste devant l'entrée. Plus haut, deux bow-windows font face au parc et je m'imagine tout à fait la superbe vue dont on doit profiter.

Je m'approche du seuil, la boule au ventre. Le heurtoir, en forme de lion, semble me défier d'oser frapper. Je m'en saisis timidement, le relâche, et attends.

Très vite, la porte s'ouvre sur ce qui est, de toute évidence, un majordome. L'homme, d'une cinquantaine d'années environ, me dévisage et s'adresse à moi de manière formelle, avec un accent anglais :

— Mademoiselle Hope, je présume ?

— Euh… vous présumez bien.

Ma tentative d'humour ne suffit pas à le dérider et il s'écarte pour me laisser entrer. Je frotte mes pieds sur le paillasson tandis qu'il se glisse dans mon dos pour récupérer mon manteau.

L'intérieur du manoir est aussi luxueux que le laisse présager l'extérieur. Le sol est de marbre et, devant moi, un grand escalier de bois dessert les étages. Aux murs, tableaux et lampes se tiennent compagnie. Je n'ai pas le temps de m'approcher pour les observer. Déjà, le majordome me montre un couloir et lâche :

— Si vous voulez bien me suivre.

Il me précède dans le corridor. Je marche sur la pointe des pieds pour ne pas troubler le silence environnant. Avec mon jean et ma queue de cheval, j'ai l'impression de faire tache dans le décor.

Finalement, il s'arrête devant une porte entrouverte et

frappe délicatement le battant :

— Votre rendez-vous de neuf heures est arrivé, madame.

Le bruit d'une canne qu'on frappe sur le sol me fait sursauter. Helen ne tarde pas à apparaître dans l'embrasure de la porte. Je lui souris, ce à quoi elle répond en me regardant de bas en haut.

— Bonjour, Hope. Robert, auriez-vous l'obligeance de nous apporter deux tasses de thé et un plateau de biscuits ?

— Tout de suite, madame.

Il me laisse seule avec elle. J'entre timidement. Mon regard est immédiatement attiré par un immense piano à queue noir laqué qui trône au centre de la pièce. Helen le remarque, car elle m'interroge :

— Vous jouez du piano, Hope ?

— Plus depuis des années, admets-je. Mais j'ai pris des cours, petite. Je n'étais pas très douée.

— Montrez-moi.

En temps normal, j'aurais refusé, mais l'autorité de Helen est indiscutable. Je prends place sur le petit tabouret tandis que ma professeure se poste derrière moi. À peine suis-je assise qu'elle pose ses mains sur mes épaules.

— Redressez-vous. La posture est la clé d'une bonne chanteuse.

J'obéis. Puis, je pose mes doigts sur les touches blanches. J'ignore quoi lui jouer, mais ma mémoire s'empare de mes mains et s'occupe du reste.

Les premiers accords de *La vie en rose*[14] glissent tout seuls. Mon père a toujours été un grand passionné de musique française et, petite, c'était lui qui me donnait des leçons de piano. Mais, avec le divorce, j'ai été ballotée entre les deux

---

14 Chanson interprétée par Édith Piaf.

maisons et il n'a plus eu le temps de m'apprendre.

– Édith Piaf, acquiesce Helen.

Dans ma vision périphérique, je crois apercevoir un demi-sourire se dessiner sur ses lèvres. Je pousse un cri de victoire intérieurement.

Hope, charmeuse de mamie, is back !

Malheureusement, je me trompe d'une note et grimace. Je relève les yeux vers elle.

– Désolée. Je n'ai pas joué depuis longtemps.

– Pour une reprise, c'était très bien.

Robert arrive avec un plateau et le dépose sur une petite console, entre deux fauteuils. Helen me les indique et nous nous installons face à face.

– J'ignorais si vous alliez venir, m'avoue-t-elle en se penchant pour attraper la théière. Du sucre ?

– Non, merci. Vous ne m'avez pas tellement laissé le choix.

Elle se recule dans son fauteuil et pose ses yeux bleus sur moi. Ils sont si perçants que je n'ai d'autre choix que de détourner le regard, intimidée.

– On a toujours le choix.

J'enroule mes doigts autour de la tasse et souffle sur le breuvage brûlant.

– Mon père dit toujours ça.

– Alors votre père est un homme avisé.

Je songe qu'il l'adorerait et me rappelle, par la même occasion, que je ne l'ai toujours pas appelé. Nous avons échangé quelques messages, rien de plus.

– Si vous êtes ici, j'en conclus que vous n'aspirez pas à rester femme de ménage toute votre vie.

Je secoue la tête et lui offre un petit sourire.

— Pas vraiment, non. En réalité, je ne fais le ménage que depuis une semaine. Avant, je vendais des chaussettes dans le Minnesota.

Elle arque les sourcils et répète :

— Des chaussettes, hein ? Qu'est-ce qui vous a fait venir à New York ?

— Une audition, pour *Le Prince et la Chanteuse*. Mais l'équipe ne m'a même pas laissée finir. C'est normal, après tout. Les autres filles…

— Les autres filles n'avaient pas un quart de votre talent, avant d'entrer à l'académie d'arts dramatiques. Nous allons faire un sort à votre fameux «syndrome de l'imposteur», Hope.

Elle est si sérieuse que je n'ose pas la contredire. Elle termine son thé et se lève. Puis, elle pose sa canne contre le piano et s'installe devant les touches.

— Le directeur de casting du spectacle est un idiot de ne pas vous avoir sélectionnée. Il va s'en mordre les doigts quand il comprendra à quel point celle qu'il a choisie est une vraie peste.

Décidément, personne ne peut la saquer, cette Rebecca.

Elle taquine les touches et reprend distraitement *La vie en rose*. Envoutée par la mélodie, je me redresse et m'approche.

— *Quand il me prend dans ses bras, il me parle tout bas, je vois la vie en rose.*

— Vous parlez français ?

— Un peu. Ma grand-mère paternelle est née à Paris.

Elle continue de jouer et moi de chanter. À la fin, elle hoche la tête, comme si elle était satisfaite, et plonge son regard dans le mien.

— Vous viendrez ici tous les jours, à neuf heures. Pas

d'exception, même le week-end. Votre voix est encore un peu timide, nous allons donc commencer par la respiration. Avec un peu d'huile de coude, je suis persuadée que nous allons accomplir de grandes choses, vous et moi. Qu'en dites-vous ?

Je suis si heureuse que je me retiens de la serrer dans mes bras. La poitrine gonflée par l'allégresse, je réponds :

— C'est d'accord ! Mais par pitié, tutoyez-moi ! J'ai l'impression d'être vieille. Enfin, c'est bien aussi, d'être vieille. Je veux dire…

Je m'arrête et songe sérieusement à creuser ma propre tombe. Helen sourit, franchement cette fois, puis repose ses doigts sur le piano.

— On reprend ?

CHAPITRE 18
COMME CENDRILLON

HOPE

Les journées suivantes, je me glisse dans une routine étonnante. Le matin, je me lève tôt pour prendre des cours de chant avec Helen, qui s'avère être une femme à la fois généreuse et sévère. Puis, à midi, je déjeune sur le pouce sur un banc de Central Park, avant de prendre mon poste au Longacre. Et le soir, Mag parvient parfois à me traîner jusqu'au *Sing Along !*

Je n'ose pas lui dire que c'est surtout parce que j'espère y croiser Adrian, mais depuis la soirée d'Halloween, il n'est nulle part.

Le samedi midi, je dois courir jusqu'au théâtre. Helen m'a retenue plus que de raison pour me faire tenir une note que je ne pensais jamais pouvoir atteindre. C'est donc avec le ventre vide, mais avec un grand sourire aux lèvres que je franchis la porte de service du Longacre et rejoins Paula pour entamer notre journée de ménage.

– Eh beh ! s'exclame-t-elle en me voyant arriver. T'as croisé ton grand amour en venant au boulot, ou quoi ?

– Si seulement ! J'ai juste eu le plus merveilleux des cours de chant avec la plus merveilleuse des professeures !

Helen me terrifie toujours autant, et je crois qu'elle tient là le secret de son efficacité. Néanmoins, j'ai plus progressé en cinq jours avec elle qu'en sept ans d'entraînements dans ma douche.

— Désolée de gâcher ton plaisir, Hope. Le devoir nous appelle !

Paula grimace et me désigne mon chariot de ménage. Je pousse un long soupir, essaye de me rappeler que cette situation n'est que provisoire. Alors que j'achève de zipper ma combinaison, ma collègue me lance :

— Oh, les acteurs sont en répétition au théâtre, aujourd'hui. Tu peux quand même entrer pour nettoyer la salle, mais reste discrète.

Les acteurs ? Mon cœur bondit dans ma poitrine. Est-ce que cela signifie qu'Adrian sera là ? En toute logique, oui.

Décidément, cette journée ne pourrait pas être mieux.

Alors que je vide les poubelles des toilettes, ma raison me rappelle de ne pas trop m'emballer. Adrian et moi évoluons dans deux mondes radicalement différents. Et puis, je sors d'une relation de sept ans ! Je ne peux pas laisser un chanteur, aussi beau et sexy soit-il, me tenir éloignée de mon rêve.

Broadway, c'est tout ce qui compte.

La journée défile à une vitesse ahurissante. Mes airpods enfoncés dans mes oreilles, je chantonne tandis que je nettoie les couloirs du Longacre. Aujourd'hui, c'est Paula qui s'occupe des loges des artistes, et moi de la partie publique. Un peu avant dix-huit heures, je décide de commencer la salle de théâtre.

Comme me l'a dit ma collègue, quelques acteurs de la troupe sont sur scène. Je me glisse sur le balcon supérieur pour ne pas les déranger. Je ramasse les ordures d'une main, passe le spray désinfectant de l'autre, entendant bien nettoyer les fauteuils le plus discrètement possible.

Mon regard se porte sur la scène, comme si j'étais attirée par un aimant invisible. Mon cœur se serre et je sens mes lèvres se retrousser.

Adrian est là, debout sur le plancher noir. Il est en grande conversation avec une autre personne, que je reconnais comme le metteur en scène. Mag a évoqué son nom, mais il m'échappe. Larson ? Jarson ?

Je plisse les yeux pour ajuster ma vue, mais force m'est d'admettre que je suis trop loin. Depuis mon balcon, j'aperçois à peine la tignasse brune d'Adrian. Il a l'air de profondément s'ennuyer ; ses mains sont enfoncées dans les poches de son jean et il se balance d'un pied sur l'autre.

— Est-ce qu'on peut enfin reprendre ? s'exclame une voix féminine. J'aimerais rentrer chez moi, j'ai une soirée à vingt heures !

Je tourne la tête et aperçois une femme rousse, juchée sur des escarpins à talon, traverser la scène. Je ne l'ai jamais vue en vrai, pourtant je reconnais instantanément Rebecca Cooper.

La connasse, donc.

— Bien sûr, mon chou, s'aplatit le metteur en scène. Adrian, on fait comme on a dit.

Je suis étonnée par l'acoustique parfaite de la salle. Je n'ai aucun mal à les entendre. Adrian va se placer en traînant des pieds, tandis que Rebecca attrape un balai en coulisse.

Je sais que le devoir m'appelle, pourtant je ne peux détacher mon regard d'eux. La musique commence et je reconnais les premières notes de *L'heure bleue*. Chiffon en main, je fais semblant de nettoyer la balustrade au cas où Paula me choperait en flagrant délit de fainéantise.

Adrian et Rebecca chantent, cependant la magie n'opère pas. Chacun d'un côté de la scène, ils ne mettent aucun cœur à l'ouvrage. Rebecca chante trop haut et trop fort ; Adrian, lui, semble éteint. Je fronce les sourcils. Où est passé le chanteur passionné de la soirée d'Halloween, celui qui a fait vibrer tout mon être ?

— Stop ! hurle le metteur en scène.

Il se lève de son fauteuil et s'approche de ses acteurs. Je peux presque voir Adrian lever les yeux au ciel et Rebecca se tourner pour lui lancer un regard noir.

S'ils voulaient de l'alchimie entre ces deux-là, ce n'est pas gagné.

— Rebecca, chérie, la tonalité est bien moins haute. Et Adrian ! On t'entend à peine ! Je sais que tu peux faire mieux que ça.

Ils soufflent tous les deux et le metteur en scène — décidons-nous pour Larson — se prend la tête dans ses mains, désespéré.

— Je sais que vous ne vous aimez pas, mais…

— Ce n'est pas qu'on ne s'aime pas, c'est qu'on se déteste, lance Adrian.

Je ne peux m'empêcher de pouffer et je me baisse avant qu'ils n'aient l'idée de regarder dans ma direction. Je me retrouve à ramper sur le sol du balcon, où j'ai une vue imprenable sur les détritus que les spectateurs de la veille ont laissés derrière eux.

Les gens sont vraiment dégueulasses.

Soudain, j'ai honte. Je n'ai pas envie qu'Adrian me voie ici, dans cette tenue, à quatre pattes par terre à ramasser de vieux bouts de papier. Je me sens comme une voyeuse, à l'espionner ainsi. Je me dépêche de nettoyer le balcon et m'échappe, consciente que je devrais revenir plus tard pour m'occuper de la salle.

Je me glisse dans la loge du concierge, non loin de l'entrée des artistes — qui est aussi, fatalement, la sortie. Je me fiche de finir plus tard que prévu, je n'ai pas la moindre envie de croiser Adrian et de devoir lui expliquer ce que je fous là.

Après tout, c'est lui qui est parti comme un voleur, l'autre soir. Il n'a sûrement pas envie de me voir non plus. Je garde un souvenir impérissable de cette soirée, me la repassant en boucle avant d'aller dormir. Mais peut-être était-ce affreux, pour lui.

Au bout d'une heure, je vois Rebecca sortir, suivie par Larson. D'Adrian, en revanche, aucune trace. J'attends encore un peu, puis commence par me dire qu'il est peut-être sorti côté public. Après un rapide coup d'œil sur mon téléphone — il est presque vingt-heures — et un texto à Mag pour lui dire que je rentrerai tard, je sors de ma cachette et retourne dans la salle.

Cette fois, elle est vide. La scène est déserte, les projecteurs sont éteints. Je les rallume pour mieux voir et renfonce mes écouteurs dans mes oreilles. Je fais défiler ma playlist à la recherche d'un truc bien groovy et arrête mon choix sur cette bonne vieille Gloria Gaynor.

— *At first I was afraid, I was petrified…*

J'entame *I will survive* et allume l'aspirateur. Je m'amuse à sauter pour ne pas marcher sur le fil, lance ma jambe en arrière pour passer entre les sièges, me penche gracieusement pour récupérer un mouchoir usé. J'ai sûrement l'air d'une folle, mais au moins, personne n'est là pour me juger.

Je sursaute et manque de m'étaler de tout mon long quand

je sens une main se refermer sur mon épaule. Paniquée, je lâche l'aspirateur et me retourne d'un bond.

Adrian est là, un grand sourire plaqué sur ses lèvres. Il dit quelque chose, mais je ne l'entends pas, car Gloria Gaynor beugle toujours dans mes oreilles.

Confuse, je me dépêche de retirer mes airpods et les fourre dans ma poche.

— Je suis désolée, je ne t'ai pas entendu, je…

— C'est moi qui suis désolé. Je ne voulais pas te faire peur.

Je m'accroche à un siège pour reprendre mes esprits. C'était probablement une des plus belles frousses de ma vie.

Je ramasse l'aspirateur et l'éteins. Moi qui ne voulais pas qu'il me voie comme ça, c'est raté.

— Que… tu… Tu n'es pas parti ? demandé-je.

Il secoue la tête, visiblement amusé.

— J'étais sûr d'avoir vu quelqu'un là-haut, tout à l'heure, m'explique-t-il en désignant le balcon. Quelqu'un d'étrangement familier.

— Ah ! Ah oui, c'était moi.

Je me mords la lèvre. Je n'aspire qu'à une chose : disparaître sous la moquette du Longacre et y passer le reste de ma vie.

— Alors… Tu travailles ici ?

Adrian plonge son regard dans le mien et j'ai bien du mal à ne pas détourner la tête. Tout en lui m'intimide, quand nous sommes sobres. Je regrette soudain de ne pas avoir de *Long Island* sous la main pour me décoincer un peu.

— Comme tu peux le constater, finis-je par dire, je suis la nouvelle femme de ménage.

Ses yeux glissent sur le foulard noué dans mes cheveux, puis sur ma combinaison, pour terminer leur course sur mes pieds. Évidemment, je porte encore des chaussettes criardes d'un bleu électrique, avec des petits pandas dessinés dessus.

Un silence gênant s'installe. Je m'agrippe à l'aspirateur, ne sachant quoi ajouter. Plus que jamais, le fossé entre nous me semble infranchissable.

— Tu as bientôt fini ? lance-t-il soudain.

— Euh… non. Il me reste encore toute la salle à faire. Je ne voulais pas vous déranger alors j'ai attendu que vous partiez, et… hé ! Qu'est-ce que tu fous ?

Incrédule, je l'observe attraper mon ramasse ordure sur mon chariot et commencer à attraper les détritus qui jonchent le sol entre les sièges.

— Je t'aide. Comme ça, tu sortiras plus vite et on pourra aller boire un verre.

Je manque de m'affaler sur un siège tellement je suis surprise. Je secoue la tête et essaye de lui reprendre le balai des mains.

— C'est gentil, mais je vais me débrouiller toute seule. Tu n'as pas à faire ça…

— Tout comme tu n'avais pas à attendre qu'on ait terminé. De toute façon, c'est non négociable. Je t'aide, et on va boire un verre.

Je me campe devant lui, les poings sur les hanches, les sourcils froncés.

— Et le consentement, dans tout ça ? Tu ne m'as pas demandé mon avis !

Évidemment, je suis consentante à deux mille pour cent. Néanmoins, il n'a pas besoin de le savoir.

Il a quand même l'air de se sentir un peu con, car il arrête deux secondes de ramasser des détritus et lâche :

— Désolé… Hope, acceptes-tu mon aide pour que nous

allions boire une bière ?

Je m'apprête à dire oui, mais mon ventre s'en charge pour moi. Il grogne si fort qu'Adrian ouvre des yeux grands comme des soucoupes et éclate de rire, tandis que je me rembrunis.

— Je prends ça pour un oui ! Tu n'as pas mangé de la journée, ou quoi ?

— C'est à peu près ça.

Je m'écarte de lui et attrape l'aspirateur. Une fois détournée, je prends trois grandes inspirations pour calmer les battements de mon cœur affolé. Je n'en reviens pas de ce qui arrive.

C'est la meilleure journée de l'univers !

— Je suis désolé d'être parti comme un voleur, l'autre soir.

Je pivote pour lui faire face. Cette fois, c'est lui qui a l'air gêné.

— Je me suis senti mal, après notre chanson. Trop de shooters…

— À qui le dis-tu ! C'était la pire gueule de bois de toute ma vie !

Il sourit et je me sens fondre. C'est pas permis d'être aussi craquant, putain ! Comment suis-je censée me la jouer détachée, avec tout ça ?

— J'ai voulu te contacter le lendemain, pour m'excuser, mais je n'avais pas ton numéro.

— C'est rien, assuré-je. Je me suis doutée que tu ne t'étais pas senti bien. Je t'ai suivi d'assez près, d'ailleurs. Tu me l'as joué à la Cendrillon, en laissant ton masque derrière toi comme une pantoufle !

Son sourire s'efface pour laisser un air surpris sur son visage. Moi, je m'invective intérieurement pour avoir sorti une comparaison pareille. *Cendrillon, sérieusement ? T'es pas le prince charmant, Hope. T'es qu'une nana paumée, trop loin de sa terre natale, aux prises avec un rêve pour le moment inaccessible.*

— Tu l'as récupéré ?

— Ouais, soufflé-je en hochant la tête. Je voulais te le rendre, mais je n'avais pas ton numéro, alors…

En trois enjambées, il franchit la distance qui nous sépare et attrape mon téléphone, qui dépassait de la poche frontale de ma combinaison. Puis, il saisit ma main — ou mon doigt, pour être plus précise — et le plaque sur mon clavier.

— Je peux savoir ce que tu fous ?

— Je rentre mon numéro dans ton portable, et je m'envoie un message pour avoir le tien ! Comme ça, je pourrai m'excuser la prochaine fois que je pars sans te dire au revoir.

— Parce qu'il y aura une prochaine fois ?

Mon ton taquin est à peine voilé. Amusé, il me rend mon bien et me fait une œillade :

— Je n'espère pas, non. Ce n'est pas mon genre d'être aussi impoli.

— Me voilà rassurée !

Mon ventre grogne de nouveau et il éclate de rire.

— Allez, au boulot ! Ce n'est pas en discutant comme ça que je vais t'emmener au resto !

— Je croyais qu'on allait juste boire un verre ?

— Vu comme tu as l'air d'avoir faim, ce serait criminel de te laisser plus longtemps sans nourriture.

Je pouffe et secoue la tête. Est-ce que j'avais l'air aussi niaise, quand je flirtais avec Logan ? Parce que c'est du flirt là, on est bien d'accord ? Peut-être même qu'il me propose un rencard ?

Soudain, c'est la panique. Les seuls vêtements que j'ai,

ce sont ceux que je portais ce matin. Rien de bien folichon pour un rendez-vous galant, encore moins avec une star de Broadway ! Et puis, je pue la sueur, après une journée passée à faire le ménage.

Je devrais refuser. Lui dire que je me sens mal, que j'ai envie de rentrer chez moi. Mais ce serait mentir. J'ai espéré recroiser Adrian toute la semaine, et le jour où je tombe enfin sur lui, il m'invite à sortir !

Si les étoiles ne sont pas alignées, je ne sais pas ce que c'est !

CHAPITRE 19

LA VILLE QUI NE DORT JAMAIS

HOPE

Il est plus de vingt-trois heures quand Adrian et moi finissons enfin de nettoyer la salle. Il faut dire qu'à se chamailler avec le spray pour la poussière, on avance nettement moins vite. Après m'être changée et avoir repassé ma tenue du jour, à savoir un pull moutarde sur un jean sombre et des bottines, je le retrouve dans la ruelle qui jouxte l'entrée des artistes.

– Oh, tu ne gardes pas ta combinaison ? me lance-t-il en m'apercevant. Dommage, je l'aimais bien.

Je lève les yeux au ciel et lâche :

– Je reste persuadée que j'aurais fini plus vite sans toi.

– Peut-être, mais tu te serais moins amusée !

Encore le même sourire craquant, qui me fait fondre. Seulement, une pointe de culpabilité m'étreint quand je pense à Logan. On n'est plus ensemble depuis une semaine et voilà que je drague déjà un autre mec. Ça ne me ressemble pas.

En même temps, comment tu peux savoir ce qui te ressemble ? Tu as passé les huit dernières années de ta vie à te conformer aux désirs de ce connard !

— Hope ? Est-ce que ça va ?

La voix d'Adrian me sort de ma torpeur et je lève la tête vers lui.

— Excuse-moi, j'étais perdue dans mes pensées. On y va ? Je crève de faim !

Nous sortons de la ruelle et il me guide vers Times Square. Bien qu'il soit un peu tard, New York est plus éveillée que jamais.

— Alors, qu'est-ce que tu veux manger ? m'interroge-t-il.

— Que me propose le chef ?

— Eh bien, nous avons la fidèle pizza, le Saint Burger, ou encore ce bon vieux tacos.

— Quel choix cornélien !

— N'est-ce pas ?

Nous nous esclaffons et je songe à quel point avec lui, tout est facile. Peut-être parce qu'il représente tout ce que j'ai toujours voulu être ?

Je suis incapable de me décider, entre tout ce qu'il me propose. Comme il voit que j'hésite, Adrian me fait m'arrêter au milieu de la foule et me demande de fermer les yeux.

— En quoi ça va m'aider à choisir ? grommelé-je.

— Arrête de discuter et fais ce que je te dis !

— Mais…

Pour mettre fin à toutes mes protestations, il se glisse dans mon dos et plaque ses mains sur mes paupières.

Mon cœur bat à tout rompre. Adrian a le torse collé contre mon dos et son odeur m'enivre : un mélange de bois de santal, de forêt et de cuir. Sa bouche se colle à mon oreille et me tire un délicieux frisson.

— Maintenant, inspire. Connecte-toi avec tes envies profondes.

— T'es un gourou, ou quoi ?

– Hope.

– OK, OK. Mes envies profondes.

J'inspire et essaye de me déconnecter du monde ce qui, en plein milieu de Times Square, s'avère compliqué. Je me concentre sur les choses tangibles. La douceur des mains d'Adrian, la fraîcheur de l'air, la dureté du sol sous mes pieds…

– Un petit déjeuner !

Adrian retire ses paumes et je me retourne pour lui adresser un grand sourire.

– Je crève d'envie d'un petit déjeuner !

– À vingt-trois heures ?

– Il n'y a pas d'heure pour les pancakes ! Alors ? Vous avez une adresse à me proposer, monsieur le guide touristique ?

Je vois sur son visage qu'il a l'air étonné, néanmoins il relève le défi. Deux minutes plus tard, nous sommes dans un taxi, direction l'Upper East Side.

– On aurait pu y aller à pied, protesté-je.

– Un bon New-Yorkais se déplace toujours en taxi. Ou en métro, mais je déteste ça.

Sur ce point, je ne peux pas lui donner tort. Le métro New-Yorkais est toujours bondé et en plus, ça pue.

– Moi, je préfère marcher. Mag habite dans le coin, alors j'en profite.

Nous arrivons bientôt devant un petit pub irlandais, dont la façade couverte de trèfles ne m'inspire aussitôt confiance. Nous nous extirpons du taxi et pénétrons dans le bar qui est, en ce samedi soir, encore rempli.

Heureusement, Adrian arrive à nous dénicher une

banquette et nous nous installons. La serveuse tique lorsque nous lui demandons un *English Breakfast*, mais elle ne tarde pas à revenir avec des pancakes, du bacon, des œufs et du sirop d'érable.

— Et en boisson ? nous demande-t-elle.

— Deux grandes bières, réponds-je.

Adrian arque les sourcils quand elle nous les pose sur la table.

— Un vrai petit déjeuner se prend avec du café, argue-t-il.

— Bah, il est presque minuit ! Je crois qu'on peut faire une entorse à cette règle.

— Donc… Tu as décidé de rester à New York ?

— Oui ! Je squatte chez Mag. On réalise enfin notre rêve de vivre ensemble, huit ans après le lycée !

Nous mangeons en parlant de tout et de rien, comme l'autre soir, au *Sing Along* !

Avec lui, je n'ai pas envie de me cacher. J'ai l'impression que je peux enfin être authentique et ça me fait un bien fou, comme si la vraie Hope ressortait du placard, après tout ce temps enfermée.

— Alors, finalement, tu as accepté le rôle, commenté-je en enfournant un demi-pancake dans ma bouche.

Un peu de sirop d'érable coule le long de mon menton et je m'essuie avec ma serviette.

— Tu manges toujours comme ça ?

— Comme quoi ?

— Comme si ta vie en dépendait.

Bon, c'est vrai que je ne suis pas un modèle de bienséance, avec mes coudes sur la table et mes bouchées trop grosses. Mais merde, j'ai faim !

— En même temps, ma vie en dépend. Alors ? Le rôle ?

Il soupire et avale une grande gorgée de bière. Si je mange comme un goret, il a une descente que je n'aimerais pas faire à vélo !

— J'ai réfléchi à ce que tu as dit et tu avais raison. Je ne peux pas laisser mon histoire avec Rebecca empiéter sur ma carrière.

— C'est pourtant ce que tu faisais, tout à l'heure.

Je me mords la lèvre et me maudis d'avoir parlé trop vite.

— Je suis désolée, je suis trop honnête pour mon propre bien.

— Ne t'excuse pas, soupire-t-il en attrapant un morceau de bacon. Il est vrai que j'ai du mal à mettre certaines choses de côté, quand il est question de Rebecca.

Son regard se perd dans le vague et je me demande à quoi il pense. À elle, très probablement. Était-il donc à ce point amoureux d'elle, pour être brisé ainsi ? J'aimerais lui poser des questions sur leur histoire, cependant je sens que ça pourrait se retourner contre moi et je n'ai pas la moindre envie d'évoquer Logan.

— Pour ta défense, ajouté-je pour conclure, elle a l'air d'une vraie peste.

Ses lèvres s'étirent. Pour changer de sujet, il me demande ce que j'ai fait de ma semaine. Je parle de tout, sauf des cours avec Helen. J'ai envie de garder ça pour moi encore un peu, d'autant que je n'ai pas la moindre idée d'où ça va me mener.

Je l'écoute et une irrépressible envie de chanter monte en moi. Est-ce que c'est la bière ? Possible, la serveuse est venue nous recharger deux fois et, malgré le copieux repas, je sens une douce ivresse s'emparer de moi. Néanmoins, j'arrive à me contenir quand il me demande :

— Alors, que veux-tu faire, maintenant ?

J'écarquille les yeux et jette un œil à mon portable. Il est presque deux heures du matin et je n'ai pas vu le temps passer. J'ai rendez-vous à neuf heures chez Helen demain, ça va piquer.

— Eh bien, je suppose que je devrais rentrer…

Adrian secoue la tête et fait un signe à la serveuse pour demander l'addition.

— New York ne dort jamais et tu mérites d'en profiter un peu.

Il dégaine sa carte bleue et je proteste :

— Je veux payer ma part !

— Non.

Seulement, je suis plus vive que lui. J'attrape sa carte et m'assois dessus, pendant que je sors tranquillement mon portefeuille, sous le regard hilare de la serveuse. Adrian, lui, ne trouve pas ça drôle du tout.

— Hope, rends-moi ma carte !

— Quand j'aurais réglé le repas.

— Je croyais que tu voulais juste payer ta part.

— J'ai changé d'avis, je prends tout !

Je sors un billet de cinquante dollars et indique à notre hôte qu'elle peut garder la monnaie. Elle m'adresse un clin d'œil et se détourne pour retourner derrière le bar.

— Tu… Tu…

Adrian est tout rouge et semble avoir perdu son latin.

— Tu quoi ?

Dire que toute cette situation m'amuse serait un doux euphémisme. Il doit s'en rendre compte, car il se détend d'un coup et se passe une main dans les cheveux.

— T'es incroyable, Hope Harper. De ma vie, je ne m'étais

jamais fait inviter à petit-déjeuner à minuit.

— Eh bien, il faut une première fois à tout ! Et puis, je suis peut-être une campagnarde, mais je connais votre combine, à vous, les New-Yorkais.

— Notre combine ?

Il se penche sur la table et se rapproche inexorablement de moi. Soudain, j'ai chaud, et les trois bières avalées font taire la petite voix qui me crie de mettre fin à cette conversation.

— Tu sais, *la* combine ! Si je t'avais tout laissé payer, je me serais sentie obligée de te laisser monter chez moi.

Il hausse les sourcils, je me mords la lèvre et me promets, dès demain, de prendre une formation en ligne sur comment draguer sans passer pour une grosse meuf lourde.

— Tu fais toujours cette tête-là.

— Quelle tête ?

— Une tête qui semble regretter ce que tu dis.

J'éclate de rire, surprise d'être aussi lisible pour un inconnu.

— Parler d'abord, réfléchir après, ma devise !

Nous sortons du pub, hilares. Un vent frais s'engouffre sous mon manteau et je suis prise d'un frisson. Je m'étais habituée à un climat plus doux et, pour une fois, je n'avais pas pris mon écharpe.

— Tu as froid ? s'enquiert Adrian.

— Un peu, mais ça va passer. J'ai l'habitude de bien pire. À Minneapolis, il neigeait déjà quand je suis partie.

Il acquiesce et fait mine de héler un taxi. Je l'arrête d'un geste. Au bout de quelques minutes, je parviens à le convaincre de faire la route à pied. Même si nous sommes un peu loin de chez Mag, en coupant par Central Park, la promenade devrait être agréable.

— Tu te plais, ici ? me demande-t-il tandis que nous entrons sous l'atmosphère rassurante des arbres.

Même s'il fait nuit, on y voit aussi clairement qu'en plein jour, éclairés par la lumière des gratte-ciels qui nous surplombent et par les lampadaires qui bordent l'allée. Mes bottines disparaissent dans les feuilles mortes et, comme un peu plus tôt, j'ai terriblement envie de chanter et de danser.

— Oui, beaucoup, finis-je par répondre. C'est différent de Minneapolis, en bien. Je rêvais de venir habiter ici depuis la fin du lycée.

— Pourquoi ne pas l'avoir fait avant, alors ?

Le visage de Logan se dessine dans mon esprit et je fronce les sourcils.

— Je... disons que quelqu'un n'était pas prêt à me laisser partir. Et peut-être que moi non plus, je n'étais pas préparée à tout quitter. Ma mère vit très mal mon départ, elle ne comprend pas.

Depuis notre conversation de la semaine dernière, nous ne nous sommes pas adressé la parole. Je sais qu'elle attend que je m'excuse, mais elle peut toujours courir.

— Et ton père ?

— Lui, il est ravi ! C'est à lui que je dois mon amour des comédies musicales et, pour être tout à fait honnête, il a toujours détesté Logan.

— Logan ?

Moi qui m'étais promis de ne pas parler de lui, c'est raté. J'enfonce mon cou dans le col de ma veste et lâche :

— Mon copain. Enfin, mon ex.

— Vous étiez ensemble depuis longtemps ?

Comme je n'ai pas envie de poursuivre cette conversation,

j'élude en souriant :

— C'est un interrogatoire ?

— Non ! J'ai juste… envie de te connaître.

Cette fois, c'est à son tour d'avoir l'air gêné et je trouve ça adorable. Nos mains se frôlent et une décharge électrique me parcourt le corps. Néanmoins, je retire vivement ma paume, comme s'il m'avait brûlée.

Suis-je réellement prête pour ça, ou c'est l'alcool ?

Nous passons devant la patinoire, fermée à cette heure-ci. Il doit voir mon regard intéressé, car il ajoute :

— Tu sais patiner ?

— Un peu, mais je suis nulle.

— Je t'apprendrai.

Il parle au futur et je ne sais pas quoi en penser. Est-ce que ça signifie qu'il y aura un prochain rencard ? Ai-je envie qu'il y ait un prochain rencard ? Est-ce un rencard ? Tout se mélange dans mon esprit : Logan, Broadway, Adrian.

— À quoi tu penses ? chuchote-t-il en se rapprochant de moi.

Je retiens mon souffle. Je ne m'étais pas rendu compte qu'il était aussi près. Nous avons cessé de marcher et nous nous tenons debout, côte à côte, face à la patinoire. Comme un peu plus tôt, à Times Square, son odeur m'envoute et se mêle parfaitement à celle de la nuit.

— Je pense que j'ai envie de chanter.

Au moins, c'est dit. Je l'aperçois écarquiller les yeux et balayer du regard le chemin où nous sommes. Comme New York ne dort jamais, nous ne sommes pas seuls, même si le parc est nettement moins fréquenté qu'en pleine journée.

— Ici ?

— Oui ! Ici et tout de suite.

Je ne peux plus réfréner l'envie qui démange mon corps. Je laisse l'euphorie du moment m'envahir et mon cerveau trouve tout seul la chanson idéale pour un moment comme celui-ci.

— *Stars shining bright above you,*
Night breezes seem to whisper "I love you",
Birds singing in the sycamore tree...[15]

Je saute à pieds joints dans les feuilles et me retourne pour observer Adrian. Lui ne m'a pas quitté des yeux, un drôle d'air sur le visage. Je me tais, lui laisse l'opportunité de terminer le couplet.

Sans aucun doute, Logan m'aurait déjà dit d'arrêter de chanter. N'importe qui l'aurait déjà fait.

Mais Adrian n'est pas n'importe qui. Il se laisse porter par le courant et attrape la main que je lui tends.

— *Dream a little dream of me.*

Là, je le reconnais. Il n'a plus rien à avoir avec l'Adrian qui chantait tout à l'heure sur scène avec Rebecca. Sa voix est plus forte, plus assurée. Plus douce, aussi.

Je me laisse guider par mon instinct et pose une de mes paumes sur son épaule, comme pour entamer une valse lente. Il glisse la sienne au creux de mes reins, me serre davantage et continue :

— *Say "Night-ie night" and kiss me,*
Just hold me tight and tell me you'll miss me.[16]

---

15 *Dream a little dream of me,* composée par Fabian Andre et Wilbur Schwandt et écrite par Gus Kahn.
Traduction : Les étoiles brillent de mille feux au-dessus de toi, la brise semble te murmurer des «je t'aime», les oiseaux chantent au sommet de l'érable…
16 Traduction : Souhaite-moi bonne nuit et embrasse-moi, prends-moi dans tes bras et dis-moi que je vais te manquer.

Je prends la pleine mesure des paroles et me moleste intérieurement d'avoir choisi cette chanson. Il vient carrément de me demander de l'embrasser, là !

C'est juste une chanson, Hope.

Une chanson à laquelle je ne peux pas résister :

— While I'm alone and blue as can be,
Dream a little dream of me.[17]

Comme l'autre soir, au bar, le monde disparaît autour de nous et il ne reste plus qu'Adrian, qui me fait tournoyer lentement. Je me retrouve contre son dos et je ferme les yeux tandis que le flot des paroles coule entre nous.

— Sweet dreams till sunbeams find you,
Sweet dreams that leave all worries behind you,
But in your dreams whatever they be,
Dream a little dream of me.[18]

Nos voix à l'unisson sonnent merveilleusement bien, peut-être trop pour être vrai. Adrian lève le bras et je tourne encore, pour me retrouver de nouveau face à lui. Son front se colle au mien, je me rappelle de respirer.

— Stars fading but I linger on, dear,
Still craving your kiss,
I'm longing to linger till dawn, dear,
Just saying this.[19]

Les paroles ne pourraient pas être plus justes. Je suis affamée de ses lèvres et ne rêve que d'une chose : qu'il

---

17 Traduction : Alors que je suis seul et triste comme les pierres, rêve un petit peu de moi.

18 Traduction : De beaux rêves jusqu'au levé du Soleil, de beaux rêves pour te faire oublier tes problèmes, mais dans tes rêves, quels qu'ils soient, rêve un petit peu de moi.

19 Traduction : Les étoiles s'effacent, mais je m'attarde près de toi, chérie, dans l'attente de ton baiser. Je voudrais rester ici jusqu'à l'aube, chérie, à te réciter ceci.

franchisse enfin la distance qui nous sépare.

– *Dream a little dream of me*, achevé-je.

Nous restons un moment ainsi, front contre front, yeux dans les yeux. Puis, il obéit à la chanson et à ma requête silencieuse.

Sa bouche se pose sur la mienne, douce, délicieuse. Il me serre davantage contre lui tandis que sa langue se fraye un passage entre mes lèvres entrouvertes. Un frisson m'envahit et je ferme les yeux, me laissant aller à ce déferlement de sensations nouvelles.

CHAPITRE 20

DREAM A LITTLE DREAM OF ME

ADRIAN

Ses lèvres ont encore le goût du sirop d'érable. J'inspire pour m'enivrer de son odeur sucrée, un mélange de cannelle avec une pointe de café.

Mon cœur s'emballe alors qu'elle approfondit notre baiser. Je passe une main dans ses cheveux, l'autre se balade dans son dos, juste sous sa veste entrouverte. Je suis bien. Pour la première fois depuis longtemps, j'ai l'impression que je suis exactement là où je dois être.

Après quelques secondes, elle s'écarte. Je m'aperçois alors qu'elle s'était mise sur la pointe des pieds ; elle m'arrive juste sous le menton et mes lèvres frôlent son front. Quand elle relève les yeux vers moi, j'ai immédiatement envie de l'embrasser de nouveau.

Je repousse une mèche derrière son oreille et murmure :

— Il va vraiment falloir qu'on revoie ton répertoire.

Elle sourit, puis rétorque :

— Mon répertoire est très bien. C'est toi qui ne l'apprécies pas à sa juste valeur.

Elle fait un pas en arrière et je dois me faire violence pour ne pas la rattraper et la garder serrée contre moi. Le destin a beau l'avoir mise plusieurs fois sur ma route, je ne veux plus la laisser s'échapper.

Ses mains se lient aux miennes. Elles sont glacées et je les porte à ma bouche pour les réchauffer. Je la vois froncer les sourcils, comme si elle n'avait jamais eu l'habitude d'un tel geste auparavant, et son regard se voile.

Je ne sais pas qui était ton ex, Hope, mais il ne te méritait pas.

Je souffle sur nos paumes jointes et mon geste finit par lui tirer un sourire franc. Si Zack était là, il me dirait que je dois avoir ma tronche de niais.

Quand on parle du loup, mon téléphone se met à vibrer dans ma poche. Je sais que c'est Zack. Il n'y a que lui pour m'appeler à cette heure-là. Je décide de l'ignorer, mais Hope a entendu.

— Tu ne décroches pas ?

— Si, soupiré-je.

Je lâche ses mains à regret et elle fait quelques pas en arrière pour me laisser un peu d'intimité. Un peu en colère contre mon meilleur ami d'avoir brisé ce moment, je décroche en lâchant :

— Quoi ?

— Oh là, calmos. Il est deux heures du mat', je voulais juste savoir où tu étais.

Devant moi, Hope tournoie dans les feuilles mortes, les bras écartés vers le ciel plein d'étoiles. Là, sous la lumière des réverbères, au milieu d'un Central Park aux couleurs automnales, je la trouve magnifique.

— Adrian ? Tu m'entends ?

— Ouais, désolé. Je suis avec Hope.

— Hope ?

— La nana du *Sing Along* !

— Ah ! Ooooh ! N'en dis pas plus, petit coquin, je te laisse. Je me casse de chez toi. Bonne baise !

Il raccroche avant que j'aie eu le temps de lui dire autre chose. Je range mon téléphone et m'approche d'elle, les feuilles craquant sous mes pas.

— Désolé, m'excusé-je tandis qu'elle se pend à un lampadaire pour tournoyer autour.

— Une conquête qui t'attend dans ton lit ?

— Si seulement ! Mon meilleur ami squatte mon canap' et il s'inquiétait de ne pas me voir rentrer.

Elle s'arrête de tourner et se campe devant moi. Elle titube un peu sur ses pieds et je devine que l'alcool n'y est pas pour rien. Pourtant, elle a pris quoi ? Trois bières ?

Trois pintes et le ventre presque vide.

— L'amitié, c'est sacré ! déclare-t-elle en brandissant son index.

— Et toi ? Mag ne va pas s'inquiéter ?

— Mag ne rentrera pas avant plusieurs heures, si tu veux mon avis. C'est samedi soir, après tout !

Elle pousse un long soupir et me sourit. Une gêne s'installe entre nous et je commence à prendre peur. Était-elle en pleine possession de ses moyens, quand je l'ai embrassée ? Le regrette-t-elle ? C'est vrai qu'elle n'est pas célibataire depuis très longtemps, peut-être a-t-elle encore des sentiments pour ce type qui l'attendait, dans le Minnesota.

— Huit ans, lâche-t-elle soudain.

— Je te demande pardon ?

— Tout à l'heure, tu m'as demandé depuis combien de temps j'étais avec mon ex. On est restés ensemble huit ans et, pour être tout à fait honnête, je n'ai connu que lui.

J'ouvre grand les yeux. Pour une révélation, c'est une révélation. Je m'apprête à lui répondre quand elle poursuit, visiblement gênée :

— Je suis désolée, je ne sais pas pourquoi je te parle de lui dans un moment pareil. C'est juste… À ta place, c'est quelque chose que j'aimerais savoir.

Soudain, ça me frappe. Ses insécurités se lisent sur son visage et je me reconnais un peu, en elle.

Lui aussi, il t'a un peu cassée, hein ?

Deux cœurs brisés peuvent-ils se réparer l'un l'autre ?

Elle a l'air triste et je ne le supporte pas. Je franchis la distance qui nous sépare, passe une main dans sa nuque et l'attire de nouveau à moi. Pourtant, je ne l'embrasse pas, pas encore. Je glisse mon nez à côté du sien, effleure lentement ses lèvres. Elle se tend de façon presque imperceptible, s'accrochant au col de ma veste.

— Ne t'excuse jamais d'être honnête, murmuré-je. Tu avais besoin de le dire et je suis heureux de le savoir.

Peut-être que je devrais aussi lui parler de Rebecca. De ce qu'elle a fait, de la façon dont je me suis senti quand elle est partie. Mais je ne veux pas que son souvenir s'immisce entre nous. Peut-être que Hope le sent, car, cette fois, c'est elle qui m'embrasse.

Ce baiser est différent du premier. Un peu plus gauche, plus pressé, plus passionné. Mon désir se réveille aussitôt et je sens ma queue durcir dans mon jean, qui devient trop étroit. J'enroule mes bras autour du corps de Hope, qui se presse contre moi. Quand elle me mordille la lèvre, j'ai du mal à retenir un gémissement.

Putain, cette nana me rend complètement fou.

Je la plaque contre le lampadaire et fourre mon visage

dans son cou. Son parfum est omniprésent et je l'inspire longuement. Je voudrais le mettre en bouteille et l'emporter partout avec moi.

Je la goûte du bout de la langue, embrasse lentement chaque centimètre de son cou pendant que ma main se glisse sous son t-shirt. Elle se cambre, enroule ses doigts dans mes cheveux, grogne un peu quand j'atteins le lobe de son oreille.

J'ai envie d'elle et je ne peux plus le cacher. Elle doit sentir mon érection frotter contre sa cuisse, c'est indéniable. Pour être tout à fait honnête, je n'en ai rien à carrer. Tout ce qui compte, c'est elle. Elle et sa façon incroyable de se mettre à chanter n'importe où, n'importe quand, la passion dévorante de son regard, son sourire entendu, ses…

– Allez à l'hôtel, bordel !

Je me fige soudainement, alors que Hope éclate de rire. Deux passants nous dévisagent avant de se détourner de nous.

S'ils ne nous avaient pas interrompus, j'ignore ce qu'il se serait produit. Je fais un pas en arrière, un peu gêné. Les lieux publics, ce n'est pourtant pas mon style.

Hope remet un peu d'ordre dans sa tenue, puis plaque un petit baiser sur ma joue. L'instant a beau être rompu, je sais que ce n'est que partie remise. Et puis, je suis du genre à prendre mon temps.

– Je te ramène ? proposé-je.

– D'accord, mais seulement si on chante, sur le chemin !

Si elle m'apprenait qu'elle chantait en dormant, je le croirais sur parole. Je ne peux m'empêcher de sourire.

– OK, mais c'est moi qui choisis le morceau.

– Vendu ! Alors, monsieur-j'ai-un-répertoire-de-qualité, ce sera quoi ?

Je fais mine de réfléchir une seconde, puis déclare en fredonnant :

– *Baby you can drive my car…*[20]

Nous arrivons en bas de l'appartement de Mag après avoir chanté presque cinq chansons des Beatles. J'ai fait exprès de choisir des morceaux moins connus pour la tester, mais Hope est incollable. Je n'ose même pas imaginer la place que prennent toutes ces paroles dans son cerveau.

– Tu te fiches de moi, ton répertoire n'est pas mieux ! se moque-t-elle en s'arrêtant devant la porte de l'immeuble.

– Tu oses critiquer les Beatles, le meilleur groupe de tous les temps ?

– Le meilleur groupe de tous les temps, c'est Abba !

Je prends un air faussement choqué alors qu'elle se marre.

– Comment oses-tu ?

Elle se met sur la pointe des pieds, enroule ses bras autour de ma nuque. Tout est si naturel que j'ai l'impression d'avoir fait ça toute ma vie. Ma bouche trouve la sienne, comme aimantée.

J'embrasse doucement ses lèvres, puis enroule ma langue autour de la sienne. La température monte d'un cran et je me retrouve de nouveau à l'étroit dans mon jean.

J'entends Hope fouiller ses poches à la recherche de ses clés, attraper mon col pour me tirer à l'intérieur. Quand bien même je suis tenté de la suivre, je mets fin à notre étreinte.

– Est-ce que ça va ?

20 Chanson des Beatles.
Traduction : Bébé, tu peux conduire ma voiture…

Oui, tout va bien, trop bien, même. Je ne veux juste pas que tu croies que je suis juste là pour te sauter alors que tu as bu.

Bien sûr, je ne peux pas lui dire ça.

— Oui, ne t'inquiète pas. Je crois que je ferais mieux de rentrer.

— Tu es sûr ? Mag n'est pas là.

Je caresse sa joue et elle s'arrête brusquement. Je jurerais l'avoir vue frissonner.

— C'est toi qui as payé, alors je ne veux pas me sentir obligé de te suivre dans ton lit.

Elle s'esclaffe et rétorque :

— Si j'avais su, je t'aurais laissé m'inviter.

Je la prends dans mes bras et enfouis mon visage dans son cou pour la dernière fois cette nuit. J'imprime tout dans ma mémoire : la cannelle, le grain délicat de sa peau, la douceur de ses cheveux. Je ne veux rien oublier de cette incroyable soirée.

À regret, je me détache. Mes yeux rivés dans les siens, je fais quelques pas en arrière, immortalise son visage.

— Je t'appelle demain ? demandé-je.

— Ça marche. Bonne nuit, Adrian.

— Bonne nuit, Hope.

Je tourne les talons avant de changer d'avis. Il me faut toute ma volonté pour tourner au coin de la rue et héler le premier taxi. Une fois à l'intérieur de la voiture, je jette un œil dans le rétroviseur et me fige. Zack a raison.

J'ai vraiment l'air d'un niais.

CHAPITRE 21

TROUVE-MOI

HOPE

Je referme la porte de l'appart' de Mag et toutes mes insécurités me sont renvoyées en pleine face.

Pourquoi n'a-t-il pas voulu monter ? Peut-être que je ne lui plais pas, après tout. Peut-être que je le saoule à chanter tout le temps. Ou peut-être que je lui ai fait peur… Qu'est-ce qui m'a pris de parler de Logan, putain ?

Je pose mes affaires dans l'entrée et file dans ma chambre avant de m'écrouler sur mon lit. Mes doigts caressent mes lèvres, encore brûlantes du souvenir de nos baisers. Non, ça, je ne l'ai pas inventé. Il y avait bien quelque chose entre lui et moi. Quelque chose de plus fort qu'une étincelle. Quand il m'a plaquée contre le réverbère, j'ai senti qu'il avait envie de moi.

Bordel, c'était le moment le plus érotique de toute ma vie.

Je crois que je me serais offerte à lui sans la moindre retenue si des passants ne nous avaient pas interrompus.

Quand je repense à cet instant, une douce chaleur prend possession de mon bas ventre. Ce type m'a retourné le cerveau. Je me demande comment ce serait, d'être avec lui, moi qui n'ai jamais connu que Logan. J'espère pouvoir le découvrir, bientôt…

Mon portable vibre dans la poche arrière de mon jean et je me tortille pour l'attraper. En le déverrouillant, j'ai cet espoir indicible qu'il s'agit d'Adrian, mais ce n'est que Mag, qui m'annonce qu'elle rentrera tard.

Soudain, ça me frappe.

Le numéro d'Adrian est quelque part dans mon répertoire.

Est-ce que je devrais lui envoyer un message ? C'est peut-être trop tôt, nous nous sommes quittés il y a à peine dix minutes. Je ne veux pas qu'il pense que je suis déjà accro à lui. Mais s'il me prend pour une insensible à son charme ?

Putain, ça a toujours été aussi compliqué, les relations amoureuses ?

Je me décide à lui envoyer un petit message, pour lui dire que j'ai passé une bonne soirée. Alors que je cherche son nom à la lettre «A», je m'aperçois qu'il ne s'y trouve pas. Je soupire, agacée. Il n'a pas dû enregistrer son numéro, tout à l'heure. Ou alors, il a juste fait semblant pour me faire plaisir.

Mon téléphone vibre de nouveau et mes lèvres s'étirent.

Monsieur Arrogance :
J'espère que tu ne m'en veux pas d'être parti comme ça... Parce que moi, je m'en veux.

«Monsieur Arrogance...» Le simple fait qu'il ait utilisé ce surnom me fait marrer. Au moins, il n'est pas un de ces abrutis pleins d'égo. Je m'installe plus confortablement dans mon lit et réponds :

Moi :
Je ne t'en veux pas. Mais il est toujours temps de faire demi-tour...

Monsieur Arrogance :

Ne me tente pas. Et puis, je suis déjà arrivé chez moi.

Moi :
C'était rapide ! Ça veut dire que tu n'habites pas très loin ?

Monsieur Arrogance :
T'es qui, le FBI ?

Moi :
Si c'était le cas, je t'aurais déjà arrêté pour abus de Beatles.

Je me faufile sous les draps et me tortille pour retirer mon jean et mes chaussettes. La tête posée sur l'oreiller, mon téléphone dans les mains, j'attends avec impatience la prochaine réponse d'Adrian, qui ne tarde pas.

Monsieur Arrogance :
J'y penserai, pour la prochaine fois.

Moi :
Parce qu'il y aura une prochaine fois ?

Mon cœur bat à tout rompre dans ma poitrine et je me demande si j'ai bien fait de lui envoyer ce dernier texto. Heureusement, mon portable vibre de nouveau.

Monsieur Arrogance :
J'espère que oui. Sauf si toi, tu ne le veux pas ?

Moi :
De toute façon, tu me dois un petit déjeuner.

Monsieur Arrogance :
Un petit déjeuner le matin ou le soir ?

Moi :
Et pourquoi pas le midi ?

Monsieur Arrogance :
Ça, ma chère, c'est ce que les gens civilisés appellent un brunch.

Je tire la langue derrière mon téléphone et tape frénétiquement sur le clavier.

Moi :
Surprends-moi, dans ce cas ! Matin, midi, soir... Goûter ! J'ai tout le temps faim, de toute façon.

Monsieur Arrogance :
C'est bon à savoir.

Je jette un œil à l'heure et grimace. Il est presque trois heures du matin et je dois me lever tôt pour mon cours avec Helen, qui m'a déjà sermonnée sur l'importance de bien dormir pour reposer sa voix. Même si cela me brise le cœur, je dois interrompre notre échange virtuel.

Moi :
Je devrais dormir. Je dois me lever tôt demain. Mais j'ai passé une soirée... Incroyable. Merci encore de m'avoir aidée, pour le ménage.

Monsieur Arrogance :
Je crois que je t'ai plus ralenti qu'autre chose. Moi
aussi j'ai adoré cette soirée, Hope.

Moi :
Vraiment ?

Monsieur Arrogance :
Vraiment.

Je soupire de soulagement. J'ai envie de le croire. Adrian
a tout l'air d'un gentleman et, même si je suis un peu déçue
qu'il ne soit pas monté avec moi, je comprends ses raisons.
Les trois bières me sont montées à la tête et je me sens encore un peu pompette. Les lettres se confondent quand je
tape mon dernier message.

Moi :
Bonne nuit, Monsieur Arrogance.

Monsieur Arrogance :
Bonne nuit, Hope.

Je verrouille mon téléphone et le cache sous mon oreiller
pour ne pas être tentée. J'éteins la lumière, ferme les yeux,
mais l'image d'Adrian se faufile aussitôt sous mes paupières.
Notre soirée tourne en boucle dans ma tête. La chanson, le
baiser, ce foutu lampadaire…
Consciente que je serai incapable de fermer l'œil avant
un bon moment, je décide de prendre les choses en main. Je
me redresse sur un coude, fouille dans le tiroir de ma table
de nuit jusqu'à trouver Juan. Puis, je me rallonge et laisse

libre cours à mes fantasmes, jusqu'à tomber dans un profond sommeil.

⁂

Le lendemain, mon alarme sonne trop tôt. Je me réveille en sursaut, ma main encore serrée autour de mon vibro.

Classe, Hope. Vraiment classe.

Je le range dans le tiroir de ma table de nuit et me lève en grognant.

Dans la chambre à côté, des ronflements m'apprennent que Mag est rentrée de sa soirée. Je me glisse dans la douche sans faire de bruit, m'habille en silence et sors de l'appartement.

Je pourrais partir plus tard si je prenais le métro, néanmoins je préfère marcher et boire tranquillement un café en chemin. C'est ma routine, depuis presque une semaine et je l'adore. Mon café cannelle à la main, je traverse donc Central Park pour rejoindre la maison d'Helen.

Les souvenirs de la veille sont encore frais dans ma mémoire et, quand j'arrive enfin chez elle, je salue Robert avec un grand sourire.

— Bonjour, mademoiselle Hope ! Pile à l'heure, comme toujours.

En ma présence, le majordome commence un peu à se dérider, pour mon plus grand bonheur. Je n'aime pas les gens qui font tout le temps la gueule.

— Bonjour, Robert ! Comment ça va, ce matin ?

— À merveille ! Vu votre sourire, je ne vous retourne pas la question.

En passant devant le miroir de l'entrée, je vois ce qu'il

192

voulait dire. J'ai l'air d'une ahurie.

C'est ta faute, Adrian.

— Madame vous attend au salon.

— Au salon ?

Je suis étonnée. D'habitude, nous travaillons toujours dans ce que Helen appelle «le boudoir». Je la retrouve donc dans le salon, installée sur un fauteuil à l'assise en velours. Mon regard est immédiatement attiré par les pancakes et les viennoiseries qui ornent la petite table et mon ventre gronde.

— Bonjour, Hope !

— Bonjour… Qu'est-ce que…

Helen se redresse en s'appuyant sur sa canne et fait signe à Robert qu'il peut disposer.

— Je me suis aperçue que tu ne mangeais pas, le matin. Alors aujourd'hui, avant de travailler, nous allons prendre un petit déjeuner. Qu'en dis-tu ?

Je suis trop émue pour pouvoir parler. Je pensais avoir charmé Helen, mais pas à ce point-là !

Je m'installe à côté d'elle et commence à manger en silence. Je la remercie du regard et je crois voir une pointe de tendresse au fond de ses yeux. Une fois le petit déjeuner terminé, nous passons au boudoir et elle me fait travailler mes notes de tête.

— Tu peux pousser encore un peu, m'affirme-t-elle tandis que je peine à atteindre l'octave supérieure.

— Vous êtes sûre ? J'ai l'impression que je suis bloquée…

— Tout est dans la respiration. Essaie encore.

Je m'exécute. J'ai trop de chance pour la laisser filer entre mes doigts. Je ferme les yeux, imagine la main d'Adrian au creux de mon ventre, m'aider à puiser dans mes entrailles pour sortir la note parfaite.

Quand je rouvre les paupières, Helen a les doigts figés au-dessus du piano, un grand sourire sur les lèvres.

– Je… j'ai réussi, soufflé-je.

– Oui, tu as réussi.

Ma poitrine se gonfle de fierté et je dois me retenir de ne pas sauter dans les bras d'Helen. Je ne suis pas sûre qu'elle apprécie ce genre d'effusion.

– Tu fais des progrès incroyables. Je pense que tu seras prête à temps.

– Prête à quoi ? demandé-je, les sourcils froncés.

– Tous les ans, pour Noël, j'organise un petit concert caritatif. Plusieurs célébrités chantent, surtout des acteurs de Broadway. J'aimerais beaucoup que tu y participes.

Un concert ? Moi ? Une boule de trac se love dans mes entrailles.

– Je… J'adorerais, mais…

– Tu es une grande chanteuse, Hope, m'assure-t-elle en me prenant les mains. Ce concert serait un formidable tremplin pour toi. Et puis, c'est pour la bonne cause ! L'argent récolté est distribué à une association pour les enfants malades.

Helen a beau peu me connaître, elle sait comment me prendre par les sentiments. Les larmes au bord des yeux, j'accepte. J'ignore comment je pourrais un jour la remercier à la hauteur de son incroyable générosité. Son sourire s'élargit.

– Allons, tu peux y aller, nous avons terminé pour aujourd'hui ! déclare-t-elle. En attendant, je vais réfléchir à la chanson parfaite pour toi.

Je la salue et quitte la maison, le cœur battant à tout rompre. Comme toujours, j'ai envie de chanter et de danser, cette fois plus fort que les autres. Les gens me dévisagent quand je traverse Central Park en tournoyant, mais je m'en fiche. Pour la première fois depuis longtemps, je suis heureuse.

Et ça fait un bien fou !

Comme l'air est doux et qu'il est encore relativement tôt, je décide de m'installer sur un banc. On est dimanche et c'est mon jour de congé. J'ai toute la journée devant moi et je n'ai pas envie de rentrer tout de suite.

J'attrape mon téléphone et découvre que j'ai déjà un message. Je souris.

Monsieur Arrogance :
Bien dormi ?

Je ne peux pas lui dire que c'est Juan qui m'a aidée à trouver le sommeil, même si l'idée m'effleure l'esprit. Je me demande ce qu'il répondrait.

Moi :
Pas mal, mais pas assez. Toi ?

Monsieur Arrogance :
J'ai eu du mal à fermer l'œil. J'avais «Dream a little dream of me» dans la tête.

Moi :
Oupsy. Ma faute, je présume ?

Monsieur Arrogance :
Complètement. Tu vas être obligée de te faire pardonner.

Je me mords la lèvre en lui répondant. Je ne me rappelle pas que c'était ainsi avec Logan. Avant que nous sortions ensemble, nous n'avions jamais joué au chat et à la souris. Il m'a simplement invité au bal de promo, j'ai accepté, et il m'a roulé une pelle sur le dernier slow.

Romantique.

Moi :

Je peux te mettre une autre chanson dans la tête, si tu veux.

Monsieur Arrogance :
Laquelle ?

Je pose un instant le téléphone sur mes genoux pour réfléchir. Les possibilités défilent devant mes yeux, jusqu'à ce que je trouve le morceau parfait. Je fais glisser mon doigt sur l'écran et déclenche le micro pour lui envoyer un message vocal.

Moi :

« L'hiver s'installe doucement dans la nuit, la neige est reine à son tour.... »

Sa réponse ne se fait pas attendre que je m'esclaffe :

Monsieur Arrogance :
Du Disney, maintenant ? « Libérée, Délivrée », en plus ? C'est la pire chanson à avoir dans la tête !

Moi :

Oupsy.

Monsieur Arrogance :
Tu es dehors ? J'entends des gens derrière toi.

> **Moi :**
> Oui, à Central Park. Oh, j'ai une idée !

Je me prends en selfie sur mon banc, puis lui envoie la photo avec, en légende : trouve-moi !

> **Monsieur Arrogance :**
> C'est un défi ?

> **Moi :**
> Seulement si tu l'acceptes.

Je fixe mon téléphone du regard, impatiente de sa réponse. Cette fois, elle tarde un peu et je me mords la lèvre. Je suis peut-être trop entreprenante avec lui. Ma mère dit toujours qu'une fille, c'est censé être timide et ne pas prendre les devants. Mais elle raconte toujours plein de conneries sexistes, alors…

> **Monsieur Arrogance :**
> J'arrive.

Mon cœur rate un battement et je trépigne. Le voir si vite après notre « rencard » d'hier soir m'emplit de joie aussi vite qu'il m'emplit de questionnements. Je n'ai toujours pas eu l'occasion d'en parler à Mag et je dois admettre que je suis un peu perdue.

Entre Adrian et moi, je sens qu'il y a quelque chose. En revanche, il a l'air d'avoir encore un peu de mal à oublier son ex et je ne veux pas servir de pansement. Quant à moi, avec Logan…

Il m'a envoyé quelques messages, ces derniers jours, principalement pour me dire que je lui manquais et me supplier de changer d'avis. Je n'ai pas répondu. Qu'aurais-je à lui dire, si ce n'est qu'il ne me manque pas du tout et que j'ai réalisé que je ne l'aimais plus depuis longtemps ?

Je m'emploie à taire mes interrogations. Me concentrer sur l'instant présent, c'est tout ce qui compte.

Les minutes défilent et toujours aucune trace d'Adrian. En même temps, Central Park est immense. Je suis idiote de penser qu'il pourrait me retrouver avec une seule photo. Je suis sur le point de lui en envoyer une autre quand une main se pose sur mon épaule.

Je ne me retourne pas. Mon sang bat à mes tempes tandis qu'une odeur de santal mêlée à celle d'un après rasage à l'eucalyptus me submerge. Une bouche se colle à mon oreille et je suis parcourue d'un délicieux frisson.

– Je t'ai trouvée.

CHAPITRE 22

LA PATINOIRE

Je pivote enfin et découvre le visage d'Adrian, radieux dans la lumière du zénith. Ses cheveux ondulent lentement au gré du vent, quelques mèches lui tombent sur le front. J'ai envie de passer ma main dedans, de l'attirer à moi pour qu'il termine sur mes lèvres. Sauf que cette fois, je suis sobre et je n'ose pas.

— Je ne pensais pas que tu réussirais.

Il pose une main sur sa poitrine comme si je l'avais blessé et je pouffe. J'espère qu'il ne joue pas réellement comme ça sur scène.

— Non, mais pour qui me prends-tu !? Je suis un pur produit new-yorkais, madame ! Je connais Central Park sur le bout des doigts !

— Un pur produit new-yorkais, avec un nom comme McKenzie ? raillé-je. Je n'ai jamais été douée à l'école, mais je ne suis pas stupide. De quelle région d'Écosse vient ta famille ?

Il m'adresse un sourire ravageur et s'installe à côté de moi sur le banc. Mes yeux glissent sur sa tenue et je songe que ce jean sombre doit lui faire un cul d'enfer.

— Tu m'as eu, admet-il. Mon père est né aux alentours d'Aberdeen. Il est venu ici quand il avait vingt ans, a rencontré ma mère et… Tadaaaa !

— Tu es déjà allé là-bas ?

J'ai envie de tout savoir sur lui, autrement qu'en lisant sa page Wikipédia. Pourtant, il fronce un peu les sourcils et je me demande si je n'ai pas fait une boulette.

— Malheureusement, non. Je suis toujours allé en vacances dans des endroits où il faisait plus chaud, dirons-nous. Rebecca…

Sa voix se serre et son regard me toise, comme s'il attendait la permission pour parler d'elle en ma présence. Je souris et lui fais signe de continuer.

— Rebecca préférait aller à Cancún. Mais toute une partie de la famille de mon père est encore en Écosse. J'aimerais leur rendre visite, un jour.

— Tu ne les connais pas ?

— Non… mes parents sont morts quand j'avais cinq ans. Accident de voiture. J'ai été élevé par ma grand-mère.

Je plaque une main sur ma bouche, épouvantée.

Bravo, Hope. Les deux pieds dans le plat !

— Je suis vraiment désolée, me lamenté-je en posant une paume sur son bras.

Aussitôt, ses doigts recouvrent les miens et une douce chaleur m'envahit. Putain, dès que ce mec me frôle, je me sens électrisée. C'est pas possible, une alchimie pareille !

— Tu ne pouvais pas savoir. Et puis, Granny a tout fait pour que j'aie une enfance heureuse.

Il a tout de même l'air un peu nostalgique, alors je décide de changer de sujet.

— Quels étaient tes plans, aujourd'hui, avant que je ne

vienne les perturber ?

– Pour ne rien te cacher, je comptais rester enfermé chez moi et ne voir personne.

– Oh ! On n'est pas obligés de rester là. Je veux dire, tu peux repartir si tu veux, j'ai juste eu l'idée de ce jeu stupide et…

– Hope.

Ses doigts se posent sur mon menton, me forçant à plonger mon regard dans le sien. Je passe ma langue sur mes lèvres, nerveuse.

– Je suis venu parce que j'avais envie de te voir. Très envie, même.

Mon moi intérieur sautille sur place et balance des confettis. Adrian se rapproche lentement, laisse son nez frôler le mien et nos bouches se chercher.

Il m'embrasse et je m'accroche à son cou. Je ne connais pas de sensation plus délicieuse que celle-ci. Le baiser est doux, fugace. Quand nous nous séparons, nous arborons le même sourire de crétins.

– Je crois qu'on a l'air bêtes, soufflé-je.

– Si peu.

Nous nous esclaffons. Devant nous, plusieurs personnes passent avec des patins et le regard d'Adrian s'illumine. Il saute sur ses pieds et me tend la main :

– J'ai promis de t'apprendre à patiner, je crois !

Je glisse mes doigts dans les siens en grimaçant. Il commence à me traîner vers la patinoire pendant que j'essaye de négocier :

– Je ne suis pas sûre que ce soit l'idée du siècle. J'ai un très mauvais sens de l'équilibre.

– Si tu tombes, je te rattraperai.

— On dirait une phrase de comédie romantique, pouffé-je.

Il me tire la langue pour toute réponse. Nous arrivons très vite sur la piste glacée, déjà pleine de patineurs. Adrian nous loue deux paires de patins et je grimace en me les passant aux pieds. La dernière fois que j'ai tenté ce sport, j'ai fini aux urgences.

Une fois debout sur mes patins, je mesure à quel point c'est une mauvaise idée. Devant moi, Adrian donne une première impulsion et glisse sur plusieurs mètres.

— T'es qu'un crâneur ! m'exclamé-je, tentant tant bien que mal de l'imiter.

C'est un échec total. Je bats des bras et Adrian me rattrape in extremis avant que mon popotin ne rencontre la glace.

En plus, je ne suis pas du tout habillée pour ça. Ma petite robe n'est vraiment pas très chaude. Mes collants encore moins. Si je tombe, je vais avoir le cul gelé.

— Reste zen, m'intime Adrian en m'attrapant le bras.

— Facile à dire pour quelqu'un qui arrive à patiner à l'envers.

Je baisse les yeux sur ses pieds. Je ne comprends pas du tout comment il fait.

Il arrive tout de même à me faire patiner un peu. Je suis ses instructions et, avec lui, ça me semble plus facile. Tout semble plus facile, à vrai dire.

Nous parvenons à faire un tour de piste et je suis déjà exténuée. Mes cuisses me brûlent et j'ai l'impression que je vais tomber à genoux d'un moment à l'autre.

— Tu veux qu'on arrête ?

Je sais que je devrais dire oui, mais je redoute le moment où ses mains lâcheront les miennes. Il doit voir que j'hésite, car il ajoute :

— On pourra revenir plus tard, si tu veux.

— Tu n'en as pas assez de moi ?

Il s'arrête brusquement sur la glace et je fonce droit sur lui. Ses bras se referment sur moi et il se penche pour chuchoter à mon oreille :

— Non, je n'en ai pas assez.

Soudain, j'ai la frousse. La frousse de ne pas être à la hauteur de ce mec, qui doit se taper des bombes atomiques depuis qu'il a seize ans. J'ai vu Rebecca et je ne lui arrive pas à la cheville. Je ne sais pas ce qu'il me trouve, mais c'est évident que ça ne va pas durer.

— Est-ce que tu veux qu'on aille chez moi ? m'interroge-t-il. Je pourrais nous faire à déjeuner.

La proposition est alléchante, cependant je sais très bien ce qu'il se passera, si j'y vais. Je me sais incapable de me contrôler et la chaleur de mon bas-ventre me donne raison. J'ai envie de lui, peut-être plus que je n'ai jamais eu envie de Logan. Seulement, je ne crois pas être prête.

Pas encore.

Je redresse la tête vers Adrian et souris :

— Je suis désolée. Mag doit m'attendre… Une prochaine fois ?

Si un éclair de déception passe dans son regard, il se reprend vite. Il m'aide à retourner au bord de la piste et nous retirons nos patins en silence. J'ai l'impression d'avoir jeté un froid entre nous et je me déteste pour ça.

Nous remontons vers le chemin. J'appréhende le moment où nous devrons nous séparer et, par ma faute, il risque d'arriver bientôt. J'ouvre la bouche pour m'excuser encore, mais Adrian me prend de cours :

— Est-ce que… j'ai dit quelque chose de mal ?

J'écarquille les yeux et secoue la tête.

— Non ! Non, tu n'as rien dit du tout. Au contraire, tu es parfait, je n'ai pas l'habitude.

Je me mords la joue. Les mots se bousculent dans ma bouche et ne sortent pas dans le bon ordre. J'inspire un grand coup et reprends :

— Je suis un bazar ambulant, Adrian. Je viens de passer huit ans avec un type qui me demandait d'arrêter de chanter à chaque fois que je commençais à fredonner. Je crois que j'ai juste besoin…

— De temps ?

J'acquiesce et ses bras se referment de nouveau sur moi. La tête collée contre sa poitrine, j'écoute les battements de son cœur. C'est un doux tempo, celui d'une longue balade, d'une chanson d'amour.

— Je comprends, souffle-t-il.

Je m'écarte à regret. Si je reste une seconde de plus, je sens que je vais changer d'avis.

— Je t'écris plus tard, d'accord ?

— D'accord.

Avant de partir, je pose un léger baiser sur ses lèvres. Une promesse, pour lui comme pour moi. Puis, je me détourne et commence à marcher vers la maison, avec l'intime conviction que j'ai fait le bon choix.

CHAPITRE 23

J'AIME LES CANARDS

Quand je pousse la porte de mon appartement, Mag est dans le salon et tire sa tête des mauvais jours. De gros cernes bordent ses yeux, son maquillage a coulé jusque sous ses joues et j'ai l'impression que sa lèvre est un peu enflée, comme si elle avait pleuré. Convaincue que quelque chose ne va pas, je lâche mon sac et me précipite vers elle :

– Mag ? Qu'est-ce qu'il y a ?

Elle lève la tête vers moi et halète :

– Hope… Shir… Shirley…

Elle arrive à peine à aligner deux mots et je m'assois à côté d'elle pour la prendre dans mes bras. Je lui frotte le dos en lui murmurant des paroles réconfortantes, pendant qu'elle se vide de ses larmes. Mag pleure à gros sanglots et je dois moi-même ravaler ma tristesse : je n'ai jamais vu ma meilleure amie comme ça.

Au bout de longues minutes, elle finit par se calmer. Elle se redresse, frissonne.

– Tu veux un verre d'eau ?

– Il y a du vin dans le frigo, croasse-t-elle.

Je me lève et attrape deux verres au passage. Il est à peine treize heures, mais qu'à cela ne tienne ! Je nous sers, lui donne son verre et attends patiemment qu'elle soit prête à me parler.

Mag commence par tremper ses lèvres dans le Bordeaux. Son regard est vide, vitreux. Je remarque qu'elle porte un vieux t-shirt de notre lycée sur un pantalon de jogging délavé. Pas du tout le genre de Mag.

— Tu veux en parler ? tenté-je.

Elle hausse les épaules et balance :

— J'ai croisé Shirley, hier. Au *Sing Along* !

Bon, ça, j'avais deviné.

— Elle était avec une autre nana.

«Connasse» est le premier mot qui me vient à l'esprit, néanmoins je doute que Mag soit déjà au stade de la colère.

— Elle se prend pour qui, hein ? explose soudain ma meilleure amie. Elle vient s'afficher dans *mon* bar avec sa nouvelle gonzesse, elle lui roule un patin sous *mon* nez, et je devrais faire quoi ? Rester sans réagir ?

OK, là j'admets, c'est tordu. Bordel, qui fait ça ?

— Tu ne crois pas qu'elle essaye de te rendre jalouse ?

— Bah putain, c'est réussi !

Elle vide son verre et s'en sert un autre. J'ai à peine bu une gorgée du mien.

La colère redescend aussi vite qu'elle était montée et elle s'affaisse dans le canapé. Elle a l'air complètement perdue, ainsi. Je l'attire de nouveau à moi et passe mes bras autour de ses épaules.

— Qu'est-ce que tu veux faire ? demandé-je. On peut aller lui rayer sa voiture, l'attendre à la sortie de son travail déguisées en pervers, faire du shopping avec sa carte bleue, si tu te rappelles des numéros, bien sûr.

Mon avalanche de propositions fait sourire Mag. C'est un

début, mais je ne crie pas victoire trop vite.

— Ou alors… tu pourrais lui envoyer un message et lui dire ce que tu ressens.

Elle renifle et secoue la tête. Je m'en doutais.

— Est-ce que vous avez au moins discuté, quand elle est partie ?

— Non. Elle a juste fait sa valise, m'a dit que je travaillais trop… Je n'ai pas tellement eu le temps de m'expliquer.

Je pousse un long soupir. Je vois que je ne suis pas la seule à avoir des soucis de communication.

— Tout dépend de ce que tu veux vraiment, ma puce. L'oublier ou la reconquérir ?

— Je n'en sais rien, souffle Mag. Je veux dire, je l'aime, mais mon travail, c'est ma passion. C'est comme si toi, tu vivais avec quelqu'un qui t'empêchait de chanter !

J'émets un petit rire caustique :

— C'est ce que j'ai fait.

— Il t'empêchait de chanter ?

— Il disait que ça le dérangeait quand il rentrait du travail et que ça le crispait.

— Putain, mais quel connard !

Cette fois, c'est à moi de vider mon verre. Il se remplit aussi sec et je songe que, depuis que je suis à New York, je n'ai jamais autant bu de ma vie.

— Peut-être que si tu lui expliques, elle comprendra.

— Logan a compris, lui ?

— Non. Mais je suis sûre que Shirley est plus intelligente que lui.

Au fond de moi, j'en doute. Si elle a réellement tenté de rendre Mag jalouse, alors elle ne la mérite pas. Mais ma meilleure amie a vraiment l'air de tenir à elle, alors…

— Tu sais quoi ? Tu as raison ! Je vais l'appeler.

Elle attrape son téléphone et commence à chercher le numéro de Shirley dans son répertoire. Au moment où je me lève pour lui laisser un peu d'intimité, elle m'apostrophe :

— Au fait ! Tu étais où ce matin ?

Je me fige et un sourire niais se plaque instantanément sur mon visage. Mag ouvre grand la bouche, loin d'être dupe.

— C'est pas vrai, t'étais avec Adrian ? T'as passé la nuit chez lui ? Raconte !

Je me rassois et me ressers un verre.

— J'ai pas dormi chez lui, non. On s'est vus hier soir, il a cramé que je bossais au Longacre et a voulu m'aider à nettoyer la salle…

Je lui raconte tout, car je n'ai aucun secret pour elle. Notre petit déjeuner de minuit, le baiser à Central Park, la patinoire ce matin… Quand je cesse de parler, Mag me toise longuement et lâche :

— Vous allez vous revoir ?

— J'en sais rien. J'ai peur qu'il m'en veuille de l'avoir repoussé. Et puis, il a sûrement tout un tas de nanas autour de lui, alors…

— Tu sais, Adrian est un des gars les plus réglos de Broadway. Ce n'est pas le genre à enchaîner les coups d'un soir, au grand dam de certaines, d'ailleurs. Si tu lui plais vraiment, je ne crois pas qu'il cherchera à aller voir ailleurs.

— Tout est dans le « si ».

— Hope, ce type a passé sa soirée et sa matinée avec toi. Il s'est conduit comme un putain de gentleman. Je sais que tu as besoin de temps et je le comprends tout à fait. Mais ne sois pas si dure envers toi-même. Tu mérites d'être heureuse. Tu mérites Adrian.

Les paroles de Mag résonnent en moi et bousculent toutes mes certitudes. Malgré notre baiser, malgré chaque moment magique que nous passons ensemble, je continue de voir Adrian comme une utopie inaccessible, un rêve trop beau pour être vrai. Et surtout, j'ai peur.

— Va à ton rythme, ajoute ma meilleure amie. Mais arrête de te punir. Adrian n'a rien à voir avec Logan. En fait, je suis sûre qu'il t'a déjà envoyé un texto !

J'attrape mon téléphone pour vérifier, et elle a raison. Mon cœur s'emballe quand je vois les mots apparaître sur l'écran.

Monsieur Arrogance :
Je sais que tu as besoin de temps, mais est-ce que j'ai le droit de dire que je pense à toi ?

Je souris comme une conne et montre le message à Mag.

— Putain, ce mec est un canard, dit-elle en levant les yeux au ciel.

— J'aime bien les canards.

Je me lève et traîne les pieds jusqu'au couloir, réfléchissant déjà à ma réponse. Sur le seuil du salon, je me retourne pour fixer ma meilleure amie, de retour sur son portable.

— Merci, Mag.

— Merci à toi, ma puce.

Nous échangeons un regard complice, puis je la laisse tranquille. Affalée sur mon lit, je tape ma réponse pour Adrian.

Moi :
Tu as le droit de dire ce que tu veux. Et je pense à toi aussi.

Monsieur Arrogance :
Alors, tu vas faire quoi, aujourd'hui ?

Moi :

Je viens de consoler Mag et surtout de la persuader d'avoir enfin une discussion avec son ex-copine. Du coup, je crois que je vais en profiter pour regarder un petit film.

Monsieur Arrogance :
Quel genre de film ?

Moi :

Je pensais à West Side Story. C'est mon film doudou, je le regarde tous les ans.

Monsieur Arrogance :
Tu rigoles ?

Moi :
Non, pourquoi ?

Monsieur Arrogance :
C'est le film préféré de ma grand-mère. J'ai pris l'habitude de le regarder tous les ans avec elle, aussi. On se le met ?

Je hausse les sourcils, un peu étonnée par la proposition.

Moi :
Tu veux dire... chacun chez soi ?

Monsieur Arrogance :
Ouais ! Et on commente. Je suis sûr que je peux deviner ta scène préférée.

Je souris comme une idiote derrière mon téléphone. Puis,

je rampe au bout du lit et sors mon ordinateur portable de ma valise. Je m'installe confortablement entre les oreillers et réponds à Adrian.

Moi :
C'est parti.

C'est ainsi que deux semaines s'écoulent. Adrian et moi nous croisons au Longacre, pendant qu'il répète, mais il part avant que j'aie terminé mon ménage. Il me laisse du temps, de l'espace. Je ne peux que le remercier pour ça.

Nous échangeons énormément par messages. Le soir, quand Mag est de sortie, nous regardons souvent un film, chacun de notre côté. Après West Side Story, nous nous sommes attaqués à Moulin Rouge et aux Misérables. Je suis sûre qu'il a pleuré à la mort de Satine, même s'il refuse de me l'avouer.

Mag et Shirley ont fini par avoir une discussion. Comme je l'avais pressenti, l'ex de ma meilleure amie essayait simplement de la rendre jalouse. Les choses ont l'air de s'améliorer un peu entre elles. Elles se sont revues une ou deux fois et j'espère vraiment que Shirley a compris ce que le théâtre représentait pour Mag. Et que mon amie, de son côté, est aussi prête à faire des efforts.

Les cours avec Helen sont toujours aussi enrichissants. Elle a trouvé la chanson pour le spectacle, mais, pour le moment, refuse de me révéler ce que c'est. Il semblerait que je ne sois pas prête.

Une drôle de routine s'installe. Chaque soir, j'attends avec impatience que le jour suivant commence. Voir Adrian, même pour quelques minutes de regards échangés en douce, m'emplit de joie. Il n'a toujours pas l'air ravi de travailler avec Rebecca, cependant leur duo est de plus en plus joli. J'ai hâte de voir le spectacle et je suis sûre que tout sera grandiose.

Qu'il sera grandiose.

Environ deux semaines après notre dernier rendez-vous sur la glace, et notre dernier baiser, je me décide enfin à appeler mon père. Je suis partie de la maison depuis trop longtemps et il me manque terriblement.

— Hello, ma frimousse ! s'exclame-t-il en décrochant. Je me demandais justement quand tu allais m'appeler.

— Désolée, papa. Tout va si vite ici. Comment vas-tu ?

Les nouvelles sont bonnes. Miguel, son compagnon, se porte comme un charme. La révélation de l'homosexualité de mon père a fait des ravages, à l'époque. Au fond de moi je crois que je l'ai toujours su. Ma mère, en revanche, ne s'en est jamais remise.

— Merci d'être allée récupérer mes affaires chez Logan.

Le naturel de ma déclaration me surprend. Avant, c'était «chez nous». Aujourd'hui, «chez moi», c'est New York.

— De rien, ma puce. Tu sais, j'ai cru que tu ne me le demanderais jamais. J'ai été un peu surpris d'apprendre que tu avais décroché un rôle à Broadway dans la bouche de ton ex.

Je me mords la lèvre et insulte mentalement Logan. Qu'est-ce qui m'a pris de sortir un bobard pareil, putain ?

— Hope ? insiste-t-il devant mon silence.

Je lui déballe tout, incapable de mentir à mon père. Quand j'ai terminé, il pousse un long soupir.

— Je m'en doutais.

— Un rôle dès la première audition, ç'aurait été trop beau…

— Non, pas pour ça. Je sais que si tu avais véritablement

été prise, tu m'aurais tout de suite appelée pour me le dire.

Sur l'échelle d'incendie d'où je passe mon coup de fil, je frissonne. Je me sens vraiment stupide.

— Je suis désolée, répété-je. Ne dis rien à maman, d'accord ?

— Ta mère et moi ne nous parlons plus depuis des années, alors je ne vais certainement pas l'appeler pour lui dire ça.

Je souris malgré moi. Avoir des parents qui se détestent a aussi des avantages.

Comme il fait de plus en plus froid, je raccroche vite, non sans faire jurer à mon père de venir me voir bientôt. Il promet d'y réfléchir, puis me souhaite une bonne nuit.

Je rentre à l'intérieur de l'appartement et m'écroule sur mon lit. Mag est en spectacle ce soir et ne rentrera pas avant plusieurs heures. La solitude me pèse, mais je sais que le remède est à portée de téléphone. Un message d'Adrian s'affiche déjà et mes lèvres s'étirent.

Monsieur Arrogance :
Mon tour de choisir le film !

Moi :
Tous aux abris.

Monsieur Arrogance :
Je crois que nous avons fait le tour des comédies musicales potables, alors... Que dis-tu d'un bon Star Wars ?

Moi :
Première trilogie ?

Monsieur Arrogance :
Évidemment. Un Nouvel Espoir ?

Une douce chaleur s'empare de mon cœur. J'hésite à lui proposer de venir regarder le film en vrai. Rien qu'imaginer nos jambes se frôler sous les draps, j'en ai des frissons. Mais je ne suis pas tout à fait prête. Pas encore.

L'image de Logan disparaît à une vitesse hallucinante, dans mon esprit, et il a enfin arrêté de m'envoyer des messages. Je peux enfin faire le deuil de cette relation. Et heureusement, car j'ai vraiment du mal à ne pas penser à Adrian. Au moins, Juan est là pour m'aider à m'endormir !

Monsieur Arrogance :
Hope ?

Perdue dans mes pensées, j'avais oublié de lui répondre. Tout sourire, je plonge sous les draps, prête à mater Star Wars pour la douze millième fois.

Moi :
Dans mes pensées j' étais. On y va ?

CHAPITRE 24
LA RÉPÉTITION

ADRIAN

Je me réveille ce matin avec une trique d'enfer. J'ai rêvé de Hope toute la nuit. Elle s'est endormie devant Star Wars, du moins, j'imagine, car elle a cessé de me répondre avant la bataille de l'Étoile noire. Je check immédiatement mon téléphone et souris en voyant qu'elle m'a envoyé un message.

Sock's girl :
Désolée, je me suis endormie ! On regarde la fin ce soir ?

Je consulte l'heure, il est à peine huit heures. Je fronce les sourcils : que fait-elle levée si tôt ? Je sais qu'elle ne commence pas son job avant plusieurs heures.

Moi :
Ça marche ! Déjà debout ?

Sock's girl :
L'avenir appartient à ceux qui se lèvent tôt ! J'espère te croiser au Longacre, tout à l'heure.

Moi :

J' y serai. Répétitions avec toute la troupe.

Elle arrête de me répondre et je devine qu'elle est sortie, ou quoi que ce soit qu'elle puisse faire à cette heure-là. Les matinées de Hope sont un mystère, pour moi. Mystère que je ne demande qu'à découvrir.

Je me lève en demandant gentiment à ma queue de redescendre, car je n'ai pas prévu d'aller camper prochainement.

Dans le salon, j'entends les grognements de Zack. Il est venu direct ici en rentrant de sa beuverie, à en croire la porte qui a claqué vers trois heures du matin.

Sous la douche, mes pensées s'égarent encore vers Hope et vers la journée qui m'attend.

La première du spectacle est dans un peu plus d'un mois et nous sommes censés répéter tout le spectacle, cet après-midi. Karson, le metteur en scène, veut que nous soyons tous sur place à quatorze heures, pimpants et échauffés. Ça signifie que je vais devoir faire mes vocalises dans ma loge et je déteste ça.

Une fois propre et habillé, je passe à la cuisine pour me faire un café. D'ici, je peux voir la jambe de Zack dépasser de la couverture et je meurs d'envie de lui chatouiller le pied pour le réveiller.

— N'y pense même pas, grogne-t-il.

— Je ne vois pas de quoi tu parles. Café ?

Sa tête émerge de derrière le dossier et je manque de m'étouffer de rire. La marque du coussin est imprimée sur sa joue et un filet de bave séchée coule le long de son menton.

— J'espère qu'il est fort, croasse-t-il.

— Tu me connais.

Il se laisse retomber pendant que je lui apporte sa tasse.

Ce mec est une vraie princesse.

— Que me vaut l'honneur de ta présence ? demandé-je en poussant ses jambes pour m'asseoir sur mon propre sofa.

— Eh bien, je suis sorti, hier. J'ai fait la rencontre d'une charmante petite danseuse, une nana de ta troupe, d'ailleurs. Figure-toi qu'elle n'habite pas très loin.

— Et après l'avoir sautée, ça ne t'est pas venu à l'idée de rester dormir chez elle ?

— Tu me connais ! Je ne reste jamais la nuit, c'est une règle.

— Une règle débile.

— Moi au moins, je baise ! Ça avance avec Hope ?

Je grimace. Ce connard m'a eu. Depuis notre dernier baiser à Central Park, nous avons simplement échangé des regards et des sourires. Au Longacre, elle se tient toujours loin de moi, comme si elle avait peur d'être aperçue en ma présence.

— On parle, réponds-je en piquant un fard dans ma tasse.

— Parler, c'est bien. Niquer, c'est mieux.

— Putain, Zack, t'en as d'autres des phrases à la con comme ça ?

Il me fait une œillade et m'assène une grande claque dans le dos.

— Des tas, mon pote. Des tas !

— Elle a besoin de temps, soupiré-je. Et je dois admettre que c'est rafraîchissant. Au moins, elle ne me saute pas dessus comme une affamée.

— Ça te déplairait qu'elle le fasse ?

Touché. Je réponds en évitant soigneusement son regard.

— Non.

— C'est bien ce que je pensais.

Il boit une gorgée de son café et bondit sur ses deux pieds. Je ne comprendrai jamais comment il fait pour être aussi frais au réveil. Moi, il me faut une douche pour émerger.

Mon meilleur ami fouille dans son pantalon, resté échoué sur le sol du salon. Il en sort trois capotes et me les balance comme s'il s'agissait de shuriken.

— Qu'est-ce que tu fous ?

— Cadeau, mec ! Je sais que t'es trop prude pour te balader avec, alors je te file celles-ci.

— Pour quoi faire ?

— T'es con ou quoi ? Au cas où Hope te saute dessus comme une affamée, tiens ! Ça fait quinze jours que vous marinez chacun de votre côté, mon flair légendaire m'indique que c'est pour bientôt.

Je secoue la tête en glissant tout de même les capotes dans la poche de mon jean. Zack a raison, on ne sait jamais. Et puis, ce soir, j'ai bien envie de proposer à Hope qu'on regarde un film dans la même pièce, pour une fois.

Je passe le reste de la matinée avec Zack, surtout pour parler des dernières nouvelles de Broadway.

De son côté, tout roule : dès janvier, il s'envole pour Londres, où il fera quelques représentations du *Roi Lion*. Tout ce que je retiens, c'est qu'il a hâte de se taper des Anglaises et qu'il en profitera sûrement pour traverser la manche et s'essayer à la parisienne. Du Zack tout craché.

Je déjeune sur le pouce avec lui, puis file pour me diriger vers le Longacre. Les températures sont en chute libre depuis ces derniers jours et New York s'est enfin parée de décorations de Noël. Les balcons recouverts de guirlandes s'illuminent à la nuit tombée et les rues sont ponctuées de sapins.

Comme je suis en avance, j'en profite pour marcher jusqu'au théâtre. Quelque chose que je n'aurais jamais fait, avant.

Avant Hope…

Une fois mes vocalises réalisées, je me dirige d'un pas leste vers la scène. Les coulisses du Longacre sont de nouveau pleines à craquer, après plusieurs mois d'inactivité. L'effervescence générale me fait un bien fou et je réalise que tout ça m'avait manqué.

— Salut, Adrian !

Ici, tout le monde me connaît. Certains visages me sont étrangers, d'autres m'évoquent vaguement quelque chose. Je sais que certains d'entre eux étaient à l'école d'arts dramatiques avec moi ou ont été sur d'autres de mes spectacles. Au coin d'un couloir, je reconnais néanmoins une voix plus que familière, au milieu d'un groupe de nanas.

— Colin ! m'exclamé-je.

Mon pote me fait un signe de la main et je le rejoins. Quand j'ai appris qu'il allait danser dans *Le Prince et la Chanteuse*, j'étais fou de joie. J'ai au moins un allié, dans toute cette histoire.

— Hé, salut ! La forme ?

— Et toi ? Prêt à nous en mettre plein la vue ?

Il m'adresse un clin d'œil. Colin est un formidable danseur, c'est d'ailleurs la raison pour laquelle tous les producteurs de Broadway se l'arrachent. Autour de lui, le groupe de filles chuchote et me jette des regards que j'ignore. Pas une seule ne m'intéresse. Je me demande si celle qui a passé la nuit avec Zack se trouve parmi elles.

Colin me prend par les épaules et m'écarte un peu : il sait que je n'aime pas discuter quand il y a du monde autour.

— Et comment, mec ! Et toi, ça va avec Rebecca ? Vous avez réussi à vous entendre ?

Quand on parle du loup… Je tourne la tête et la vois sortir de sa loge, avec une tenue beaucoup trop habillée pour une simple répétition. Elle porte une robe noire cintrée et décolletée, avec des talons aiguilles bien trop hauts.

La Rebecca simple d'avant me manque. Je déteste le produit de sophistication qui se tient devant moi et avance vers nous d'une démarche lancinante. *Putain, si elle continue à se déhancher comme ça, elle va se péter le fémur !*

— Pas vraiment, non, grincé-je entre mes dents à l'intention de Colin.

— Adi !

Son sourire est aussi faux que sa paire de nichons. À quel moment a-t-elle changé à ce point, bordel ?

— Je t'ai déjà dit de ne pas m'appeler comme ça, lui réponds-je en guise de salutation.

Elle a l'air blessée, mais je sais que c'est du cinéma. Plus rien chez elle n'est vrai, de toute façon.

— Salut, Rebecca, intervient Colin.

Elle lui adresse à peine un regard. Ils étaient meilleurs amis, avant qu'elle ne commence à agir comme la pire des pestes et ne rejette tout le monde. La célébrité tue des amitiés et elle aura sans aucun doute détruit la leur.

— Tu veux quelque chose ? demandé-je, agacé par sa simple présence.

— Farson me demande de te dire que nous commençons par le numéro d'ouverture dans cinq minutes. Il veut revoir tout le spectacle.

Je soupire.

Bordel, cette journée va être interminable.

Et elle l'est.

Le temps passe à une lenteur hallucinante. Après le numéro d'ouverture, Farson nous fait répéter plusieurs fois le premier duo de Clarisse et du Prince, Ylian.

Bien que je la déteste, devoir chanter avec Rebecca m'ennuie de moins en moins. Elle reste une excellente comédienne, bien qu'elle ait tendance à surjouer. Pour le bien du spectacle, j'arrive à donner cette illusion de complicité et elle rentre dans mon jeu.

Reste professionnel, Adrian. C'est le plus important.

Colin et les danseurs nous régalent d'une chorégraphie incroyable. J'ai hâte de voir tout ça en costume, d'être à la première. C'est la première fois que nous avons une vision d'ensemble du spectacle et, même s'il y a encore beaucoup de choses à améliorer, je sais que ça va être grandiose.

— Adrian, on reprend à la chanson finale, tu veux bien ?

Rebecca et moi soupirons de soulagement. C'est bientôt terminé. Je me sens épuisé, d'autant qu'il doit être presque vingt-et-une heures.

Je n'ai toujours pas vu Hope, mais je crois qu'aujourd'hui, c'est sa collègue qui s'occupait de la salle. Tant pis pour moi.

La musique commence et nous nous mettons en place. Le numéro final est censé être l'apothéose du spectacle. Les autres personnages, le roi, la reine, l'amie de Clarisse et le tenancier du bar entrent avant nous. Colin est déchaîné et, à côté de moi, je surprends Rebecca rire en le voyant ainsi. Un instant, j'ai l'impression d'avoir son ancienne version auprès de moi. Une impression fugace, car elle ne tarde pas à me prendre la main. Je me crispe.

— C'est à nous, souffle-t-elle.

— Je sais.

Devoir la toucher est sans doute le pire, dans tout ça. Mais ça ne me dérange plus autant qu'avant. Nous nous élançons sur scène, entamons notre partie du couplet du numéro final. Et là, je la vois.

Comme une petite souris tapie dans l'ombre, Hope nous observe, un large sourire peint sur son adorable visage. Un foulard bleu marine est noué dans ses cheveux un peu en désordre et sa combinaison est légèrement ouverte sur sa poitrine. Je devine qu'elle a fini de bosser et la simple idée de la retrouver après la répétition m'emplit de joie.

Elle est là et j'ai envie de tout donner. Alors je donne tout.

Je chante comme je n'avais pas chanté depuis longtemps. Ma voix résonne dans la salle, forte et puissante. Je reporte mon regard sur Rebecca, qui m'observe avec de grands yeux surpris. Je lui souris, pour le bien du rôle. Son timbre se mêle au mien, un peu plus timide, mais le résultat est tout de même très bon. La preuve, Farson ne nous interrompt pas.

À la fin du numéro, je suis hors d'haleine. Tout le monde applaudit. Nous avons tous été géniaux et nous l'avons ressenti. Même le metteur en scène ne trouve rien à redire.

— PAR-FAIT ! clame-t-il en montant sur scène. Adrian, mon chou, je veux que tu me fasses ça à tous les spectacles. Ta prestance était magique. Tu le mérites, ton Tony ! Rebecca, prends-en de la graine.

Ma partenaire se renfrogne. Je n'en ai rien à carrer. Mon regard est toujours rivé sur Hope, qui applaudit silencieusement. J'ai envie de la retrouver. De traverser la salle et de la prendre dans mes bras, de la traîner sur scène, de chanter avec elle.

Farson nous libère enfin et je me précipite en coulisse. Mon premier réflexe est de checker mon portable, mais je n'ai aucun message de Hope. Je m'apprête à lui écrire pour lui dire de me retrouver à la sortie quand une main glisse sur mon bras et m'oblige à me retourner.

Rebecca.

— C'est qui, cette fille ?

Je fronce les sourcils.

— De quoi tu parles ?

— Je t'ai vu, Adrian. Tu l'as regardée et tu t'es transformé. Je ne savais pas que tu voyais quelqu'un et…

Je me dégage brusquement de sa prise et lui adresse un regard noir.

— Ça ne te regarde pas.

Et je me casse avant qu'elle ait eu le temps d'ajouter quoi que ce soit.

Je me précipite jusqu'à ma loge. *Elle est gonflée, putain !* Elle me voit mater une nana pour la première fois depuis un an et elle ose me dire quelque chose ! Je n'en fais pas toute une maladie, moi, quand elle fait la une des magazines people avec son acteur gourou.

J'ouvre la porte à la volée et me fige. Hope est là, à l'intérieur. Elle triture le passe-partout alloué aux femmes de ménage et m'adresse un petit sourire timide.

— Je suis désolée, je ne voulais pas te faire peur, commence-t-elle tandis que je referme le battant dans mon dos.

Je voulais juste te dire…

Elle hésite, je peux le voir à la façon dont elle se mord la lèvre. Mon cœur à moi menace de sortir de ma poitrine pour la rejoindre avant le reste de mon corps. Elle réarrange le foulard dans ses cheveux, caresse les quelques boucles qui cascadent sur son épaule.

– C'était incroyable, ce que tu as fait sur scène, achève-t-elle en plantant ses yeux dans les miens.

L'atmosphère se fait soudain plus lourde, comme si la gravité venait de changer.

– Ce n'est pas très correct, j'aurais dû t'attendre à la sortie. Je suis désolée.

Elle avance pour sortir, mais je la retiens par la taille. Elle relève la tête, frissonne. Je m'électrise à son contact. Quand elle se met sur la pointe des pieds pour enfin m'embrasser, je perds tout contrôle.

CHAPITRE 25

MERCI, ZACK !

HOPE

Il me plaque contre la porte et je retiens un gémissement. Dire que j'ai rêvé de cet instant toutes les nuits serait un putain d'euphémisme.

J'en ai rêvé le jour, aussi.

Ses mains, en coupe autour de mon visage, glissent dans ma nuque, sur mes épaules, mes bras. Il est encore dans une certaine retenue, comme s'il avait peur que je m'enfuie comme la dernière fois.

Je n'ai plus envie d'attendre. Laissant libre cours au désir qui implose dans mon bas ventre, je crochète son cou et approfondis notre baiser.

À tâtons, mes doigts verrouillent la porte de sa loge. Sa langue s'enroule autour de la mienne, sensuelle, délicate. Je mordille sa lèvre, lui tire un grognement. Être avec Adrian, c'est comme être face à une page blanche. Je ne sais rien de ce qu'il aime, tout reste à découvrir.

Je tremble presque quand il attrape la fermeture éclair de ma combinaison pour la faire glisser doucement. Il s'écarte un peu de moi pour planter son regard dans le mien. Je veux l'embrasser encore, mais il me prive de sa bouche pour mieux m'observer. Je peux voir le feu ardent dans son regard et j'ai l'impression qu'il va me consumer toute entière.

Le vêtement glisse de mes épaules et termine à mes pieds. Machinalement, je retire mes chaussures, Adrian fait de même.

Heureusement, j'ai pensé à mettre des sous-vêtements assortis ! Je porte un soutien-gorge à dentelle bleue et un tanga du même acabit. Ça a l'air de lui plaire, car il fond dans mon cou.

Il embrasse lentement la courbe de ma mâchoire, descend le long de ma gorge, avant de se pencher pour frôler ma poitrine. Je me cambre contre lui, ce qui lui tire un nouveau gémissement. Je sens son érection contre mon ventre et mon corps s'emballe, électrisé.

Son souffle sur ma peau me fait frissonner. J'ai envie de lui, là, maintenant, tout de suite. Il ne semble pas de cet avis.

Je passe mes mains sous son t-shirt, qui rejoint ma combinaison sur le sol. Puis, je m'attaque à la boucle de sa ceinture. Il n'y a pas de raison que je sois la seule à poil, bordel !

Il s'éloigne un peu de moi pour retirer son pantalon, me laissant tout le loisir de le contempler. *Putain, qu'il est bien foutu !* Son corps n'est que muscles discrets, mais néanmoins puissants. Et, sous son caleçon, un membre proéminent semble vouloir me saluer.

Nous restons un instant à nous détailler ainsi, comme si, une fois la barrière de nos vêtements retirée, nous ne nous connaissions plus vraiment. Puis, il se rapproche de moi, dénoue avec des gestes délicats le foulard de mes cheveux et murmure :

— Tu es sûre ?

Voilà, on y est. Si je veux reculer, c'est maintenant.

Je n'en ai pas la moindre envie.

Je me colle contre lui et l'embrasse pour toute réponse. Ses paumes agrippent mes fesses pour me soulever et j'enroule mes jambes autour de sa taille. L'instant d'après, je suis allongée sur le canapé de sa loge, Adrian au-dessus de moi. Il en a profité pour dégrafer mon soutien-gorge au passage et le jette à travers la pièce.

Mes doigts courent le long de son torse, titillant la limite encore imposée par son boxer. Je monte et descends et je vois bien que je joue avec ses nerfs. Chaque aller-retour lui fait froncer les sourcils et me tire un sourire.

— Hope… C'est de la torture.

Comme pour me rendre la monnaie de ma pièce, il se met à mordiller mes tétons. J'étouffe un petit cri quand il empoigne mon autre sein et me cambre à nouveau. Puis, ses baisers descendent le long de mon ventre, explorant lentement mon entrejambe.

Lorsqu'il retire mon tanga, j'ai déjà l'impression que je vais imploser. Comment fait-il pour me donner autant envie de lui, bordel ?

Au premier coup de langue, je suis à deux doigts de défaillir. Logan n'a jamais voulu faire ça. Si j'avais su que c'était aussi bon, je me serais tirée bien plus tôt. Adrian effectue des va-et-vient avec sa bouche. Quand ses doigts s'en mêlent, je suis littéralement au bord de l'orgasme.

Je passe mes jambes derrière ses bras pour l'obliger à remonter. Il me sourit, m'embrasse tandis que je fais glisser son caleçon sur ses fesses.

— Est-ce que tu as… ? demandé-je.

Il se marre et se redresse pour chercher quelque chose dans son pantalon.

— Grâce à Zack, oui ! s'exclame-t-il en brandissant une capote.

Moi, je l'écoute à peine. Mon regard est vissé sur ce qui se cachait sous son boxer. Mon imagination était bien loin de la réalité. Je n'ai qu'un seul point de comparaison, et le moins qu'on puisse dire, c'est que la différence est… de taille.

Quand il se rallonge sur moi, ce qu'il me restait de doutes s'envole. Il plante ses yeux dans les miens et je ne demande qu'une chose : m'y noyer.

Adrian me pénètre lentement et je savoure chaque seconde de cette découverte. Dès qu'il se retire, j'ai froid. Je vois à son regard taquin qu'il voudrait me torturer encore, mais je n'ai jamais été du genre à me laisser faire.

— Ne joue pas à ça, soufflé-je.

— À quoi ?

Je donne une impulsion pour le faire tomber à terre. Il n'a pas le temps de voir clair : je suis déjà sur lui. Je m'assois doucement sur sa hampe, me délectant de son air à la fois surpris et plein de désir.

Je commence à bouger, variant le rythme. Je suis attentive au moindre bruit que fait Adrian. Lui aussi semble à mon écoute. Une main sur un sein, l'autre sur ma hanche, il ondule avec moi et ses râles de plaisir se joignent aux miens.

L'orgasme monte en moi, puissant, inéluctable. Il sort de mes entailles, remonte le long de ma colonne vertébrale pour terminer dans ma gorge. Je ne peux retenir un cri quand je sens le membre d'Adrian pulser au creux de mes jambes et je devine à son regard que lui aussi est parvenu au point de rupture.

J'éclate de rire. Un rire heureux, libéré. Adrian se redresse pour me rattraper avant que je ne tombe sur lui, complètement à bout de forces après cette chevauchée sauvage. Il me prend dans ses bras et son rire se mêle au mien.

Il colle sa tête contre ma poitrine, je fourre mes doigts dans ses cheveux. Je n'ose pas bouger, de peur de rompre cette étreinte parfaite. Les minutes s'égrènent ainsi, jusqu'à ce qu'un frisson me fasse trembler des pieds à la tête.

– Tu as froid ? s'inquiète Adrian.

– Un peu, admets-je.

Il s'écarte de moi, à mon plus grand regret. Puis, il se retire lentement et se relève pour se débarrasser de la capote.

Je reste assise sur le sol, pantelante, ressassant déjà ce qui était, sans aucun doute, la meilleure partie de jambes en l'air de toute ma vie.

Soudain, son torse se colle à mon dos et ses deux mains s'enroulent autour de moi. Je me laisse aller à ce câlin sensuel, parfait.

Après le rire, j'ai envie de pleurer. Je n'ai jamais eu le droit à ça, avec Logan. D'habitude, il me laissait me terminer toute seule avec Juan et partait regarder son match de foot.

Pas de mots doux. Pas d'étreinte. Rien.

– Tout va bien ? susurre Adrian à mon oreille.

– Oui, c'est juste… Je suis désolée, je ne dois pas sentir très bon, après ma journée de boulot.

– Je ne sens rien du tout. Mais ça me donne une idée.

Sans que je comprenne comment, il me relève et me prend dans ses bras. Je m'accroche à son cou pour ne pas tomber, tandis qu'il nous fait passer le seuil de la salle de bain et se dirige vers la douche.

Il me pose sur le carrelage de la cabine et me serre de nouveau contre lui. Contre mon ventre, quelque chose semble être de nouveau en grande forme.

– Déjà ? me moqué-je, pourtant impressionnée.

– Tu m'inspires, que veux-tu.

Je ris avant de l'embrasser. Si le bonheur était un instant, ce serait définitivement celui-ci.

CHAPITRE 26
LA VIE EN ROSE

HOPE

L'épisode de la loge marque un tournant dans ma relation avec Adrian. Je suis tellement excitée que j'ai bien du mal à détacher mes mains de lui et vice-versa.

Presque tous les soirs, il m'attend derrière le théâtre et nous fonçons chez lui. Là, nous avons à peine le temps de nous déshabiller pour nous sauter dessus.

J'essaye quand même de dormir un peu chez Mag, de temps en temps. Je ne crois pas que mon absence la dérange trop, puisqu'elle revoit Shirley. Rien de sérieux pour le moment, mais, à en croire les cris qu'elles poussent quand elles sont toutes les deux dans un lit, elles ont l'air de beaucoup s'aimer.

La vie avec Adrian est telle que je l'avais imaginée. Belle, simple, ponctuée d'éclats de rire et de musique. Nous passons beaucoup de temps à chanter tous les deux, dans son deux-pièces que j'adore. Ici, c'est petit et adorable.

Tout ce que j'aime.

Ce soir, je décide de lui faire à manger après une heure de sexe endiablée. Je me balade dans son salon avec un t-shirt pour seule tenue et ouvre son frigo. Il est presque vide, mais je peux faire des merveilles avec un rien. Je sors une casserole pour les pâtes et commence à faire revenir quelques oignons dans une poêle. J'entends l'eau couler dans la salle de bain et même si je crève d'envie de rejoindre Adrian sous la douche, je m'abstiens pour m'occuper du repas.

— *Quand il me prend dans ses bras, il me parle tout bas…*

Je chantonne *La vie en rose* pendant la cuisson. Alors que j'arrive au deuxième couplet, je sens deux bras m'enserrer la taille et un nez se glisser dans mon cou.

— Je ne savais pas que tu parlais français.

— Un peu. Mon père est bilingue. Ma grand-mère est née à Paris.

— Elle s'entendrait à merveille avec la mienne, alors.

— Elle est morte avant ma naissance, soupiré-je.

Ses mains me retournent et je me retrouve plaquée contre son torse. Je constate avec grand plaisir qu'il ne porte qu'un bas de jogging, me laissant tout le loisir de contempler ses pectoraux encore humides.

— Je suis désolé, je l'ignorais.

— Tu ne pouvais pas savoir, réponds-je en haussant les épaules. Je ne l'ai jamais connue, alors elle ne peut pas me manquer.

Il m'adresse un sourire flamboyant et rétorque :

— Pourtant, quand je ne te connaissais pas, tu me manquais quand même.

Mon cœur se serre. Mag avait raison, Adrian est un grand romantique. J'ai encore du mal à m'habituer à toutes ces choses. Les vestiges de mon ancienne vie et mes incertitudes sont coriaces. Pourtant, avec lui, je me sens bien. En sécurité.

Je l'embrasse et tout le reste disparaît. J'oublie l'eau des pâtes et les oignons en train de brûler. Me cambrant contre lui, j'agrippe ses fesses et…

— Alors, c'est là que tu te terrais, vieux filou ! s'exclame une voix dans le dos d'Adrian.

Je pousse un petit cri en sursautant. Adrian, rouge de colère, se retourne vers la personne qui vient de nous interrompre.

Le type se marre et pose un pack de bières sur la table, sans nous lâcher des yeux. Je finis par reconnaître le gars que Mag m'a montré sur une photo, mais son nom m'échappe totalement.

— Qu'est-ce que tu fous là, Zack ? grince Adrian entre ses dents.

Zack, voilà !

— Tu m'évites depuis une semaine et tu m'interdis de venir pioncer chez toi, alors je me suis dit qu'il y avait baleine sous gravillons. Et, comme d'habitude, mon flair légendaire ne m'a pas trompé.

Il hume un parfum imaginaire dans l'air et je pouffe. Je ne le connais que depuis deux minutes, mais il ne m'en faut pas plus pour décider que ce mec est drôle et que je l'adore.

— Hope, je présume ?

Il s'approche de moi et vole ma main pour y déposer un baiser. Je glousse comme une adolescente, ce qui n'a pas du tout l'air de plaire à Adrian.

— On est occupés, comme tu peux le constater, et…

— Oh, ça sent drôlement bon, l'ignore Zack. Qu'est-ce que tu nous prépares ?

— Euh…, réponds-je. Un risotto de coquillettes aux oignons… cramés. Je fais avec les moyens du bord. Tu te joins à nous ?

Adrian me fusille du regard, mais je lui plaque un baiser sur la joue. Nous sommes vissés ensemble depuis presque une semaine maintenant, il peut bien faire un effort.

— Heureusement qu'il y en a une qui n'a pas oublié ses manières au lit, commente Zack en adressant un coup de coude à son pote.

Adrian semble se dérider un peu. Il part chercher un t-shirt et me ramène mon jean par la même occasion.

J'ai compris le message : Zack est un tombeur, c'est écrit sur sa tête, même si je doute qu'il ose toucher à la nana de son ami.

Parce que, ne nous voilons pas la face, c'est un peu ce que je suis. Même si Adrian et moi n'avons pas réellement défini ce que nous sommes l'un pour l'autre, je ne le vois pas comme un plan cul. Et je crois que lui non plus…

— Alors ? demande Zack pendant que je sers le dîner dans des bols. Quand la magie a-t-elle opéré ? Où ? Je veux tout savoir.

Adrian et moi échangeons un long regard entendu et éclatons de rire. Si Zack savait tout ce que nous avons fait dans cette loge, ce soir-là…

— Disons simplement que tu as bien fait de me filer des capotes, résume Adrian.

— Oh, ce jour-là ! J'en étais sûr. Le flair, toujours le flair !

— Peut-être que tu étais un chien, dans une autre vie ?

Zack me décoche une œillade par-dessus la table qui, en d'autres circonstances, m'aurait fait rougir. *Tu m'étonnes, que ce type est un vrai aimant à meuf !*

— Un loup, ma chère. Un loup !

Il hurle comme s'il appelait sa meute imaginaire. La main d'Adrian s'égare sur ma cuisse et il me glisse à l'oreille :

— Je suis vraiment désolé pour lui, mais disons qu'il est livré en supplément avec moi.

— Je m'y ferai.

Nous passons une soirée délicieuse. Le duo que forment Adrian et Zack est étonnant, mais hilarant. Je ris tellement que j'en ai mal au ventre. J'en apprends plus sur l'adolescent qu'était la vedette de Broadway, car, à l'image de Mag et de moi, ils se connaissent depuis tout petit.

Au moment de partir, je le vois glisser quelque chose à l'oreille de son ami, mais je suis trop loin pour entendre. Sur le seuil de la porte, il me balance :

— C'était un plaisir de te rencontrer enfin, Hope ! Il faut absolument que tu rencontres le reste de la bande ! Mercredi soir, au *Sing Along* !?

J'acquiesce sans réfléchir et le salue à mon tour :

— Plaisir partagé, Zack. Rentre bien !

La porte se referme et Adrian fond aussitôt sur moi.

— J'ai cru qu'il ne partirait jamais !

Hilare, il me balance sur son épaule et m'emmène jusqu'à la chambre. Je me débats pour la forme et il me laisse tomber sur le lit.

— Tu as quelque chose en tête, peut-être ?

— Des tas de choses, oui !

Nous faisons l'amour, encore et encore, jusqu'à ce que nos corps n'en puissent plus. La tête posée sur son épaule, entortillée dans les draps entre sommeil et réalité, je songe que je tiens plus à Adrian que je ne veux bien me l'avouer. La simple idée que tout pourrait s'arrêter demain me tord les entrailles et je frissonne.

— À quoi tu penses ?

Dans le noir, sa voix est presque rocailleuse.

– Que si tout ça n'est qu'un rêve, je ne voudrais jamais me réveiller.

Il me serre plus fort et j'ai l'impression que mon cœur va imploser. Je n'arrive pas encore à mettre les mots sur ce que je ressens, tout est si flou, trop flou. Mais une certitude se dégage.

Je n'ai pas la moindre envie de le laisser filer.

Quand je me réveille le lendemain matin, j'ai la sale impression d'avoir trop dormi. Je me tourne pour consulter l'heure et manque de dégringoler du lit : je suis en retard.

Je m'éclipse en silence. Le sommeil d'Adrian est si profond que parfois, je me demande s'il n'est pas dans le coma.

Je traverse son appartement sur la pointe des pieds, récupérant mes affaires éparpillées. Puis, comme d'habitude, je lui laisse un mot et pars en refermant doucement la porte.

Dehors, il fait un temps de chien. Mon manteau maladroitement posé sur la tête, je peste et traverse Central Park au pas de course. Par chance, Adrian habite presque à côté de chez Helen et, malgré mon air peu avenant et la trace de l'oreiller encore sur ma joue, j'arrive avec seulement deux minutes de retard.

Je prends un thé avec Helen — elle préfère que nous mangions après le chant désormais, pour préserver ma voix — puis entame mes exercices du jour, mes pensées rivées sur la silhouette endormie que j'ai laissé dans le lit et que j'ai hâte de retrouver.

CHAPITRE 27
LE PETIT DÉJEUNER

ADRIAN

J'émerge lentement du sommeil et caresse, par réflexe, la place à mes côtés. J'ouvre les yeux et éprouve un pincement au cœur en constatant que, comme tous les matins, elle est vide.

Chaque fois que Hope dort chez moi, elle part avant mon réveil et j'admets que ça commence à me taper sur le système.

Déjà, je me demande ce qu'elle fout et ensuite, je voudrais simplement prendre un petit déjeuner avec ma nana, pour une fois !

Parce que c'est ta nana ?

Je soupire et traîne sous la douche. Depuis nos ébats enflammés dans ma loge du Longacre, je peine à sortir Hope de mes pensées ne serait-ce qu'une minute. J'ai envie de tout faire avec elle, de tout voir. Je ne me rappelle pas m'être déjà senti ainsi, même avec Rebecca. Mais je sais qu'après une relation de huit ans, elle a besoin de temps.

Une fois propre et habillé, je me dirige vers la cuisine pour me servir un café. Je trouve le petit mot que Hope m'a laissé sur le frigo et souris :

«Jour de congé, aujourd'hui. On se voit pour le déjeuner ?»

Savoir qu'elle ne travaille pas au Longacre et que je vais passer la journée avec elle m'emplit de joie. Je n'ai pas de répétition de prévue non plus.

Ma tasse entre les mains, j'hésite à l'appeler pour que nous nous retrouvions plus vite, mais je m'abstiens. Une autre idée germe dans mon esprit, plus audacieuse.

Après tout, je lui dois un petit déjeuner, non ?

Décidé, je passe mon manteau à la hâte et sors de mon appartement. Après m'être maudit de ne pas avoir pensé à prendre un parapluie, je passe nous acheter de quoi nous préparer un bon English Breakfast. Puis, je hèle un taxi et lui donne l'adresse de chez Mag. J'appréhende un peu de me retrouver face à la meilleure amie de Hope, mais elle a bien rencontré Zack, hier !

Dans la voiture, je repense à ce qu'il m'a dit en partant :

— La laisse pas filer, mec. Elle est parfaite pour toi.

Même si je n'ai pas besoin de sa bénédiction, savoir que Zack me soutient me fait chaud au cœur. Quant à savoir ce que Hilary et Colin vont penser d'elle… c'est une autre paire de manches.

J'arrive enfin devant chez Mag et sonne à l'interphone. C'est elle qui me répond et, si elle a l'air étonnée, elle me laisse quand même entrer. Elle m'ouvre la porte et je comprends que je la tire du lit. Au fond du couloir, une autre silhouette en peignoir me dévisage bizarrement.

— Adrian ? Qu'est-ce que tu fous là ? grince Mag d'une voix endormie.

Elle s'écarte pour me laisser entrer et je cherche Hope du regard. J'espère la voir débarquer, mais rien.

— Je suis désolé, je voulais faire une surprise à Hope.

— Elle n'est pas là. Café ?

Mag traîne des pieds jusqu'à la petite kitchenette et me montre la cafetière. L'autre fille s'approche et l'entoure de ses bras.

— Salut ! me lance-t-elle, l'air un peu plus réveillée que sa partenaire. Moi, c'est Shirley.

— Adrian. Et OK pour le café, merci.

— C'est quoi tout ça ? me demande Shirley.

— Euh… J'ai fait des courses pour le petit déjeuner.

— Oh, génial ! Je meurs de faim.

Elle me prend les sacs des mains et se met à tout déballer dans la cuisine. Deux minutes plus tard, le bacon est en train de cuire et répand un délicat fumet dans tout l'appartement. Mag me tend une tasse pleine de café noir et me désigne le canapé.

— Fais comme chez toi. D'habitude, Hope file direct au Longacre après son rendez-vous, mais elle ne travaille pas aujourd'hui. On va l'attendre.

— Son rendez-vous ?

Malgré moi, je m'imagine le pire. A-t-elle un autre mec ? Un truc chez le docteur ?

— Bah, elle t'a rien dit ?

La réponse doit se lire sur mon visage, car Mag s'esclaffe.

— Du Hope tout craché ! T'en fais pas, va ! C'est rien de ce que t'imagines. Je sais même pas pourquoi elle le cache, d'ailleurs.

Non, mais elle va cracher le morceau, à la fin ?

— Est-ce que je peux savoir où elle est ? demandé-je avec tout le calme dont je me sens capable.

La régisseuse secoue la tête en me dévisageant avec ses yeux rieurs. Derrière elle, Shirley continue de s'activer en cuisine et pose bientôt devant nous deux assiettes bien garnies.

— C'est à elle te de le dire, finit par répondre Mag. Je ne suis pas une traîtresse.

Les meufs et leur foutue solidarité…

Shirley se penche pour attraper un scone, embrasse sa copine et lâche :

— Je dois passer chez moi avant de filer au bureau. On se voit demain ?

— Ça roule !

— Salut, Adrian !

Et elle part, non sans avoir enfilé un long manteau par-dessus son peignoir.

L'estomac noué, je n'ose toucher à ce qu'elle a préparé. Il faut dire que je m'étais fait une autre idée de ce petit déjeuner.

— Quelles sont tes intentions vis-à-vis de Hope, exactement ?

Je déglutis et manque d'avaler une gorgée de café de travers. Devant moi, Mag est mortellement sérieuse. Pire qu'un daron en colère.

— Je, euh… On se fréquente ?

— Ça, j'avais remarqué ! Mais tu comptes la fréquenter longtemps ?

Je fronce les sourcils. Je sais que je n'ai jamais eu la réputation d'un don Juan et il est évident que Mag me teste.

— Aussi longtemps qu'on le voudra tous les deux, rétorqué-je. Elle me plaît. Beaucoup. Si j'avais su qu'il y avait des filles comme ça dans le Minnesota, il y a longtemps que j'y aurais fait un tour.

— Oh, crois-moi, Hope est un spécimen unique en son

genre.

— Ça, je n'en doute pas.

Mag semble apprécier ma réponse et se détend un peu. Nous échangeons quelques banalités sur le travail. C'est elle qui sera notre régisseuse pour le spectacle et je suis ravi de l'avoir dans l'équipe.

Au bout d'une longue heure de discussion, la porte de l'appartement s'ouvre enfin. Je me retourne et tombe nez à nez avec Hope, qui vient de prendre la saucée de sa vie.

Son regard passe de moi à Mag, de Mag à moi. Elle ouvre la bouche, la referme. Moi, j'ignore si je suis content de la voir ou en colère qu'elle me cache des choses.

— Bon, lâche Mag. Je vous laisse. Je lui ai rien dit, Hope. Mais toi, tu devrais.

Et elle nous laisse là. Hope supplie sa copine du regard, mais Mag a déjà tourné les talons et part vers le fond de l'appartement.

J'ai envie de fondre sur elle, de la sécher, de la prendre dans mes bras. Mais je me force à rester de marbre et pose la seule question qui me taraude :

— Putain, Hope, tu vas où le matin, comme ça ?

CHAPITRE 28

COMME UN CHIPPENDALE

HOPE

— Putain, Hope, tu vas où le matin, comme ça ?

Mon premier réflexe est de hausser les sourcils. Je ne suis pas certaine d'aimer son ton ni sa façon de poser la question. OK, je ne lui ai jamais dit que je prenais des cours de chant, mais il ne va pas en faire une maladie, si ?

En plus, je me suis pris une sale averse en rentrant de chez Helen et tout ce dont j'ai envie, c'est d'une serviette et de vêtements secs.

— Tu permets ?

Je passe devant lui sans attendre sa réponse. Bien sûr, il me suit jusqu'à ma chambre, où je commence à retirer mes vêtements pour passer une robe pull propre. Mes fringues trempées s'échouent sur le sol et je me penche pour les poser sur le radiateur.

Adrian ne dit rien, mais je sens qu'il bouillonne. Au bout d'un moment, alors que je cherche une paire de chaussettes dans mon tiroir, il explose :

— Tu vas me répondre aujourd'hui, ou je dois revenir demain ?

Je tourne la tête et le fusille du regard. Je n'aime

définitivement pas la tournure que prend la situation.

Par contre, qu'il est sexy quand il est en colère !

— Ce n'est pas la peine de te mettre dans un état pareil, finis-je par répondre.

Je sais que j'aurais dû lui dire dès le départ, pour les cours. Mais j'avais envie de garder ça pour moi, au moins un peu. Désormais, je me sens piégée, acculée. L'atmosphère se charge d'une drôle d'ambiance et j'ai la sale impression que nous allons nous disputer.

Je déteste les disputes.

Bon, je me doute que personne n'aime ça. Mais c'est plus fort que moi, je fais tout pour les éviter.

— Hope… Il y a quelqu'un d'autre ?

J'écarquille les yeux et ne peux retenir un petit rire. Il croit que moi, la nana paumée du Minnesota, j'aurais réussi à serrer deux mecs en l'espace de trois semaines ?

— Je ne vois pas ce qu'il y a de drôle, se renfrogne Adrian, les bras croisés sur son torse.

— Excuse-moi, c'est juste… Il n'y a personne d'autre que toi. Personne à part la grand-mère que je vois tous les jours et qui me donne des cours de chants.

Cette fois, c'est à lui d'avoir l'air surpris. Il me dévisage comme si j'étais folle à lier et réplique :

— Tu prends des cours de chants ? C'est pour ça que tu disparais le matin ?

— Tu vois ? Il n'y a vraiment pas de quoi en faire un drame.

Je m'approche lentement de lui, pressée de mettre un terme à cette discussion. Je passe mes mains sur sa chemise et commence à déboutonner son col quand ses doigts se referment sur les miens et m'arrêtent.

— Je peux savoir ce que tu fais ?

Visiblement, Adrian veut en faire un drame. Ses yeux bleus sont plissés et plus sombres que d'habitude.

— Eh bien, je, euh… Je me disais qu'on pourrait…

— On ne va pas faire l'amour, Hope, on est en train d'avoir une discussion.

— Je suis désolée, je ne voulais pas te mettre en colère.

— Je ne suis pas en colère. Juste… je ne comprends pas pourquoi tu ne m'as rien dit.

Je pousse un long soupir et m'aperçois avec horreur que j'étais sur le point de reproduire avec Adrian ce qui n'allait pas dans ma relation avec Logan. La communication était notre pire défaut. Il se fichait totalement de ce que je faisais, du moment que je rentrais le soir pour lui faire à dîner. Il ne posait jamais la moindre question sur mes journées et, bêtement, j'avais supposé qu'Adrian s'en ficherait aussi.

— Je… je ne pensais pas que ça t'intéresserait. Et je crois que je voulais garder ça pour moi, quelque temps.

Je m'écroule sur le lit et ramène mes genoux contre ma poitrine. Adrian me rejoint, l'air un peu plus doux. La colère a déserté ses traits et je vois bien qu'il ne demande qu'une seule chose.

Comprendre.

— Je veux dire…, continué-je. Tu es une star de Broadway. Mon petit train-train de femme de ménage ne doit sûrement pas te passionner. Le seul truc bien dans ma vie, c'est ce cours de chant. Et toi, bien entendu.

— Et moi ? gueule Mag à travers la cloison. Je compte pour du beurre ?

Un rire-sanglot monte dans ma poitrine et Adrian sourit. Je ne m'en étais pas rendu compte, mais deux larmes ont coulé sur mes joues. Ce n'est pourtant pas dans mon habitude, de pleurer pour rien, comme ça.

— Et Mag, achevé-je.

— Tu réalises que c'est n'importe quoi ce que tu dis, pas vrai ?

Adrian appuie sur mes genoux pour me forcer à les baisser, puis tire mes jambes vers lui. Je me retrouve assise entre ses cuisses, sa main délicate écartant les mèches mouillées de mon front.

— Je me fiche que tu sois femme de ménage, vendeuse de chaussettes ou toiletteuse de cockers. J'ai quand même envie de tout savoir de toi, de ta journée, de tes rêves.

OK, il va me faire chialer pour de bon. C'est pas permis d'être aussi parfait et compréhensif !

— Je suis désolé de m'être un peu emporté, tout à l'heure, achève-t-il. J'ai… des mauvaises expériences, avec le mensonge.

Je devine que Rebecca se cache là-dessous et je n'insiste pas. Il m'en parlera quand il sera prêt.

— Alors, tu me pardonnes ?

— Seulement si tu acceptes de prendre le petit déjeuner avec moi, de temps en temps.

— Le petit déjeuner le matin, tu veux dire ?

Nous échangeons un sourire complice et son nez frôle le mien.

— Oui, le matin.

— Je vais voir ce que je peux faire.

Il m'embrasse lentement et je nous renverse en arrière, bien décidée à fêter notre réconciliation sur l'oreiller. Il commence à passer sa main sous les draps pour nous faire glisser dessous, quand il s'arrête brusquement.

— Quelque chose ne va pas ?

Adrian s'écarte, une lueur amusée au fond du regard. Ses doigts sont refermés autour de mon vibro et je rougis aussitôt.

— Je peux savoir ce que c'est ?

Son petit air malin me fait dire qu'il sait très bien de quoi il s'agit.

— C'est… C'est Juan.

— Juan ?

— Juanito, pour les intimes.

Il éclate de rire et se redresse pour examiner mon gode sous toutes les coutures. J'essaye de le lui prendre, mais il me tient à distance sans le moindre effort.

— Tu sais quoi ? Je trouve que Juan ferait aussi un formidable micro !

Mes yeux s'écarquillent d'effroi tandis qu'il se met debout sur mon lit, Juan à quelques centimètres de sa bouche.

— Tu n'y penses pas, tu…

Trop tard.

Adrian se met à chanter le morceau des *Chippendales* tout en retirant un à un les boutons de sa chemise. J'échoue totalement à garder mon sérieux et me mets à le siffler.

Il continue la chanson jusqu'à être totalement nu. Puis, aussi hilare que moi, il me saute dessus, l'air bien décidé à se servir de Juan comme il se doit.

CHAPITRE 29

LES ENTREMETTEUSES

HOPE

— Mag, tu te grouilles ? On va être en retard !

— Ça va, tu rencontres les potes d'Adrian, on ne va pas à un gala !

Mag se décide tout de même à sortir de la salle de bain avant que je ne meure de vieillesse. Comme j'ai trop la trouille d'y aller seule, je l'ai convaincue de m'accompagner au *Sing Along* !

— Déstresse un peu ! s'exclame-t-elle en me voyant triturer mes cheveux. Bordel, qu'est-ce que ça sera quand tu rencontreras ses parents ?

— Ils sont morts.

— Ah ! Voilà qui règle la question.

Je passe un manteau sur ma petite robe noire, joliment ouverte dans le dos, que Mag m'a convaincue de porter sans soutien-gorge. Elle est une adepte des nichons libres, dit-elle. Au fond, ça m'arrange bien et je suis sûre qu'Adrian approuvera.

Nous sortons et nous hâtons de rejoindre le bar déjà bondé en ce jeudi soir. J'ai la boule au ventre et m'agrippe à Mag quand Adrian me fait signe au loin. Je remarque que

Zack est déjà avec lui, ainsi que deux autres personnes que je reconnais vaguement, une fille et un garçon.

— Sois toi-même, me chuchote ma meilleure amie à l'oreille.

— Gill ? demandé-je en passant près de la barmaid. Tu m'apportes un *Long Island* ?

— Tout de suite, mon chou !

Nous arrivons près de la banquette où sont assis Adrian et ses amis. Ce dernier se lève et m'enlace aussitôt par la taille pour me plaquer un baiser sur les lèvres.

Je dois admettre que cela me fait tout drôle. C'est la première fois qu'il m'embrasse en public. Je ne pensais pas qu'il assumerait notre relation au grand jour. Il se pousse pour me faire un peu de place et je m'installe entre lui et Zack. Mag, elle, contourne la table pour se poser juste à côté d'une magnifique blonde.

— Hope, Mag, je vous présente Hilary et Colin, commence Adrian. Et Zack, mais tout le monde connaît Zack.

— Tu bosses pour le théâtre, non ? demande Colin à ma meilleure amie.

— Je suis assistante-régisseuse. Bientôt sur *Le Prince et la Chanteuse*, d'ailleurs !

La conversation démarre normalement et je me détends, encore plus quand Gill m'apporte mon Long Island. Adrian a passé son bras autour de mes épaules et j'essaye d'oublier que je suis assise à table avec des stars de Broadway.

Putain, ma vie a bien changé !

— Et toi, Hope ? m'interroge soudain Hilary. Parle-nous un peu de toi. Adrian est insatiable à ton sujet, mais j'ai envie d'entendre la principale intéressée.

Son regard est bienveillant et je me sens tout de suite à

l'aise, avec elle. Contrairement à ce que j'ai toujours pensé, les vedettes n'ont pas toutes la grosse tête.

— Eh bien, je viens de Minneapolis, comme Mag. On se connaît depuis qu'on a quoi, cinq ans ?

— Six, me corrige-t-elle avant d'avaler une gorgée de sa bière.

— Va pour six ans, alors. Avant que Mag ne me décroche cette audition, je vendais des chaussettes dans une petite boutique.

— Des chaussettes ? s'étonne Colin. C'est original.

Je suis un peu gênée, aussi décidé-je de piquer un fard dans mon cocktail, mais Hilary n'en a pas fini avec moi.

— Et avant ? Des études ? Tu as été à quelle fac ?

Mon moi intérieur sort une pancarte d'appel au secours et j'essaye tant bien que mal d'attirer l'attention de Mag, malheureusement en train de parler avec Zack.

— Je, euh… J'étais vraiment nulle, au lycée. Enfin, pas nulle, mais il y a eu le divorce de mes parents et j'ai remarqué que ne pas faire mes devoirs faisait prodigieusement chier ma mère, alors… Je n'ai été accepté nulle part.

— Ta mère est une connasse, intervient Mag.

Dieu merci, elle a entendu mes prières.

Adrian ouvre des yeux grands comme des soucoupes, hésitant visiblement à rire de la remarque de ma meilleure amie.

— Elle a raison, c'est une connasse. Si je l'avais écoutée, je serais déjà mariée avec trois enfants. Le cauchemar !

Hilary hausse un sourcil et je me sens obligée d'ajouter :

— Enfin, c'est pas que je ne veux pas d'enfants, mais pas tout de suite, tu vois…

Mes pensées se perdent dans mes balbutiements, dans

l'air intrigué d'Hilary, dans les yeux interrogateurs d'Adrian. Tout me ramène inexorablement à cet instant, huit ans plus tôt, dans cette chambre d'hôpital où j'ai perdu mon bébé.

Je ne peux pas leur dire ça, ça gâcherait l'ambiance à coup sûr.

Mag remarque que mon verre est vide et l'échange aussitôt avec le sien. Puis, elle s'applique à changer de sujet :

— Hilary, il paraît que tu vas jouer dans *La Reine des Neiges* ? C'est fantastique !

La conversation redémarre et je soupire de soulagement. L'incident semble clos, mais c'est sans compter sur Adrian, qui se penche vers moi et me murmure à l'oreille :

— Tout va bien ? Tu as l'air tendue.

— Oui, c'est juste… Je n'aime pas trop parler de ça.

Je t'en supplie, ne pose pas de questions.

Il acquiesce et me plaque un baiser sur le front. Ouf !

La soirée se déroule, les cocktails s'enchaînent. Malgré le petit aparté avec Hilary, je me sens à l'aise.

— Cette nana n'arrête pas de te regarder, glissé-je à Zack en remarquant la petite brune assise au comptoir, qui lui lance des clins d'œil aguicheurs.

— Oh, vraiment ? Je t'avoue que j'avais plutôt jeté mon dévolu sur la blonde, là-bas.

Il me désigne une autre fille et je secoue la tête avec une grimace.

— La blonde va te demander ton numéro et te harceler pendant des semaines. Fais-moi confiance, la brune, c'est une valeur sûre.

— Comment tu peux le savoir ?

Je hume un parfum imaginaire dans l'air et lui rétorque :

— Mon flair, mon bon ami. Mon flair !

Adrian, qui n'a rien perdu de notre échange, se met à pouffer dans son verre. Zack passe par-dessus moi pour lui donner un coup de coude, puis s'en va draguer la fille que je lui ai suggérée.

En face de moi, je ne peux pas m'empêcher de remarquer que Hilary a plongé son nez dans son verre et a suivi Zack du regard. J'espère que je n'ai pas fait une boulette.

— Il ne l'a pas déjà sautée, celle-là ? demande Colin en glissant sur la banquette pour se mettre à côté de moi.

— Mmh, je ne crois pas, rétorque sa sœur en détachant son attention de son ami. Moi, par contre, je n'ai rien à me mettre sous la dent.

Mag et moi échangeons un regard complice, qui n'échappe pas à mon nouveau petit ami.

— Il se passe quelque chose, ici. Une histoire à raconter, peut-être ? s'enquit-il.

Je me mords la lèvre pendant que Mag fait signe à Gill de nous resservir en boissons. Si nous partons sur ce terrain-là, il va nous falloir à boire.

— Eh bien, commencé-je, au lycée, Mag et moi étions surnommées « Les Entremetteuses ». On passait notre temps à former des couples. Certains sont encore ensemble, d'ailleurs. Notre plus belle réussite est sans conteste Christie et Marvin. Mariés, deux beaux enfants et un labrador.

Ma meilleure amie me claque la main par-dessus la table, sous les trois paires d'yeux amusés de nos spectateurs.

— Mais sur quoi vous vous basiez, pour ça ?

— Tout est dans le regard, explique Mag. Et dans les phéromones d'adolescents, sans doute. Avec un bon sens de l'observation, on peut trouver l'âme sœur de l'autre.

— Malheureusement, comme toutes les superhéroïnes,

nous avons notre kryptonite. Notre pouvoir n'a jamais marché sur nous.

Je pousse un long soupir tandis qu'Adrian s'esclaffe.

— Oh, je crois qu'il a fini par marcher, sourit Mag.

Je vois qu'elle est heureuse pour moi. Ma meilleure amie n'a jamais porté Logan dans son cœur, alors qu'elle accepte Adrian veut tout dire.

— Attendez, récapitule Hilary, visiblement très amusée par notre histoire. Vous êtes en train de me dire que vous seriez capable de trouver un match pour moi et mon frangin, ce soir, dans ce bar ? Et pas juste pour une nuit, je veux dire ?

Nouveau regard complice. Mag ouvre la bouche en premier.

— Pour Colin, c'est facile. Le type qui vient de monter sur scène te dévore des yeux depuis qu'il est entré dans le bar. Il n'a pas trop touché à son téléphone, ce qui est bon signe. Il essaye désespérément d'attirer ton attention, d'ailleurs.

Colin écarquille les yeux et tourne la tête vers la scène, où un charmant blond est en train de chanter une reprise de Joan Jetts.

— Putain, c'est totalement mon style.

— Et pour moi ? insiste Hilary.

— Pour toi, c'est plus compliqué. Hope ?

Je balaye la salle à la recherche du prétendant parfait pour ma nouvelle amie. Beaucoup d'hommes l'observent avec une lueur vorace et je m'étonne d'ailleurs qu'aucun n'ait tenté une approche. Je suis sur le point d'abandonner quand je remarque un type, plus loin, en pleine discussion avec un groupe d'amis. Il lance des petits coups d'œil dans notre direction, mais je ne suis pas tout à fait sûre.

— Rigole, pour voir, demandé-je.

Bien qu'étonnée, Hilary s'exécute. Je me cache derrière Adrian pour mieux détailler le type, qui se tourne instinctivement vers elle, avant de se reprendre.

Bingo !

— Le brun, là-bas, avec la fille rousse et le mec en blouson de cuir. Il tient la chandelle entre ses copains et vu comme il les regarde, il a clairement envie de la même chose.

Elle pivote légèrement, le gars sourit. Puis, elle secoue ses longs cheveux et reporte son attention sur moi.

— OK, votre petit numéro est très impressionnant. Je tenterais peut-être ma chance, si j'avais envie d'un truc sérieux…

Elle glisse de nouveau un regard vers Zack, qui rit désormais aux éclats avec la nana du bar. Elle est si discrète que j'imagine qu'elle a l'habitude. Si jamais je me retrouve seule avec elle un jour, je me jure de lui en parler. En attendant, je fais de nouveau un tour de la salle.

— Pour de la baise à l'état pur, il y a aussi le gars du bar, qui parle à Gill, rétorqué-je.

En plus, Zack n'est pas loin, il la verra forcément. Elle étire les lèvres, dévoilant ses dents parfaitement alignées.

— Eh bien, en route, alors ! Hope, j'étais ravie de faire ta connaissance. La tienne aussi, Mag. Colin…

Mais Colin est déjà parti rejoindre son futur petit ami, qui descend tout juste de scène. Nous éclatons de rire et je sens la main d'Adrian se refermer sur ma cuisse.

— Adrian, poursuit Hilary, on se voit plus tard. Bonne soirée, les Entremetteuses !

Elle s'éloigne en faisant balancer sa longue chevelure dans son dos. En face de nous, Mag pousse un long soupir.

— Eh bien, je ne vais pas rester tenir la chandelle ! Shirley m'attend à l'appart. Si vous rentrez, pitié, ne recommencez pas avec Juan.

Adrian rougit instantanément tandis que je m'esclaffe.

– T'inquiète, on va aller chez lui.

– Ça roule. À plus tard !

Elle s'éloigne à son tour et Adrian et moi restons seuls. Il m'attire à lui et je me retrouve presque sur ses genoux, non que ça me déplaise, bien au contraire.

– Alors ? Pas trop traumatisée par mes amis ?

– Nope ! Je les adore !

– Je crois qu'ils t'aiment aussi. Et puis, ton numéro d'entremetteuse est très impressionnant ! Tu crois que tu pourrais me trouver un match, à moi aussi ?

Je secoue la tête en souriant :

– J'ai une vague idée…

Je l'embrasse. Ses lèvres ont le goût de whisky et de citron. Lentement, il me fait glisser de la banquette et, sans que j'aie pu comprendre quoi que ce soit, nous sommes dans le taxi, direction son appartement.

CHAPITRE 30

SO IN LOVE

ADRIAN

La vie avec Hope se révèle éblouissante de simplicité. Même si elle continue de se lever chaque jour pour aller à son cours de chant, elle trouve toujours le moyen de passer me faire un bisou avant de courir au Longacre pour prendre son service.

De mon côté, les répétitions s'intensifient et je termine de plus en plus tard.

Décembre arrive vite. Trop vite, sans doute. Or, avec Hope, je n'ai plus autant peur du temps qui passe. Elle insiste tout de même pour que nous ne dormions pas toutes les nuits ensemble et je devine qu'il s'agit là d'une sorte de réserve, d'un parachute de secours. Je ne peux pas lui en vouloir pour ça, même si sa présence me manque dès qu'elle n'est pas là.

— T'es amoureux de cette nana, hein ? me demande Zack.

J'ouvre la bouche et la referme, ne sachant quoi répondre. Depuis qu'il ne squatte plus mon canapé, je le vois moins, mais il passe de temps à autre pour déjeuner. Aujourd'hui, il est installé dans mon fauteuil et profite de son café en attendant que je parte à ma répétition du jour.

— Je…, balbutié-je.

— Mec, je t'ai jamais vu comme ça ! Même quand t'étais avec Rebecca.

Rebecca… Le nom ne m'irrite plus autant qu'avant. Je la vois tous les jours et, même si j'évite de rester en tête à tête avec elle, je dois admettre qu'elle m'insupporte de moins en moins. Peu à peu, la haine farouche que je pouvais ressentir à son égard se transforme en indifférence.

Et je sais que Hope n'y est pas pour rien.

— C'est compliqué, mec, finis-je pas répondre. Hope est géniale, et je l'adore, mais…

— Mais quoi ? Quand elle est là, tu peux à peine détacher tes mains de cette fille ! J'en suis presque jaloux, d'ailleurs.

Je lève les yeux au ciel.

— Elle a passé huit ans avec le même type et, même si je sens qu'elle ne veut pas trop en parler, j'ai l'impression que tout n'est pas fini entre eux.

Il est vrai que, depuis quelques jours, je n'arrive pas à me détacher de ce sentiment. J'ai peur que ce Logan débarque de nouveau dans sa vie et joue la carte de l'ex qui fait son grand retour romantique. Peur qu'elle reparte vivre dans le Minnesota, peur… de la perdre, tout simplement.

— À ta place, je ne me ferais pas autant de bile, mec. Mag dit que c'est un gros connard.

J'avale mon café de travers et fronce les sourcils.

— Tu as revu Mag ?

— Ouais, on a pris une bière, l'autre jour. Je suis tombé sur elle en sortant du spectacle, elle remplaçait notre régisseur.

— Et elle a dit quoi ?

— Qu'elle te casserait la gueule si tu faisais du mal à Hope, même si l'autre couillon avait déjà placé la barre très haut.

Je grimace. Je n'ai aucun doute que Mag soit capable de mettre ses menaces à exécution. De toute manière, je n'ai pas la moindre intention de faire souffrir Hope.

Mon portable vibre et je jette un œil à l'heure. Il est temps pour moi de partir. Je me lève pour attraper ma veste, puis lance à Zack :

— Tu fermeras derrière toi.

— Bonne répet», chef !

Dehors, décembre s'est installé à New York. J'avise l'autre côté de Central Park, où habite ma grand-mère et me promets de lui rendre visite bientôt. Sinon, elle va me passer un sacré savon.

Il fait frais, mais beau. Les décorations de Noël sont toutes installées et je décide de ne pas prendre le taxi pour passer devant les grands magasins. J'ai envie d'acheter un petit quelque chose à Hope, pour les fêtes. Alors que je lorgne une vitrine en me demandant quel genre de bijou elle aime — car je ne me rappelle pas l'avoir déjà vue avec un collier — une voix familière me fait lever les yeux.

— Adrian McKenzie qui fait du shopping. On aura tout vu !

Hilary s'avance vers moi en souriant. Je ne l'ai pas vue depuis notre soirée au *Sing Along !*, tous deux trop occupés dans nos spectacles respectifs.

— Tu cherches un cadeau pour ta belle ? demande-t-elle.

— Oui, avoué-je. Mais je ne sais pas si elle est trop bijoux…

Elle jette un regard à la devanture et siffle :

— Tiffany, vraiment ? T'es amoureux ou quoi ?

— Qu'est-ce que vous avez tous avec ça, aujourd'hui ?

Mon amie s'esclaffe et me prend par le bras.

— Tu vas au Longacre ?

— Oui. Et toi ?

— Au Majestic. Je t'accompagne.

Nous déambulons parmi les New-Yorkais pressés. Il est vrai que Noël approche à grands pas et certains se ruent déjà dans les boutiques pour faire leurs emplettes.

— Tu passes les fêtes ici, cette année ? interrogé-je Hilary.

— Oui, puisque Colin sera pris par votre spectacle. Et toi ? Avec ta grand-mère, comme tous les ans ?

— Je suppose, oui.

— Et Hope ?

— Je n'en sais rien. Je crois qu'elle est fâchée avec sa mère et elle n'a pas l'air d'avoir envie de rentrer dans le Minnesota. Pour être franc, j'hésite à l'inviter. J'ai peur qu'elle refuse.

— C'est vraiment une chouette fille, Adrian. Je suis heureuse pour toi.

Je remarque son air un peu gêné et fronce les sourcils.

— Mais… ?

— Mais j'ai un peu peur, aussi, admet-elle.

Nous nous arrêtons sur le trottoir. Hilary fuit mon regard, ce qui ne lui ressemble pas.

— Hilary, tu sais que tu peux tout me dire.

— C'est juste… Après Rebecca, tu étais brisé, Adrian. Et c'était vraiment dur pour nous de te voir comme ça. Hope est super, vraiment super, rien à voir avec Rebecca, mais… Elle n'est pas de notre monde.

— Si tu dis ça parce qu'elle est femme de ménage, tu…

— Oh pitié, je me fiche qu'elle soit femme de ménage ! Je te parle du monde du spectacle. Et de New York ! Tu sais comme cette ville a le pouvoir d'avaler tout cru le rêve des gens. Je souhaite à Hope de réussir, vraiment. Mais que se passera-t-il si tout s'écroule ?

En une poignée de phrases, Hilary vient de mettre des mots sur tous mes doutes et je me renfrogne. Je sais qu'elle a raison.

Et ça me fend le cœur.

– Écoute, je ne dis pas ça pour te faire du mal. Fais simplement attention, d'accord ? Pour elle comme pour toi. Allons, on va être en retard.

Nous reprenons notre route et je ne desserre pas la mâchoire. Les paroles d'Hilary tournent dans ma tête. Une fois devant le Longacre, elle m'abandonne et continue jusqu'au Majestic, un peu plus loin. Alors que j'entre dans le théâtre, une question affreuse m'assaille.

Et si toute cette histoire n'était pas faite pour durer ?

CHAPITRE 31
LA CONNASSE

— Hope ? me balance Paula en sortant des toilettes. Tu peux te charger de la salle, aujourd'hui ? J'ai trop mal au dos.

Il est vrai que depuis quelques jours, ma collègue est toute tordue. Je la pousse à aller consulter un médecin, mais le système de santé n'est pas tendre avec ceux qui n'ont pas les moyens. Alors, si je peux la soulager un peu…

— Pas de soucis.

— T'es un amour. On se voit demain ?

Je la serre dans mes bras et pousse mon chariot vers l'entrée de service de la salle. Heureusement, aujourd'hui, pas de répétitions ! Je vais donc pouvoir nettoyer tranquillement, sans craindre d'être interrompue par le metteur en scène ou par un comédien.

La première du Prince et la Chanteuse est dans quelques semaines, maintenant, et j'ai déjà demandé à Mag si je pouvais assister au spectacle depuis les coulisses. J'aurais adoré être dans la salle, mais les places sont hors de prix et je ne veux pas demander à Adrian. Et puis, l'idée de lui voler un baiser entre deux chansons m'excite au plus haut point. Peut-être qu'après le show, dans sa loge…

Bon, ça signifie passer Noël à New York, mais comme le concert de Helen est le vingt-trois décembre et que je n'ai pas la moindre envie de remettre les pieds à Minneapolis, ça m'arrange.

J'ignore ce qu'Adrian prévoit pour les fêtes. À dire vrai, j'hésite à lui demander. Une part de moi a conscience que c'est trop tôt, mais l'autre voudrait accélérer les choses entre nous.

Alors que tout va déjà bien assez vite…

Je pousse un long soupir en songeant qu'il y a un peu plus d'un mois, je faisais encore danser les chaussettes dans la boutique de Mrs Freyman. Les temps ont bien changé et je crois que moi aussi. L'ancienne Hope, la vraie, sort de la longue torpeur dans laquelle Logan l'avait plongée.

Et bordel, ça fait un bien fou d'être de nouveau soi !

Comme je suis seule, j'en profite pour sortir une petite enceinte de ma poche et la pose sur les escaliers menant à la scène. Puis, je choisis une musique un peu rythmée ; je veux mettre en application ce que Helen m'a appris ce matin. Les premières notes de *Don't rain on my parade*[21] résonnent dans le théâtre et je commence à chanter.

Il me faut plusieurs tentatives pour parvenir à un résultat à peu près potable. Il faut dire que c'est un morceau extrêmement difficile. Alors que je suis sur le point d'essayer à nouveau, une main se pose sur mon épaule et je me retourne en sursautant.

— Je suis navrée, je ne voulais pas te faire peur.

Je reconnais immédiatement la chevelure de feu de Rebecca, l'ex d'Adrian. Bordel, mais qu'est-ce qu'elle fiche ici ?

---

21 Chanson écrite par Bob Merril et Jule Styne, interprétée dans la comédie musicale *Funny Girl.*

Tremblante, j'attrape mon téléphone pour couper la musique.

– Je, euh…, balbutié-je. Tu… Si tu veux la scène, je peux m'en aller et revenir plus tard.

Ses lèvres s'élargissent et dévoilent ses dents d'une blancheur stupéfiante. *Elle veut me cramer la rétine ou quoi ?*

– Il n'y a pas de problème, tu peux rester ! Je voulais répéter mon morceau ici. J'ai tendance à mieux me visualiser la chose quand je suis sur place. Mais tu ne me déranges pas.

– Ah… bon.

Elle fait mine de se détourner et je remballe ma petite enceinte. J'en profite pour la détailler ; même si sa tenue est moins habillée que les autres jours, elle porte tout de même des stilettos sur un jean slim et un chemisier en soie. Entre elle et moi, dans ma combinaison de ménage, c'est le jour et la nuit.

– Dis… Tu es la nouvelle copine d'Adrian, pas vrai ?

Du plomb me tombe dans l'estomac et j'affiche un petit air gêné. Elle compte réellement avoir une conversation avec moi ? À propos d'Adrian ? Savoir qu'on a toutes les deux couché avec lui me met soudainement mal à l'aise.

– Euh… j'imagine qu'on peut dire ça.

– C'est bien. Je suis contente pour lui.

Je hausse les sourcils. J'essaye de voir si elle ironise, mais, à ma plus grande surprise, elle a l'air sincère. Elle se laisse tomber dans un des fauteuils que je viens de nettoyer et pousse un long soupir.

– Pour tout t'avouer, je commençais à croire qu'il ne se remettrait jamais de notre rupture. Je m'en veux de lui avoir fait tant de mal.

Je crois que j'ai atteint le summum de la malaisance. Est-ce que je suis censée rester là, à l'écouter parler de son ancienne relation avec mon mec ?

— Écoute, Rebecca, je…

— Hope, c'est ça ?

Je me demande un instant comment elle peut connaître mon nom avant de me rappeler qu'il est brodé sur mon uniforme. Je hoche la tête.

— Viens t'asseoir avec moi.

Ce n'est pas une question. Elle a une telle autorité dans la voix que je me retrouve assise à côté d'elle tout en me traitant mentalement de gentil petit toutou.

— Est-ce que… est-ce qu'il parle de moi, des fois ?

Je suis tiraillée entre l'envie de l'envoyer chier et celle de la prendre dans mes bras, tant elle a l'air triste. Ses grands yeux verts larmoyants ont finalement raison de moi.

— Pas vraiment. Je suis désolée. On ne parle pas de nos ex.

Elle lâche un petit rire qui pourrait aussi bien ressembler à un sanglot et répond :

— Ça se comprend.

Un long silence s'ensuit. Je passe mes mains sous mes cuisses, indécise. C'est vrai qu'elle ne fait pas très authentique, mais on est loin de la connasse que tout le monde me dépeint depuis des semaines. À moins qu'elle se fiche de moi ?

— Je sais que tout le monde dit que je suis la méchante, finit-elle par ajouter. Et c'est vrai, sans doute. Mais je n'ai jamais voulu ça.

Elle tourne la tête vers moi et la commissure de ses lèvres se redresse, dévoilant une petite fossette dans sa joue droite. Sous toute cette couche de maquillage, je suis sûre qu'elle est très jolie.

— Tu es déjà tombée amoureuse, Hope ?

La question me prend de court. Qu'est-ce que je suis censée répondre à ça ? Je ne suis même pas certaine d'avoir réellement aimé Logan et je suis restée huit ans avec ! Quant à Adrian…

— J'en sais rien, avoué-je. Beaucoup de choses se bousculent dans ma vie, en ce moment.

— C'est normal. L'amour a le don de bousculer toutes nos certitudes. Moi, par exemple, j'étais sûre que j'allais passer ma vie avec Adrian quand la foudre m'est tombée dessus.

Je suis scotchée. Qu'essaye-t-elle de faire, exactement ?

— Il y a presque deux ans, j'ai rencontré Tom à un gala de bienfaisance. Tu crois au coup de foudre, Hope ? Parce que c'est ce qui m'est arrivé. J'étais profondément éprise d'Adrian, mais un seul regard de Tom et j'étais cuite.

Je reste silencieuse, hypnotisée par ses paroles. J'ai l'impression qu'elle attendait depuis longtemps de pouvoir raconter sa version de l'histoire. Et ça tombe sur moi.

— Adrian était si gentil avec moi, si attentionné… La simple idée de lui briser le cœur me répugnait. Mais renoncer à Tom… c'était impossible. Alors, j'ai commis l'irréparable.

Elle ne joue pas la comédie, j'en suis persuadée. Sa voix tremblote et ses doigts grattent l'accoudoir alors qu'elle termine :

— Adrian a fini par tout découvrir, bien sûr. Nous nous sommes dit des choses horribles, ce soir-là. Je n'en pensais pas une seule. Le lendemain, j'avais gagné l'amour de ma vie, mais perdu tous mes amis. Hilary refuse de m'adresser la parole, Zack m'ignore. Quant à Colin… je ne supporte pas de voir mon reflet dans son regard.

Elle se met à sangloter pour de bon et je me retrouve à lui

passer un bras autour des épaules.

– Rebecca…, commencé-je. Ce n'est pas à moi que tu devrais dire tout ça.

– Je sais ! J'essaye de parler à Adrian depuis le début des répétitions, mais il refuse de me laisser l'approcher.

Je me mords la lèvre. Adrian peut parfois être têtu, j'imagine qu'il tient ça de son côté écossais.

– Je… je lui parlerai.

Je m'en veux à l'instant même où ces paroles franchissent mes lèvres. *Qu'est-ce qui me prend, bon sang ?* Je sais déjà qu'Adrian va se braquer.

Rebecca se redresse et me toise d'un air suspicieux.

– Pourquoi ferais-tu une chose pareille ?

– Solidarité féminine ? hasardé-je.

Ma réponse a l'air de lui convenir, car elle se radoucit. Ses mains trouvent les miennes et je baisse les yeux sur sa manucure parfaitement exécutée.

À côté d'elle, je fais vraiment tache.

– Je comprends mieux pourquoi Adrian est tombé amoureux de toi, Hope. Tu es une fille bien. On manquait de ça, dans le coin.

– Oh, je ne sais pas…

– S'il est amoureux ? Je t'en prie, je vois bien comment il te regarde. Quand tu es dans la salle pendant nos répétitions, il se transforme. Même avec moi, il n'a jamais été comme ça.

Elle se relève et se dirige d'un pas franc vers la scène, me laissant avec mes pensées et mes doutes. Adrian m'aime ? Et moi, je l'aime ? Trop de questions. Pourtant, à la simple idée d'imaginer une vie sans lui, mon cœur se serre. Je ne sais pas quel est le sort qui nous lie tous les deux, mais je suis sûre d'une chose : je n'ai pas la moindre envie de le perdre.

Hagarde, je me redresse et attrape mon chariot. Alors que Rebecca est sur le point de se mettre à chanter, je me retourne vers elle et lui lance :

– Comment tu as su, pour ton Tom ?

Son sourire manque une nouvelle fois de m'éblouir.

– Quand j'ai compris que c'était réciproque, j'ai eu peur et je l'ai repoussé. Nous avons passé presque deux semaines sans nous parler. Et, pendant tout ce temps, j'ai cru mourir à petit feu.

Elle ne m'aide pas du tout. Je devrais repousser Adrian pour être certaine de mes sentiments ? Pas dit qu'il le prenne bien !

Alors que je m'apprête à sortir de la salle, je pivote une dernière fois vers la scène, où la comédienne a commencé ses vocalises. Je souris.

Contre toute attente, Rebecca est loin d'être une connasse.

⟡ ⸺ ›₀•☆•₀‹ ⸺ ⟡

Quand j'arrive chez Adrian, la discussion avec Rebecca tourne encore en boucle dans ma tête. Je retrouve mon petit ami dans la cuisine et le découvre, non sans surprise, le nez au-dessus d'un bouquin de cuisine, au milieu d'un gigantesque capharnaüm.

– Qu'est-ce qu'il se passe ici ?

Il y en a partout. Une pâte à tarte dépasse du plat, qui elle-même dépasse du four. Dans la poêle, une viande a l'air de passer un sale moment et Adrian a les yeux complètement explosés au-dessus d'un gros oignon.

– Je voulais faire une tourte, renifle-t-il. Mais je crois que j'ai loupé une étape.

J'éclate de rire et m'empresse d'essuyer les larmes qui ont coulé sur ses joues. Puis, je le pousse gentiment.

— J'arrive à point nommé, vu la catastrophe.

— Non ! Toi, tu t'assois, et tu me laisses faire.

Il me prend par la taille et me pose sur le comptoir comme si j'étais aussi légère qu'une plume, ce dont je doute fortement. Il pose un baiser sur mes lèvres, avant de s'attaquer de nouveau à l'oignon.

— Tu sais, normalement, on fait revenir l'oignon avant la viande, me moqué-je.

— C'est ça, rigole ! Tu riras moins quand je t'arracherai un orgasme gustatif.

— Tu te débrouilles suffisamment bien avec les orgasmes pour me laisser faire la cuisine, mon amour.

Il relève la tête et croise mon regard au moment où je me rends compte de ce que je viens de dire.

Mon amour.

— On se donne des surnoms, maintenant ?

— Je, euh… c'est sorti tout seul. Mais si ça te dérange, j'arrête.

Son corps se glisse entre mes jambes et son nez frotte le mien.

— Non. N'arrête pas.

Sa position me donne des idées très coquines, mais je meurs de faim. Je le repousse donc gentiment et il me sert un verre de vin. Alors que je trempe mes lèvres dans le Bordeaux, ma conversation avec Rebecca me revient en mémoire et je me jette à l'eau.

— J'ai vu Rebecca, aujourd'hui.

Il se tend immédiatement. Ses doigts ripent sur le plan de travail et, un instant, j'ai peur qu'il ne se soit fait mal.

– Ah.

OK, pas la réponse la plus efficace qui soit.

– Elle voulait me parler de toi. De ce qu'il s'est passé entre vous.

Adrian pousse un long soupir et relève la tête vers moi. J'ai tellement peur de mal faire que je me mords la lèvre et il me caresse gentiment la joue.

– Je ne sais pas ce qu'elle t'a dit, mais n'oublie jamais que c'est une remarquable comédienne, lâche-t-il.

– Mais…

– Je n'ai pas envie qu'on parle d'elle. C'est du passé.

– Si c'est du passé, pourquoi refuses-tu ?

Je sens ses doigts se crisper. J'ai été trop loin, je le sais, mais je ne peux plus faire machine arrière.

– Parce qu'elle m'a fait du mal. Et que, même si je m'en suis remis, je ne suis pas du genre à remuer le couteau dans la plaie.

Mon estomac se noue. J'ai la sale impression qu'il ne me dit pas tout, cependant je ne vais pas le forcer à se confier. Je passe une main dans ses cheveux pour l'attirer à moi. Quand il s'écarte pour s'occuper de la viande en train de cramer, une sale impression se loge dans mes entrailles.

Et si Adrian avait encore des sentiments pour Rebecca ?

CHAPITRE 32
REVIENS, HOPE

Le lendemain de ma discussion avec Rebecca, je me pointe chez Helen avec des valises sous les yeux. J'ai à peine réussi à dormir. Trop de choses trottaient dans ma tête et je doute que la musique parvienne à les faire sortir.

— Quelque chose ne va pas ? m'interroge ma professeure.

Comme d'habitude, je suis debout à côté du piano pendant qu'elle me demande de tenter des notes de plus en plus hautes. Son objectif est de me faire chanter un fa dièse avant le spectacle. Autant dire une mission impossible.

— Je suis désolée, j'ai la tête ailleurs.

— C'est ce que je vois. Tu veux en parler ?

Je soupire. Helen n'est pas exactement la confidente idéale, mais j'ai à peine croisé Mag, ces derniers jours.

— J'ai rencontré ce mec… Un mec super. Je l'adore et je crois bien que je suis amoureuse, mais… J'ai l'impression que ce n'est pas le bon timing. Je me remets à peine d'une longue relation et je ne pense pas qu'il ait fait le deuil de la sienne.

Elle me sourit et glisse sur le tabouret pour me faire de la place. Je m'installe à côté d'elle et pose mes doigts sur le piano, sans pour autant presser la moindre touche.

— Tu m'as tout l'air d'être une personne sensée, Hope, une qualité rare chez les jeunes.

— Si j'étais censée, je ne serais pas venue à New York en laissant tout derrière moi, je crois.

— Au contraire ! Tu poursuis tes rêves. Et peut-être que ce garçon a une place dans tout cela, ou peut-être pas. Peut-être, comme tu dis, que le moment est simplement mal choisi. C'est pour ça que nous autres, artistes, nous avons la musique.

Ses doigts volent au-dessus des touches et elle aligne quelques notes, sans pour autant s'arrêter de parler.

— Chanter ses émotions est un pouvoir incroyable, un pouvoir que tu possèdes. Si tu te sens perdue, chante-le. Si tu aimes, chante-le. Tu seras surprise de voir que tu possèdes toutes les réponses à tes questions. Le plus difficile, parfois, c'est juste de trouver la bonne chanson.

Elle arrête de taquiner les blanches et me fait un petit geste du menton. J'inhale longuement et, à ma grande surprise, le reste vient tout seul. Mes doigts s'agitent et entament le morceau idéal pour un moment comme celui-ci.

— *When I find myself in times of trouble, Mother Mary comes to me,*

Speaking words of wisdom, Let it Be. [22]

⟲ —⟩ᵒ • ☆ • ᵒ⟨— ⟳

Ma discussion avec Helen m'a remotivée. Décidée à mettre de nouveau mon rêve au centre de ma vie, je me

---

22 Let It be, chanson des Beatles.
Traduction : Lorsque je me retrouve en des temps troublés, Sainte-Marie m'apparaît, et me dit ces mots emplis de sagesse : ainsi soit-il.

rends au Longacre pour entamer ma journée de ménage. Tout ça, c'est provisoire. J'espère bien décrocher une autre audition, bientôt, et celle-là, je ne la laisserai pas filer entre mes doigts.

Comme chaque jour de répétition, je contemple Adrian de loin pendant qu'il chante. Quand il est sur scène avec Rebecca, je me rassure ; il est évident qu'il n'y a plus rien entre eux. Il s'arrange pour la frôler le moins possible et dans son regard, je lis une totale indifférence.

Alors, pourquoi a-t-il réagi comme ça, hier soir ?

Je devine que, tout comme moi, Adrian a juste besoin de temps. Rebecca sera toujours son ex, quoi qu'il arrive. S'il veut lui pardonner, c'est lui que ça regarde. Même si j'espère qu'il y parviendra un jour.

Nous convenons par message de nous retrouver à l'extérieur du théâtre, comme nous le faisons toujours. Sa répétition n'est pas tout à fait terminée, mais je décide de sortir avant lui. J'ai envie de prendre un peu l'air.

Encore en combinaison — je sais qu'elle rappelle d'excellents souvenirs à Adrian — je sors par l'entrée des artistes en fredonnant.

— Hope ?

Je lève les yeux et manque de me ramasser sur le bitume. Non, ce n'est pas possible. Il ne peut pas être ici. Pas lui.

— Logan ? Qu'est-ce que…

Ma voix se serre alors qu'il me toise de haut en bas. Mon ex petit ami est exactement comme dans mes souvenirs. Ses cheveux blonds sont toujours plaqués en arrière et il porte le même blouson que lorsque je l'ai connu au lycée, à l'effigie de son équipe de foot.

— Qu'est-ce que tu fais ici ?

Je parviens à me reprendre et me redresse. Lui me fixe toujours, impassible. Lorsqu'il ouvre la bouche, un frisson d'effroi me parcourt.

— Je suis venu te chercher.

Il plaisante, là, non ?

— Je croyais avoir été claire, Logan. Je ne vais nulle part.

— Enfin, bébé, c'est ridicule !

— Ne m'appelle pas «bébé» !

Il me fait sortir de mes gonds en un temps record et je le vois sursauter. En huit ans de relation, je ne lui ai jamais hurlé dessus.

Puis, son regard tombe sur ma tenue. Ses lèvres se retroussent en un petit rictus.

— Putain, t'es même pas dans le spectacle, hein ? Tu t'es bien foutu de ma gueule. Si tu veux récurer des chiottes, tu peux très bien le faire à Minneapolis !

Le mensonge… J'avais complètement oublié cette histoire. Bah, je me fiche bien qu'il m'ait percée à jour. Il peut même le dire à ma mère, si ça lui chante. Je ne bougerai pas mon cul d'ici.

— Je ne sais pas quelle mouche t'a piqué pour que tu arrives à faire entrer ton égo surdimensionné dans un avion, rétorqué-je, mais tu as perdu ton temps. Je récure peut-être des chiottes, comme tu dis, mais au moins, je le fais loin de toi !

Je crie tellement fort que ça me brûle la gorge, mais je m'en tape. Logan crispe ses poings à s'en faire blanchir les jointures et s'approche de moi, l'air menaçant.

Je hurle pour toutes les disputes que nous n'avons jamais eues, pour toutes les fois où il m'a demandé d'arrêter de chanter. J'ai envie de lui sauter dessus pour lui griffer le visage, rayer pour toujours le souvenir de ces huit dernières années de ma vie.

Mais je ne peux pas. Que je le veuille ou non, Logan fera toujours partie de moi.

— Hope, répète-t-il en gardant un semblant de calme. Je ne partirai pas d'ici sans toi. Tout le monde t'attend, à la maison. Ta mère…

— J'emmerde ma mère ! Si elle a quelque chose à me dire, elle peut prendre son foutu téléphone et le faire elle-même.

— Non, mais regarde ce que New York a fait de toi ! Tu es complètement hystérique.

Hystérique ? Je vais lui casser la gueule.

Soudain, il prend un air plus doucereux et pose une main sur mon épaule. Il me faut toute ma patience pour ne pas tourner la tête et le mordre jusqu'au sang.

— Bébé, je t'en supplie. On ne peut pas se séparer comme ça. Pas après tout ce qu'on a vécu. Pense à Mia…

Mia… Le nom suffit à doucher toute ma colère et je passe les doigts sur mon ventre.

Mia, mon bébé, ma fille. Celle que j'ai échoué à mettre au monde, celle qui n'a jamais pu respirer, celle que…

— Casse-toi ! murmuré-je en me dégageant de son étreinte.

— Mais…

— Casse-toi ! hurlé-je.

La peine, la douleur, tout me revient en pleine face tandis que j'avais travaillé bien soigneusement pour les garder enfouis au fond de moi. Les larmes débordent et coulent sur mes joues tandis qu'un énorme sanglot naît dans ma poitrine.

Je vais exploser. Et je ne veux pas que Logan voie ça.

— Hope, bébé, je…

— Il me semble qu'elle t'a demandé de partir.

Mon cœur s'arrête et je me retourne, sur le point de succomber à une énorme crise d'angoisse. Adrian se tient devant moi, le visage fermé.

Et ses prunelles de glace sont dardées sur Logan.

CHAPITRE 33

TOUTES LES MÊMES

ADRIAN

Je me retiens très fort de ne pas envoyer mon poing dans la gueule de ce connard. Pas besoin d'être Einstein pour deviner que c'est son ex. Qu'est-ce qu'il fout ici, bordel ?

– T'es qui, toi ? aboie-t-il.

Il est plus musclé que moi, mais je m'en tape. Hope a du mal à retenir ses sanglots. Je n'ai entendu que la fin de leur conversation, quand le type lui a demandé de rentrer avec lui et a évoqué une certaine Mia.

– C'est ton nouveau mec, c'est ça ? lance-t-il à Hope, qui ne sait pas où se foutre. C'est pour lui que tu m'as plaqué ? Pour ça que tu ne veux pas rentrer ?

Ma petite amie semble reprendre du poil de la bête, car elle se poste devant moi pour lui répliquer :

– Oh, je t'en prie, Logan ! Le monde ne tourne pas autour de toi. Je t'ai quitté parce que je ne t'aimais plus et parce que j'étouffais avec toi. Je détestais notre vie, bordel de merde ! Et tu ne t'en es même pas aperçu.

Là, il semble comprendre. Il faut admettre qu'elle n'y va pas de main morte et, si je n'étais pas aussi en colère de le trouver là avec elle, je me sentirais mal pour ce type.

Ses yeux glissent sur moi, puis sur elle, pour revenir sur moi. Il renifle bruyamment et crache :

– La Hope que je connaissais ne serait jamais sortie avec un type comme lui.

– La Hope que tu connaissais n'existait que pour te faire plaisir. Elle est morte au moment même où j'ai posé le pied à New York. Maintenant, casse-toi !

Son ton est sec, implacable. Logan n'a d'autre choix que de battre en retraite. Avant de sortir de la petite ruelle, il lui jette un dernier regard empreint de tristesse.

Un regard que je connais bien pour l'avoir longtemps croisé dans le miroir, quand Rebecca m'a quitté.

Le regard d'un cœur brisé.

Une fois qu'il est parti, Hope s'effondre. J'ai à peine le temps de la rattraper qu'elle fond déjà en larmes. Je la serre contre moi, l'esprit fourmillant d'interrogations.

Si elle ne l'aime plus, pourquoi est-elle dans un état pareil ? Et qui est cette fameuse Mia dont ils parlaient ?

Une boule dans la gorge, je la tiens contre moi. Ses larmes mouillent ma chemise et ses sanglots résonnent dans la ruelle. Ma main caresse lentement ses cheveux, mais ma bouche reste close. Je suis incapable de la consoler.

Peut-être parce que tu penses qu'elle ne le mérite pas vraiment ? Après tout, elle a brisé le cœur de ce type. Toutes les mêmes, pas vrai ?

Je chasse cette petite voix en moi, mais elle revient à l'assaut. La peur tiraille mes entrailles. J'ai l'impression de revivre ma rupture avec Rebecca par procuration. Si Hope a été capable de mettre des centaines de kilomètres entre elle et son ex, pourquoi ne pourrait-elle pas le faire avec moi, quand elle en aura assez ?

– Hope ? l'appelé-je doucement.

Elle s'écarte en reniflant et s'essuie les yeux avec sa manche.

— Je suis désolée, hoquète-t-elle. J'ignorais qu'il était là, je… Tu n'aurais jamais dû voir ça.

— Qui est Mia ?

La question s'échappe sans que je puisse la retenir. Son menton se remet à trembler et elle lève vers moi ses yeux noisette encore bordés de larmes.

— Pas ce soir, Adrian, s'il te plaît. Je ne peux pas.

— Je ne comprends pas, Hope. Tu as passé huit ans de ta vie avec lui et tu es capable de le jeter comme ça…

Son hoquet se transforme en rictus de stupeur et je me maudis intérieurement. Elle pleure et moi j'enfonce le clou, comme le connard idiot et plein d'insécurités que je suis.

— Il ne voulait pas comprendre, se force-t-elle à articuler. Il insistait pour me ramener, mais je ne veux pas retourner là-bas.

— Je…

Mes mots se perdent. Je réalise que, ce que je reproche à Rebecca, Hope en est aussi coupable. Ce qu'elle a fait à ce type, j'en ai trop souffert pour lui laisser la chance de me briser encore une fois.

— Je crois… Je crois qu'on est allés un peu trop vite, tous les deux.

Elle fait un pas en arrière et sa chaleur me quitte. Un froid glacial s'abat sur mes épaules tandis que ses prunelles me renvoient à ma propre incompréhension.

— Tu romps avec moi ?

Hope passe une main sur son front pendant que l'autre essuie ce qu'il restait de larmes sur ses joues. Elle a l'air si déboussolée… Je voudrais la prendre dans mes bras, m'excuser, mais ma bêtise me tient à l'écart. J'ai parlé trop vite et le mal est fait.

— Écoute, peut-être qu'il nous faut juste un peu de temps…

— Du temps ? C'est quoi le souci, hein ? Tu me repousses parce que j'ai quitté Logan avant de me mettre avec toi ? Parce que j'ai fait les choses dans l'ordre ?

— Je ne dis pas que ça a un sens…

— Tant mieux, parce que ça ne rime à rien du tout ! C'est quoi ? Une putain de solidarité masculine à deux balles ?

Ses mains tremblent et j'ignore si elle va se remettre à pleurer, exploser de colère, ou bien les deux. Je n'en reviens pas de ce que je suis en train de faire. Cette fille me rend heureux comme jamais et je la repousse.

Mais la peur est trop forte. Et la peur m'a toujours fait faire des conneries.

— Je suis désolé, lâché-je simplement.

Un trou du cul n'aurait pas dit mieux.

— Oui, moi aussi.

Et, sans que je puisse dire quoi que ce soit pour la retenir, elle tourne les talons et s'enfuit en courant.

Putain, je suis vraiment un gros con.

CHAPITRE 34
CRY, CRY, CRY

HOPE

– IL A FAIT QUOI ?

Face à Mag, je pleure tellement que je peine à aligner trois mots. En tremblant, j'ai tout de même réussi à passer mon pyjama en pilou pilou. Quand elle m'a vue arriver avec mes yeux gonflés comme des balles de golf et la morve au nez, elle m'a immédiatement fait chauffer une tisane, pendant que Shirley commandait des pizzas.

Depuis, assise sur le bord du canapé, j'essaye tant bien que mal de leur résumer la pire journée de ma vie.

– Ce bâtard ne perd rien pour attendre ! crache ma meilleure amie, une fois qu'elle a compris que Logan m'attendait au Longacre. Et oser te parler du bébé ? Je vais me le faire, c'est décidé. Tu sais dans quel hôtel il crèche ?

Elle fait mine d'attraper sa veste, mais Shirley lui pose une main sur l'épaule pendant que je hoquète à m'en péter le diaphragme.

– Je crois qu'elle n'a pas fini.

– A… A…

Putain, j'arrive même plus à parler !

– Adelaïde Hotel ? Aspetta ? Alléluia ?

Shirley la foudroie du regard et la force à se rasseoir en face de moi.

C'est Rebecca, au fond, qui avait raison. Adrian m'a quittée et c'est moi qui ai l'impression de mourir à petit feu, comme si j'étais au bord d'un précipice et que la moindre rafale suffirait à me faire tomber.

– Adrian, parvins-je enfin à formuler. Il… a tout vu. Il a dit…

De tout ce gigantesque bordel, je crois que cette partie est la pire.

– Il m'a quittée.

Je sanglote à m'en déchirer la voix et ramène mes jambes contre ma poitrine.

Alors c'est ça, avoir un chagrin d'amour ? Comment ce type, que je connais depuis un mois, a-t-il pu prendre autant de place dans ma vie, dans mon cœur ?

– Celui-là, je sais où le trouver, lâche Mag en se relevant.

– Attends ! intervient Shirley. Laisse-la terminer.

J'y arrive au prix de grands efforts. Quand je termine enfin mon histoire, le livreur a eu le temps d'apporter nos pizzas et elles sont déjà froides.

– Mais…, commence Mag. IL EST COMPLÈTEMENT CON !

Je suis complètement desséchée et mes larmes se sont taries. Shirley me met une part de pizza dans les mains, mais je me sais tout à fait incapable d'avaler quoi que ce soit.

– Je vais le tuer, décrète ma meilleure amie. Il n'aurait pas pu choisir un autre moment pour faire sa petite crise de froussard ? Genre littéralement n'importe quel autre jour, et pas celui où ton ex débarque comme une fleur pour essayer de te ramener dans le putain de Minnesota ?

Elle est encore plus en colère que moi et je dois admettre que ça me fait du bien. En cet instant précis, il n'y a de la place que pour une seule émotion dans mon pauvre petit corps.

Le désespoir.

Je me renfonce dans le canapé et Shirley vient s'installer à côté de moi. Heureusement qu'elle est là pour temporiser Mag, car je crois que sans elle, mon amie serait déjà partie casser la gueule à mes deux ex.

Ex… penser à Adrian en ces termes est douloureux, trop douloureux. Mes yeux me piquent de nouveau, ma gorge se resserre.

Bordel, je vais me remettre à chialer.

Je suis aussitôt entourée par deux paires de bras. Mag et Shirley m'étreignent et je me laisse aller à ce câlin brouillon, bien que réconfortant. Au moins, je ne suis pas seule.

Sur la table du salon, mon portable vibre. Je pousse mes amis pour jeter un œil à l'écran. Mon cœur se met à battre la chamade : peut-être est-ce Adrian qui veut s'excuser, peut-être veut-il me voir, là, tout de suite ?

La déception est atroce. C'est ma mère qui vient d'avoir Logan au téléphone et qui m'explique à quel point elle est énervée par mon comportement. Rien de nouveau, donc.

— Elle aussi, elle nous casse les couilles ! lâche Mag.

— Mon cœur ! s'indigne Shirley.

— Quoi ? C'est vrai !

Je ne réponds pas, prostrée dans mon silence. Je n'ai envie de voir personne, de parler à personne. La simple perspective de me lever demain pour passer la matinée avec Helen me donne la nausée.

— Tu sais quoi ? lance Shirley. Ce soir, on se fait une soirée entre filles. Il doit rester de la glace dans le freezer. On peut regarder un film, ou parler, voire les deux. Et demain, tu vas ressortir. Vivre ta vie. Montrer à Adrian et à ce connard de Logan qu'on ne peut pas briser Hope Harper si aisément.

Je relève des yeux brillants vers elle et remarque que Mag fait de même.

– Ça, c'est ma nana ! s'exclame-t-elle en lui plaquant un baiser sur la joue.

Ensemble, elles arrivent à me soutirer un sourire. J'accepte leur proposition et les écoute me remonter le moral jusqu'à deux heures du matin.

Quand je vais enfin me coucher, je ne peux m'empêcher de déverrouiller mon téléphone et de relire mes dernières conversations avec Adrian. Son dernier message, qui date de juste avant notre discussion dans la ruelle, me fend le cœur.

Monsieur Arrogance :
J'ai hâte de te serrer dans mes bras.

Je pourrais lui répondre. Lui dire que moi aussi, j'ai envie qu'il me serre dans ses bras. Que je voudrais effacer cette journée et repartir à zéro depuis ce matin.

Mais je ne peux pas.

Les yeux brûlants et la gorge en feu, je m'endors en pleurant à chaudes larmes. Pour mes huit années gâchées avec Logan. Pour mon histoire trop vite terminée avec Adrian.

Et pour Mia.

CHAPITRE 35

LA PROMESSE

ADRIAN

Je suis un gros con.

Voilà la seule et unique certitude qu'il me reste. C'est simple. Précis. Efficace.

Je suis un gros con.

Je tente de disparaître dans mon canapé depuis maintenant trois jours. Je me suis fait porter pâle et j'attends patiemment mon heure, une bière à la main, un t-shirt laissé par Hope dans l'autre. Si Zack était là, il dirait que je joue encore à la *drama queen*, mais je m'en tape. Tout ce que je veux, c'est oublier.

Pourtant, à chaque fois que je ferme les yeux, je vois le regard de Hope. Ses larmes. Et je ne le supporte pas.

Je porte ma bière à ma bouche et constate amèrement qu'elle est vide. Je me penche pour la poser à côté des autres cadavres de bouteille que j'accumule depuis soixante-douze heures en évitant de penser au moment où je devrais ranger mon appart.

À côté de moi, mon téléphone reste tristement silencieux. Une part de moi espère que Hope m'enverra un message. L'autre sait très bien qu'elle ne le fera pas. J'imagine qu'elle me déteste, à présent. Tant mieux.

Je me déteste aussi.

Je suis sur le point de me lever pour aller me chercher une autre bière quand la porte s'ouvre à la volée sur un Zack trempé. Je jette un regard par la fenêtre et constate qu'il pleut. Je n'avais même pas remarqué qu'il faisait jour.

— Ah. T'es là ! s'exclame-t-il en se débarrassant de sa veste.

— Comme tu peux le voir.

Il hausse un sourcil, mais ne relève pas. D'un pas traînant, je me dirige vers mon frigo et décapsule deux bouteilles. J'en pose une pour lui sur le bar avant d'aller me rasseoir, épuisé par cet effort titanesque.

— Tu devineras jamais qui m'a téléphoné, ce matin ! commence-t-il en se postant devant moi.

J'évite son regard. Je m'en tape pas mal de ses coups de fil. À moins que ce ne soit Hope…

— Rebecca !

OK, j'en ai rien à carrer.

— Apparemment, tu sèches les répétitions depuis trois jours. Elle s'inquiétait pour toi, alors je suis venu te voir. Elle a aussi vu Hope avec les yeux rouges, hier. Rebecca est ce qu'elle est, mais elle est loin d'être stupide. Alors ?

J'avale une longue gorgée pour toute réponse, incapable d'assumer ce que j'ai fait. J'imagine Hope malheureuse et ça me rend misérable.

Alors que c'est ma putain de faute.

— Bordel, Adrian, tu l'as larguée ?

— Ouais…

Mon pote passe une main dans ses cheveux coupés en brosse et darde son regard sur moi.

— Mais… pourquoi ? Vous étiez parfaits tous les deux !

Pourquoi… Ça, c'est une bonne question. Parce que je suis un foutu trouillard, parce que je l'ai vu avec son ex et que ça m'a rendu dingue de penser qu'elle pouvait m'échapper, parce que…

— Je suis un gros con.

Finalement, on en revient toujours au même point.

— Ça, on est d'accord. Mais sinon ?

Je pousse un long soupir. Je connais suffisamment Zack pour savoir qu'il ne lâchera pas l'affaire facilement. Après une autre gorgée de bière, je me décide à lui raconter ma rupture.

— Hope n'a rien à voir avec Rebecca, mec.

— Je sais.

— Tu ne peux pas t'empêcher d'avoir des relations parce que tu as peur que ta copine se barre. C'est la vie, c'est comme ça. Si t'as pas envie de t'engager, faut pas les laisser prendre le petit déjeuner, je te l'ai déjà dit.

Je renifle bruyamment en songeant que Hope n'a jamais petit-déjeuné ici. À cause de ses foutus cours de chant…

— Bon… tu l'aimes ? s'enquiert mon meilleur ami.

Je hausse les épaules.

— Ça n'a pas d'importance.

— Pas d'importance ! Putain, Adrian, on dirait que tu vas sauter par la fenêtre ! Tu l'aimes, oui ou non ?

L'évidence est là, je suis tombé amoureux de Hope depuis qu'elle a chanté *Can't help falling in love* dans ce bar. Elle a hanté mes pensées, rendu mes nuits inoubliables, semé des graines de sentiments sur un cœur où je pensais que rien ne pouvait plus pousser. Elle m'a guéri, et moi, j'ai tout gâché.

— Oui, m'entends-je répondre.

– Tu crois que ta connerie est rattrapable ? T'as des nouvelles d'elle ?

– Rien depuis trois jours.

Je lui balance mon portable pour qu'il juge par lui-même. J'ai envoyé un seul message à Hope, resté sans réponse. Un pauvre : je voudrais qu'on parle. Visiblement, elle n'est pas du même avis.

– Bon… on va commencer par ouvrir la fenêtre, parce que ça pue le chacal.

Zack prend les choses en main et commence à ranger devant moi. Il ouvre les rideaux, part dans ma chambre pour me ramener un jean et un t-shirt propre. Un moment, j'ai l'impression qu'il va me traîner sous la douche, mais je crois qu'il n'est pas prêt à me voir à poil.

– Il faut que tu sortes.

– J'ai pas envie.

– Tu sais quoi, Adrian ? Je commence à en avoir marre de te ramasser à la petite cuillère. La dernière fois, je l'admets, c'était pas de ta faute ! Mais là, on est en plein autosabotage.

– Tu crois que je suis pas au courant ?

– Alors, fais quelque chose, putain ! Tu es malheureux, elle est malheureuse…

– C'est pas aussi facile.

– Explique-moi, dans ce cas ! s'énerve-t-il. Je suis tout ouïe.

Je me rends compte que je n'ai aucune explication valable, si ce n'est que la peur de me faire jeter une fois de plus a primé sur tout le reste. Et ça, je ne suis pas prêt à en parler. Pas encore.

– C'est bien ce que je pensais, raille Zack. Du coup, tu mets tes pompes, et tu viens avec moi !

J'admets que sortir me fait un peu de bien, mais tout me ramène à Hope. Central Park est empreint de nos souvenirs et, pour la première fois, je me demande si je ne devrais pas déménager. Il paraît qu'il y a des quartiers sympas, à Brooklyn.

— J'ai revu la nana de l'autre fois, lâche mon meilleur ami alors que nous nous asseyons sur un banc.

J'ouvre la bouche à m'en dévisser la mâchoire et j'oublie mon malheur un moment. *Pour une surprise…*

— Laquelle ?

— Celle du *Sing Along !*. Hope m'a bien eu. Cette fille est parfaite et je… J'ai dormi avec elle. On n'a rien fait, en plus.

Tu m'étonnes, qu'il fasse un temps pourri !

Je tourne la tête vers Zack et remarque qu'il a vraiment l'air heureux. Je voudrais me réjouir pour lui, mais je n'en ai pas la force. Je me force néanmoins.

— Moi qui pensais que tu n'arriverais jamais à te caser.

— Doucement, rien n'est fait ! On parle juste.

— Ce n'est pas toi qui disais : parler c'est bien, niquer c'est mieux ?

Il se marre et passe une main dans ses cheveux. Puis, il reprend un air sérieux.

— Écoute, j'ignore si ça va s'arranger, entre toi et Hope, mais promets-moi de ne pas faire comme avec Rebecca. Ta carrière est en jeu, mec. Les gars du spectacle comptent sur toi.

Ses paroles tournent dans ma tête ; je sais qu'il a raison. Je ne peux pas me laisser sombrer, pas cette fois. Avec ou sans Hope, je dois chanter.

Alors, la mort dans l'âme, je promets.

CHAPITRE 36

LA CANNE AU POMMEAU D'ARGENT

HOPE

Je m'enferme dans ma routine, décidée à être le plus imperméable possible au monde qui m'entoure. Je me lève. Je chante. Je fais le ménage. Je dors.

Adrian m'envoie un message, un seul, pour savoir si nous pouvons parler. Mais je suis trop en colère contre lui pour lui répondre. Il a choisi le pire moment pour avoir des états d'âme. Au moins, il a été honnête, j'imagine que je ne peux pas lui reprocher ça.

Ça fait maintenant une semaine qu'on a rompu. Une semaine que je fais exprès de me planquer dans la loge du concierge avant d'aller nettoyer la salle, pour éviter de tomber sur Adrian, Colin ou Rebecca. Je n'ai pas envie d'avoir à expliquer ma tronche de six pieds de long.

Pas envie de les voir, tout simplement.

Ce matin, je me rends chez Helen en traînant des pieds. Pour la première fois depuis bien longtemps, je n'ai pas le cœur à chanter.

Nous prenons le petit déjeuner en silence avant de passer dans le boudoir, où Helen me fait faire des échauffements de plus en plus difficiles. Je ne bronche pas, à quoi bon ?

Au bout d'un moment, elle attrape sa canne, qui repose à côté du piano, et me donne une tape sur les fesses.

— Aïe ! Ça fait mal !

— Ah, enfin une réaction digne d'un humain ! Je commençais à croire que tu étais devenu un robot, ma fille !

Helen me toise avec ses prunelles de glace et je me fige. Elle n'a pas l'air contente, ce qui n'augure rien de bon.

— Voilà une semaine que tu chantes sans passion et que j'ai l'impression que tu vas te passer une corde autour du cou !

— C'est faux, je…

— Ne mens pas, Hope !

Je rentre ma tête dans mes épaules de peur qu'elle ne me redonne un coup de canne. Le pommeau d'argent a tapé mes fesses et ça me fait un mal de chien.

Comme elle n'a pas l'air décidée à abdiquer, je capitule. Helen est aussi convaincante que terrifiante.

— OK, je vais mal.

— Cela va sans dire. Tu t'es regardée dans un miroir, récemment ?

— J'évite. Je ne peux pas y faire grand-chose, de toute façon.

— Ça, je suis sûre que c'est faux.

Comme la semaine précédente, elle glisse sur le tabouret pour me laisser une place à côté d'elle. Je m'installe, une boule dans la gorge. C'est une drôle de thérapie, qu'elle me propose là, mais elle a marché la dernière fois…

Juste avant qu'Adrian ne te largue comme une vieille chaussette.

— Alors ? Tu veux me dire ce qu'il se passe ?

Je soupire et taquine une touche du bout de l'index. Parler

me soulagera peut-être, mais ensuite ? Ça ne m'aidera pas à remonter le temps.

Helen attend. Je la sais patiente, elle ne me laissera pas sortir d'ici sans avoir eu d'explication. Quelque chose en elle me rappelle un peu Adrian et mon cœur se serre.

Putain, pourquoi ça fait si mal ?

— Le gars que je fréquentais a mis fin à notre relation, finis-je par lâcher.

Je pose un la sur le piano, Helen me répond par un sol.

— J'en suis navrée. Pour quelle raison ?

— La semaine dernière, en sortant du Longacre, mon ex m'attendait. Celui avec qui j'étais, avant de venir ici. Il voulait que je rentre avec lui dans le Minnesota, j'ai refusé. Il a parlé… il a parlé de Mia et j'ai pété un câble.

— Mia ?

La boule dans ma gorge est si grosse que j'ignore comment j'arrive à parler. Mon doigt appuie sur une autre touche pour sortir un long et grave ré.

— Ma fille. Enfin, le bébé que j'ai perdu, il y a huit ans.

Je me retrouve à tout raconter à Helen. Ma vie avec Logan, la terreur en apprenant que j'étais tombée enceinte, le délai dépassé pour l'avortement, lui qui me convainc qu'il fera un bon père. Et puis, cette nuit affreuse où je me suis réveillée, les jambes en sang.

— Nous voulions l'appeler Mia. Elle est morte dans mon ventre et… et…

Les mots n'arrivent pas à sortir. Mes yeux sont terriblement secs ; j'ai bien assez pleuré ces derniers jours.

— Le pire, je crois, c'est la culpabilité. Quelque part, je suis soulagée qu'elle soit morte. Quand je vois ce que Logan et moi étions devenus… je n'aurais pas voulu d'un enfant au milieu de tout ça. Et je me sens affreuse de le penser.

— Hope…

La main froide d'Helen m'agrippe le menton et me force à la regarder.

— Ce que tu penses n'est pas affreux, c'est honnête. Si ce bébé avait eu la chance de vivre, je suis certaine que tu aurais fait une mère exceptionnelle. La vie est ainsi faite. D'épreuves et de drames. Celui-là t'a construit et tu n'as pas à te sentir coupable de ce que tu as perdu.

Les mots d'Helen m'apaisent. Je sens en elle toute la sagesse d'une maman, d'une mamie. Ma mère me manque soudain et je réalise que je n'ai jamais réussi à lui parler de tout ça.

À la maison, Mia est un sujet tabou. Et c'est peut-être ça, le problème.

— Et ton nouveau petit ami ?

Je me renfrogne. Adrian et sa rupture ne sont que la cerise sur le gâteau.

— Il a entendu notre conversation et a fait un parallèle stupide avec sa propre histoire. Je ne sais pas s'il a cru que j'allais l'abandonner ou s'il s'est pris d'empathie pour Logan. Peu importe, de toute façon. C'est un con. Une starlette de Broadway. J'étais stupide de penser que nous pourrions nous entendre.

— Et pourquoi cela ?

— Parce qu'on ne vient pas du même monde, tout ça…

Ma professeure hausse un sourcil et attrape de nouveau sa canne :

— Si je t'entends encore dire une bêtise pareille, je te redonne un coup ! « Pas du même monde… » Tu veux devenir comédienne, oui ou non ?

– Oui, mais…

– Sache qu'un bon comédien ne renie pas ses origines, jamais ! Sais-tu qu'avant d'être repérée dans un cabaret, j'étais serveuse ? Mes parents étaient tous les deux fermiers et je suis venue à New York pour tenter ma chance. C'était difficile, bien sûr. Mais c'est ici que j'ai rencontré mon époux, qui est ensuite devenu mon agent. La chance a tourné et je ne regrette rien.

Je ravale ma salive, honteuse.

– Je… je l'ignorais.

Helen me toise longuement, puis repose le pommeau contre le bois laqué.

– Bon. Maintenant que nous avons tiré cela au clair, te souviens-tu de ce que je t'ai dit, la dernière fois ?

– À propos de chanter ses émotions ?

– Exact. Je me félicite toujours de trouver la chanson parfaite pour une personne en quelques secondes, mais tu m'as donné du fil à retordre.

Mon cœur s'emballe dans ma poitrine. Elle me fait mariner depuis des semaines avec cette histoire et je meurs d'envie de savoir ce que je chanterai sur scène.

– Heureusement, j'ai fini par trouver.

Elle se penche pour tourner les pages des partitions, jusqu'à s'arrêter sur un feuillet empli de notes. Je lis le titre et ne peux retenir un sourire.

– *Go the distance* [23]? Du Disney, vraiment ?

– Remettrais-tu mon choix en question ?

Je m'empresse de secouer la tête, ce qui a pour effet de faire tomber des boucles devant mes yeux. Chassant une

---

23 Chanson interprétée par Micheal Bolton dans le film Hercule, de Walt Disney Pictures.

mèche derrière mon oreille, je parcours les paroles du regard et étire les lèvres.

Helen a raison. C'est la chanson parfaite. Devant moi, en cet instant précis, elle prend un tout nouveau sens.

— Tu veux qu'on essaye ?

Je bondis sur mes pieds pour toute réponse. Confiante, je me replace devant le piano tandis qu'Helen me sort une feuille pour que je puisse suivre la mélodie. Ses mains se placent au-dessus des touches d'ivoires, ses prunelles se fixent dans les miennes.

— Merci, chuchoté-je.

— Tu me remercieras quand tu décrocheras ton premier Tony, rétorque-t-elle. Chante, maintenant.

Je souris, pour la première fois depuis des semaines. Les premières notes résonnent dans le boudoir. Je prends une grande inspiration et une larme coule sur ma joue quand je laisse échapper la première phrase :

— *I have often dreamed of a far off place…*[24]

---

24 Traduction : J'ai souvent rêvé d'un endroit lointain…

CHAPITRE 37

GRANNY

ADRIAN

Les jours passent et la douleur ne s'estompe pas. C'est même de pire en pire.

Chaque jour, je me force à aller au théâtre et chaque répétition est un calvaire. Plusieurs fois, j'ai l'impression que Karson va sortir de ses gonds et me demander de rentrer chez moi. Pourtant, même si la colère se lit sur ses traits, il se contente de souffler et nous demande de recommencer.

Encore et encore.

Je rentre épuisé, ce qui est la seule bonne nouvelle au milieu de tout ce cauchemar. Au moins, mon cerveau tourne au ralenti et je n'ai pas à penser à Hope.

Le matin du dix-huit décembre, je reçois un message de ma grand-mère. Voilà des semaines que je promets de passer la voir, mais je repousse sans arrêt. Avant, mon excuse, c'était Hope. Maintenant, je n'en ai plus aucune, sinon celle de savoir qu'elle va immédiatement lire sur ma tronche que quelque chose ne va pas.

Granny est vraiment terrifiante, quand elle s'y met.

Las, je décide de me lever plus tôt et de me rendre chez elle. Je passe un pantalon chino retroussé sur les chevilles et une petite chemise bleu ciel, une pièce qu'elle m'a elle-même achetée. Granny insiste toujours sur l'apparence et je ne l'ai d'ailleurs jamais connue autrement qu'apprêtée.

Résolu à affronter ma grand-mère, je traverse donc Central Park. Par chance, elle n'habite pas très loin. J'y suis en une dizaine de minutes et frappe à la grande porte du manoir familial, celui dans lequel j'ai vécu toute ma vie. Ça me fait toujours bizarre d'y revenir.

Le battant s'ouvre sur Robert, le majordome de ma grand-mère. Ce dernier étire les lèvres et s'incline bien bas.

— Monsieur Adrian. Vous n'étiez pourtant pas attendu ?

— Je me suis dit que j'allais faire une petite surprise à Granny. À moins qu'elle ne soit sortie ?

Robert s'écarte pour me laisser entrer et je lui donne aussitôt ma veste.

— Madame est occupée avec un rendez-vous. Mais faites comme chez vous.

Il disparaît dans le couloir, sans doute pour m'annoncer, enfin j'imagine. Les journées de Robert ont toujours été un mystère pour moi et je soupçonne ma grand-mère de ne le garder à son service que parce qu'ils entretiennent une liaison supposée secrète.

Ce qui est ridicule. Mon grand-père est mort depuis des années et si elle pense que ça me choquerait, elle est loin du compte. Les surprendre tous les deux dans la cuisine, ça, ça m'a choqué.

Je me retrouve donc à errer dans la maison de mon enfance. Tout est exactement comme dans mon souvenir, probablement parce que rien n'a changé. Les murs sont toujours recouverts d'une infâme tapisserie à fleurs, dont les couleurs ont mal vieilli. Seuls les tableaux ne me semblent plus aussi grands qu'autrefois.

Mes pas me portent vers le petit salon, où je découvre, non sans surprise, les restes d'un petit déjeuner. Dans une tasse, un fond de café repose et quand je m'approche pour le sentir, je suis étonné de humer un arôme chocolaté qui me rappelle Hope et sa manie de mettre du cacao partout.

Putain, qu'elle me manque.

Soudain, la musique. Le piano me parvient et je poursuis ma progression, suivant les accords à travers la maison. Granny ne jouait plus depuis des années, pourtant. Robert a mentionné un rendez-vous ? De quoi cela peut-il bien s'agir ?

Une voix vient bientôt se greffer à la mélodie et ma poitrine se serre. Cette voix, je la reconnaîtrais entre mille. Elle est chargée d'émotion, de tristesse, de douleur. Elle me guide jusqu'à la porte du boudoir et je glisse un œil dans l'interstice.

Hope est là…

Sa main, posée sur son ventre, l'aide à inspirer et à pousser des notes toujours plus hautes, toujours plus merveilleuses. Mon cœur tombe à mes pieds et les paroles de Gill me reviennent en mémoire.

«Coup de foudre.»

Peut-on tomber amoureux de la même personne plusieurs fois ? Je crois que je tiens ma réponse. Je dois me faire violence pour ne pas pousser la porte et avaler les quelques mètres qui nous séparent. Pour ne pas enfouir mon visage dans son cou, lui dire que je suis désolé, la supplier de me pardonner.

Devant elle, assise en face du piano-forte, Granny taquine les touches. Elle hoche la tête à chaque fois que Hope passe un nouveau couplet avec brio. Je suis si hypnotisé par ce spectacle que je ne reconnais même pas la chanson.

Alors, depuis tout ce temps, c'était ma grand-mère, ta prof de chant ?

Je me risque à avancer davantage, mais la porte émet un grincement strident et Hope relève la tête avant de se figer. Elle s'étrangle avec les paroles quand nos regards se croisent et Granny rate une note de piano.

— Hope ? Qu'est-ce que…

Ma grand-mère se rend soudain compte de ma présence et me gratifie d'un petit sourire pincé. C'est sûr, je vais me faire remonter les bretelles pour ne pas être venu la voir plus tôt.

— Ah, Adrian ! Entre, je veux te présenter mon élève.

J'obéis sans discuter. Hope ne me lâche pas des yeux et je me rappelle de respirer.

— Je suis désolé, je ne voulais pas vous interrompre… J'ignorais que tu avais recommencé à donner des cours, Granny.

Mon ex — qu'il est douloureux de penser à elle en ces termes — hausse un sourcil.

— Granny ? s'enquiert-elle.

— Je manque à tous mes devoirs. Hope, je te présente mon petit-fils, Adrian. Adrian, voici Hope, ma nouvelle élève très talentueuse.

Un ange passe. J'ignore quoi dire, quoi faire. Hope ne bouge pas, attendant visiblement que je mette un terme à cette mascarade ridicule.

— Enchanté, Hope !

Tout reprendre à zéro me semble être la meilleure solution. Je tends la main devant moi, priant tous les Dieux du monde pour qu'elle la saisisse.

— Sérieux, Adrian ? lance-t-elle. Tu veux faire comme si on ne se connaissait pas ?

Tout bien réfléchi, ce n'était peut-être pas une bonne idée.

Toujours assise sur son tabouret, ma grand-mère nous dévisage un à un et un éclair de lucidité passe dans ses yeux.

— Ne me dites pas que… C'est lui, ta vedette ?

Mes entrailles se nouent. Bordel, elle lui a tout raconté.

Hope secoue la tête et ricane. Je crois capter un : «j'y crois pas». Puis, m'ignorant royalement, elle se tourne vers Granny.

— Est-ce que je peux y aller ? J'ai besoin de prendre l'air.

Ma grand-mère pince les lèvres, mais lui réserve un regard si doux que j'en serais presque jaloux. Hope l'a ensorcelée, ou quoi ?

— Bien sûr, ma chérie. Nous nous revoyons demain ?

— Évidemment. À demain, Helen !

Elle passe devant moi en me bousculant presque et je reste les bras ballants, abasourdi par la situation. Je ne l'avais pas revue depuis notre rupture, il y a une semaine. Son parfum la suit et j'inspire longuement les effluves de cacao qu'elle laisse derrière elle.

— Alors ? me presse Granny. Tu m'expliques ?

— Il n'y a rien à expliquer. J'ai rencontré Hope il y a quelque temps, et…

— J'ai déjà entendu cette histoire, Adrian. Pas de ta bouche, certes. Mais je vois ta tête et je n'ai pas besoin d'en savoir plus pour voir que tu aimes cette fille.

Ça se voit tant que ça ?

— Je…

— Qu'est-ce que tu fais encore là ? Rattrape-la !

Comme si un sort me retenait jusque là cloué au sol, Granny me libère et je m'élance à la suite de Hope dans le couloir. Heureusement, elle n'est pas allée bien loin et attend dans le hall d'entrée en s'exclamant :

— Robert ? Est-ce que je peux avoir mon manteau, s'il vous plaît ?

— Tout de suite, mademoiselle Hope, lui répond le majordome depuis je ne sais où.

— Hope !

Elle se retourne, furibonde. Ses yeux lancent les mêmes éclairs que ce jour-là, dans la ruelle.

Bon sang, mais pourquoi l'ai-je laissée partir ?

— Laisse-moi, Adrian.

— Hope, il faut qu'on discute.

— Je n'ai pas envie de discuter. La semaine dernière, tu n'avais plus l'air d'avoir grand-chose à me dire.

Son ton est sec et cassant. Mais je ne peux pas me démonter, pas alors qu'elle se tient enfin en face de moi.

La voir dans la maison de mon enfance a quelque chose d'irréel. C'est tellement étrange de la trouver ici.

— J'ai bien réfléchi, continué-je, et…

— Oh, tu as réfléchi ! Tu veux dire que tu as agi, puis tu as pensé aux conséquences de tes actes ? Bravo, bel exemple de maturité !

Elle est en colère et elle a tous les droits de l'être, étant donné la façon dont je me suis comporté. Malheureusement pour moi, elle n'en reste pas là :

— Et faire semblant de ne pas me connaître devant ta grand-mère… Tu espérais quoi, que je te serre la main comme si on n'avait jamais couché ensemble ?

Pitié, j'espère que ma grand-mère n'a pas entendu ! J'en doute, cependant, je suis sûr qu'elle est cachée derrière une porte, à épier notre conversation.

— Je suis désolé, d'accord ? m'agacé-je à mon tour. Je ne m'attendais pas à te trouver ici.

— C'est une raison pour agir comme un abruti ?

Je bats en retraite. Il est évident que rien de bon ne sortira d'ici. Hope est trop en colère et moi, je suis sur le carreau. Je n'arrive pas à formuler la moindre pensée cohérente, obnubilé par ses lèvres que je rêve d'embrasser.

— Écoute, ce n'est visiblement pas le moment…

— Bordel, il a rangé mon manteau en Laponie ou quoi ? s'exclame-t-elle en cherchant Robert du regard.

Comme s'il attendait précisément pour revenir, le majordome pénètre dans le hall à grands pas, le caban bleu marine de Hope sur le bras. Il l'aide à le passer, non sans m'affubler d'un regard appuyé. Il prend son temps pour la ralentir, mais je sais que c'est parfaitement inutile.

Hope n'est pas prête à me parler, encore moins à me pardonner. La brusquer serait contre-productif. Pour l'heure, je dois faire une chose qui me déchire le cœur.

La laisser partir.

— Si jamais tu veux discuter, lâché-je tandis qu'elle ouvre la porte, sache que je suis à portée de téléphone.

Elle fait un pas dehors et soulève ses cheveux pour les passer par-dessus le col de son manteau. Alors qu'elle est sur le point de s'élancer, elle se retourne et m'adresse un ultime regard :

— Compte là-dessus.

Le battant se referme dans un claquement sourd et je reste figé comme un idiot, devant une porte close.

Derrière moi, un toussotement me convainc de me

retourner.

Granny est là, les deux mains posées sur sa canne au pommeau d'argent. L'air doux qu'elle arborait tout à l'heure a totalement disparu au profit d'un regard dur qui, lui, m'est destiné.

– Viens, me dit-elle en désignant le salon. Je crois que nous avons beaucoup de choses à nous dire.

Ma grand-mère n'est pas le genre de femme à lâcher l'affaire et exige que je lui raconte tout. Je m'exécute en pesant mes mots – et en évitant de lui parler du sexe enflammé dans la loge.

– Adrian… Hope n'est pas Rebecca.

Je grimace. Ça, je m'en étais rendu compte.

– J'ai fait une connerie, Granny. Une belle connerie. Mais j'ai eu peur…

– Je sais.

Elle passe son bras autour de mes épaules et m'attire à elle. Je pose ma tête sur ses genoux, comme lorsque j'étais enfant, et elle plonge ses doigts dans mes cheveux.

– Tu as toujours été terrifié par l'abandon, continue-t-elle. Depuis la perte de tes parents, je crois.

Ce souvenir me perce le cœur. J'ai fait mon deuil depuis longtemps, mais j'évite de penser à eux. J'étais si petit, quand ils sont morts… Je me rappelle à peine leurs visages.

– Je ne peux pas m'en empêcher.

– Mon chéri… Aimer les gens, c'est accepter la possibilité de les perdre.

Je réfléchis longuement au sens de ces paroles en me

demandant si Hope sera capable de me pardonner un jour.

J'imagine que, ça aussi, c'est un risque à prendre.

— Du point de vue d'une vieille dame, vous avez tous les deux certaines choses à régler. Laisse-la décolérer et profites-en pour faire le vide. Chose que tu aurais dû faire après ta rupture avec Rebecca !

Rebecca… Maintenant que j'y pense, c'est elle qui a dit à Zack que j'étais absent. Et elle a aussi parlé à Hope, je crois. Peut-être que j'ai été un peu trop dur avec elle. Après tout, nous nous sommes aimés, autrefois.

— Tu crois que j'ai encore mes chances, avec Hope ? demandé-je.

— Qu'est-ce que j'en sais ? Je ne suis pas madame Irma. Mais elle a l'air profondément attachée à toi. Juste… cette petite en a bavé, tu sais. Alors, ne la brusque pas.

— Je n'en ai pas l'intention.

Elle me sourit, puis tend la main pour agiter une clochette.

— Maintenant que nous avons réglé cela, que dis-tu d'une petite partie mah-jong ?

Je me redresse, penaud. Je suis nul à ce jeu et Granny le sait. Néanmoins, je ne suis pas tellement en position de refuser.

Elle va m'exploser.

CHAPITRE 38

UNE ROBE POUR LE BAL

HOPE

Donc, Adrian est le petit-fils d'Helen. Quand je rentre, furieuse, et que j'en parle à Mag, elle est sur le cul.

— Non, mais ce n'est plus une coïncidence, à ce stade !

Je m'écroule sur le canapé, épuisée. Je ne voulais pas crier sur Adrian, mais le voir par surprise m'a mise hors de moi. En plus, il était tellement sexy avec sa petite chemise que c'était soit ça, soit je lui sautais dessus devant sa grand-mère.

Dans ma poche, mon téléphone vibre. C'est mon père qui me demande pour la centième fois si je compte rentrer pour Noël. J'évite la question depuis des semaines. La simple idée de remettre les pieds à Minneapolis et risquer d'y croiser Logan — ou pire, ma mère ! — me retourne le bide.

— Tu ne lui as toujours pas répondu ? s'enquiert ma meilleure amie en mettant un café devant moi.

— Non…

— Hope ! On est le dix-huit décembre ! Tu ne crois pas qu'il est temps ?

— Si… mais ça va lui faire de la peine. Ça a toujours été la tradition : le réveillon de Noël avec lui, le déjeuner du lendemain avec maman. Et puis, si je me débrouille bien, je peux peut-être prendre un avion le vingt-quatre.

— Ça voudrait dire que tu ne viens pas à la première…

— Pour être franche avec toi, je ne suis plus sûre d'avoir envie d'y aller…

Aller au spectacle, le regarder depuis les coulisses, ça veut dire voir Adrian. Et après la scène d'aujourd'hui, je ne suis pas sûre d'en être capable.

— Tu as encore un peu le temps d'y réfléchir. Mais ne traîne pas trop ! Et sache que si tu décides de rester, Shirley et moi serions ravies de t'avoir pour Noël.

Elle s'éclipse pour se préparer à aller au travail. Je sais que je devrais faire de même. Passer Noël avec elle et Shirley me paraît être la meilleure option. Et puis, ce n'est pas parce que je suis à New York que je suis obligée d'aller voir ce fichu spectacle !

Les jours passent et le concert caritatif d'Helen se rapproche à grands pas. Le lendemain de ma rencontre fortuite avec Adrian, elle essaye de m'en parler, mais je coupe court. Je n'ai pas besoin qu'elle défende ses intérêts. Tout ce que je veux, à présent, c'est chanter.

Adrian… Je m'en occuperai plus tard.

Le vingt-et-un décembre, Helen m'emmène visiter le lieu où se déroulera tout le concert. Le Radio City Music Hall est splendide et sa salle possède une acoustique formidable. Entièrement ovale, dans une ambiance orangée, le théâtre se remplit peu à peu de décorations de Noël.

— Nous allons chanter à guichets fermés, m'explique Helen, ce qui rajoute à mon stress.

— Nous ? Vous allez chanter, aussi ?

— Eh bien, oui ! Tu m'as donné envie. Je ne l'ai pas fait depuis des années, alors j'espère ne pas être trop rouillée.

Je lui prends la main, hésite à la serrer dans mes bras. Elle me fait un merveilleux cadeau.

— Vous allez être merveilleuse.

— Pas autant que toi. D'ailleurs, qu'as-tu prévu de porter ?

Je déglutis, mortifiée. Entre les ménages au Longacre, les cours de chant et toute cette histoire avec Adrian, j'ai totalement oublié qu'il me fallait une tenue. Ça doit se lire sur ma tête, car ma professeure hausse les sourcils :

— Hope ?

— Je… j'irai demain !

Dès que nous sortons de la visite, j'appelle Mag pour la supplier de m'accompagner faire les boutiques, le lendemain. Malheureusement, elle est prise toute la journée au Longacre pour la répétition générale. J'essaye avec Shirley, mais elle aussi est coincée au boulot. Dépitée, je me résigne donc à faire du shopping seule.

Le lendemain, je profite de mon jour de congé pour me rendre sur la 5ème avenue. Je rentre dans quelques magasins, en ressors bredouille. Tout est soit trop cher, soit hideux. Je ne vais tout de même pas me pointer au concert de ma vie avec un pull de Noël et une jupe à froufrous !

— Hope ?

Je me retourne, prête à fondre en larmes au milieu des passants. Je reconnais immédiatement le visage amical d'Hilary, qui s'approche de moi avec un grand sourire.

— Tu fais les boutiques ?

— Oui, enfin j'essaye. Et toi ?

Elle me montre les paquets qu'elle porte dans la main

gauche et soupire.

— Derniers achats de Noël ! Je m'occupe aussi de ceux de Colin. C'est mon frère et je l'adore, mais il est nul en cadeaux. Cette année, il m'offre un magnifique bracelet en argent !

Elle s'esclaffe et je suis tentée de me joindre à son rire, mais le malaise est présent.

— Tu as fait tes cadeaux, toi ?

Bon, elle ne semble pas décidée à me lâcher la grappe. Gênée, je passe la main dans mes cheveux.

— J'ai fini il y a un moment, oui. Rien de bien compliqué de mon côté. J'ai pris un casque pour Mag, et pour Adrian…

Je ravale mes paroles et Hilary darde sur moi un regard pétillant. J'ai l'impression qu'elle lit en moi et je déteste ça.

— Enfin, ce n'est pas comme si j'allais lui offrir, de toute façon.

— Je suis désolée que ça n'ait pas marché entre vous.

— C'est comme ça, rétorqué-je en haussant les épaules. Mauvais timing, j'imagine.

Un drôle de silence s'installe. Hilary se mord la lèvre comme si elle voulait me dire quelque chose. Au moment où je me décide à couper court à la conversation, elle intervient :

— Si tu ne fais pas tes cadeaux alors… Que fais-tu là ?

— Oh ! Je cherche une robe. Je participe au concert caritatif d'Helen Fitzgerald, c'est ma prof de chant.

Ses yeux s'illuminent et j'ai l'impression d'avoir prononcé des mots magiques.

— Helen Fitzgerald ? La grand-mère d'Adrian !? Et tu vas chanter à son concert ?

— Euh… oui. J'ignorais que c'était sa grand-mère, mais…

Sans que j'aie le temps de comprendre quoi que ce soit,

Hilary se presse à côté de moi et me passe un bras autour des épaules.

— Ma belle, nous allons te trouver une robe sublime. Que dis-je ? Divine !

Elle commence à me pousser et nous traversons la rue pour nous poster devant un magasin à la vitrine, certes, très belle, mais aussi trop chère.

— Hilary, j'apprécie, mais je n'ai pas les moyens de me payer une robe ici.

— Certes, renifle-t-elle. Ton budget ?

— Euh… Quarante dollars ?

La chanteuse hausse les sourcils et sa lèvre se relève, comme si elle tiquait.

— Et si je propose de payer ?

— Hors de question ! protesté-je.

La meilleure amie d'Adrian propose de m'acheter une robe ? Elle est tombée sur la tête ou quoi ?

— Bon, j'imagine que je n'ai pas le choix.

En New-Yorkaise aguerrie, Hilary se penche sur la route et nous hèle un taxi. La minute d'après, je suis assise sur la banquette arrière et l'écoute donner une adresse au chauffeur.

— On va chez moi, m'explique-t-elle enfin. J'ai tout un tas de robes que je n'ai jamais mises, ou alors une seule fois. Je suis sûre que tu y trouveras ton bonheur.

Je suis abasourdie. Lors de notre rencontre, j'ai trouvé Hilary très cool, mais de tous les autres amis d'Adrian, c'était celle qui avait l'air d'entretenir le plus de réserves à mon sujet.

— Pourquoi tu fais tout ça ?

Elle tourne la tête vers moi et me sourit.

— Premièrement, je ne résiste jamais à l'appel d'un re-looking. Et puis, je crois que je me suis trompée sur ton compte, Hope. Quand Adrian m'a dit que vous aviez rompu, j'étais persuadée que tu prendrais le premier avion pour le Minnesota.

— Ça ne risque pas d'arriver, grincé-je entre mes dents.

— Je pensais que New York te mangerait toute crue. Mais tu es une battante, pas vrai ? N'importe quelle autre fille se serait dégonflée et serait rentrée chez elle. Toi, tu vas chanter à un des plus grands concerts caritatifs de l'année et montrer à Adrian à quel point il a été stupide de te laisser tomber !

— Je ne le fais pas pour lui. Je le fais pour moi.

Chanter a toujours été mon rêve. La chance s'est peut-être mise sur ma route, ces dernières semaines, mais pour la première fois depuis longtemps, je crois mériter ce qu'il m'arrive. J'ai travaillé dur, me suis levée chaque matin pour m'entraîner avec Helen. Et demain, mes efforts seront enfin récompensés.

— C'est ce que je disais, sourit Hilary. Une battante !

L'appartement d'Hilary se trouve à Brooklyn, un peu à l'écart de la ville. Et il est dans un bordel monstre.

Partout, des fringues jonchent le sol. La vaisselle sale déborde de l'évier et lorsqu'elle me demande si je veux boire quelque chose, je refuse poliment par peur de trouver du moisi au fond d'une tasse.

— Désolée, c'est un peu le bazar.

Un peu, le mot est faible…

Elle se dirige vers le fond de l'appart et nous débouchons

dans une chambre un peu mieux rangée que le reste. Un gigantesque dressing court sur le mur et elle me désigne le lit.

– Je partage l'appart avec mon frère. Comme il ne range jamais, j'ai décidé de voir jusqu'où il pouvait supporter son bordel.

Je m'installe, toujours un peu gênée. Et si Colin débarquait avec Adrian ? Non, ils sont en répétition toute la journée. Je décide d'envoyer un message à Mag pour qu'elle me prévienne quand ils auront fini, au cas où.

– Alors, voyons voir…

Hilary ouvre son dressing et ma mâchoire se décroche. C'est possible d'avoir autant de fringues ? Les étagères débordent de tops, de jeans, de jupes… C'est un miracle que tout ne lui tombe pas sur la tête.

Elle passe ses mains sur les portants, jusqu'à sortir une première robe encore sous plastique.

– C'est une robe fourreau rose pâle, je l'ai portée pour un gala au MET, l'an dernier.

– Mon cul ne passera jamais là-dedans.

Elle me balance le tissu pour toute réponse.

– Essaie !

Je pousse un long soupir et me déshabille. Hilary se marre en découvrant mes chaussettes — rouges à petits pois bleus — et commence à m'assaillir de questions.

– Alors… Comment as-tu fait la rencontre d'Helen ?

– Au théâtre. Je voulais savoir ce que ça faisait de chanter sur une scène et elle était là. Elle m'a proposé de me donner des cours, j'ai accepté.

– Normal, ajoute-t-elle en faisant glisser la fermeture éclair dans mon dos. C'est un des secrets les mieux gardés de Broadway.

Elle me fait marcher jusqu'à un miroir pour que je m'admire. Si mon égo est flatté de rentrer dans la robe, je dois admettre que je ne suis pas fan de la couleur. Le rose n'a jamais été mon truc.

— Ça ne va pas, décrète Hilary en voyant ma grimace dans le miroir. On essaye autre chose.

Elle retourne à son dressing et en sort une nouvelle tenue.

— Qu'est-ce que tu veux dire par «secret» ?

— Eh bien, quand les parents d'Adrian sont morts, c'est Helen qui s'est occupée de lui. À l'époque, elle jouait dans plusieurs spectacles. Adrian a grandi là-dedans, sa grand-mère l'emmenait partout. Alors, quand il a décidé d'entrer à l'école d'Arts dramatiques, elle s'est retirée de la scène.

— Mais… pourquoi ?

Elle me passe une montagne de froufrous argentés par-dessus la tête et disparaît un instant de ma vue.

— Adrian ne voulait pas être vu comme «le petit fils de». Il voulait réussir par lui-même. Peu de personnes savent qu'Helen est sa grand-mère. Il n'y a que Zack, Colin, Rebecca, moi… et toi, maintenant.

Je reste songeuse. C'est honorable de la part d'Adrian de ne pas avoir voulu être pistonné, alors que les contacts d'Helen auraient sûrement pu lui ouvrir tout un tas de portes.

Des portes qu'il a enfoncées tout seul.

La nouvelle robe n'est pas mieux que la précédente. Elle me donne l'air d'une grosse meringue argentée. Hilary peste en m'aidant à la retirer.

— Après ça, continue-t-elle, son mari est mort et elle s'est un peu désintéressée de la musique. On ne la voit qu'une fois par an, lorsqu'elle fait son concert. C'est presque un rite de passage pour tous les comédiens de Broadway. Beaucoup d'entre nous ont été repérés sur cette scène. Helen a du flair.

— Ça ne me met pas du tout la pression…

Hilary pouffe et me jette une autre robe dessus. Je la lui rends aussitôt : je sais déjà de quoi j'aurais l'air dans des jupes jaune moutarde.

— T'es difficile ! Bon, tourne-toi un peu que je vois comment tu es foutue, on va procéder autrement.

— Je suis déjà en sous-vêtements, tu vois tout, là !

Elle me fait tournoyer sur moi-même, inspecte chaque centimètre carré de mon corps. *Heureusement que je ne suis pas pudique !*

— Hope ?

— Quoi ?

— Tu vas pardonner à Adrian ?

Nos regards se croisent. Je redoutais cette question depuis le moment où je suis montée dans ce taxi avec elle.

— Je ne peux pas être avec quelqu'un qui a peur à chaque fois qu'il me perd de vue, réponds-je simplement. Je pourrais le pardonner. Pour être franche, j'en crève d'envie. Mais je ne vais pas changer pour lui ni arrondir les angles pour lui faire plaisir. Je ne peux pas non plus effacer ce que j'ai vécu. C'est à lui d'accepter ça.

Hilary acquiesce, comme si elle soupesait mes paroles. Puis, son regard s'éclaire et elle se remet à trifouiller dans son dressing.

— Je ne sais pas pourquoi je n'y ai pas pensé plus tôt !

Elle sort un plastique épais et opaque. Quand elle dézippe la fermeture, mon cœur rate un battement. Je n'ai jamais vu un vêtement aussi beau.

— Tu veux l'essayer ?

Je hoche la tête, la bouche sèche. Elle m'aide à passer la robe et le tissu glisse sur moi, épousant mes formes comme si nous étions faits pour nous rencontrer.

Je me regarde dans le miroir, trop émue pour parler. La pièce, entièrement bleu marine, est découpée avec soin et le travail est si fin qu'il en est extraordinaire. Sur le bustier coupé en cœur sont brodés une dentelle et quelques sequins brillants. Les manches, légèrement transparentes, m'arrivent au milieu du coude, laissant mes épaules découvertes. Quant à la jupe, elle est asymétrique et volette devant moi jusqu'au-dessus de mon genou tout en tombant sur mes talons en un joli halo couleur nuit.

— C'est la robe que je portais le soir où Adrian a décroché son Tony, me souffle Hilary à l'oreille.

J'en ai le souffle coupé. J'imagine Adrian monter sur scène pour récupérer son trophée, accomplir le rêve de toute une vie…

— C'est la bonne, je crois.

Je hoche la tête, incapable de dire quoi que ce soit. Ma colère s'apaise un peu et les regrets s'invitent à la partie. Hilary attrape mes cheveux d'une main, les remonte dans ma nuque.

— Et toi, avec Zack ? osé-je demander.

— Quoi, avec Zack ?

Elle est tellement sur la défensive que je la grille à mille kilomètres.

— J'ai vu comment tu le regardais l'autre soir, quand il est allé parler à cette fille. Il sait que tu as le béguin pour lui ?

Hilary lâche ma tignasse et me gratifie d'un petit sourire résigné.

— Ça marche vraiment, ton truc d'entremetteuse, hein ?

Zack ne sait rien du tout et je compte sur toi pour fermer ton adorable bouche.

— Et tu ne lui dis rien parce que…

— À quelle heure dois-tu être au concert, demain ?

Elle change de sujet et je comprends que la discussion est close. Ça ne me regarde pas.

— Dix-huit heures.

— J'y serai. Je t'apporterai la robe et je t'aiderai à te préparer. Qu'en penses-tu ?

Je me retourne pour la serrer dans mes bras. Un peu surprise, elle met quelques secondes à me rendre mon étreinte.

— Merci. Pour tout.

— C'est normal. Considère qu'on est quittes si tu me dis ce que tu as acheté à Adrian, pour Noël.

J'éclate de rire en m'écartant d'elle, les yeux humides.

— Des chaussettes à l'effigie des Beatles.

Je rentre chez moi le cœur un peu plus léger. Parler avec Hilary m'a fait un bien fou et, même si rien n'est encore réglé, je suis plus confiante en l'avenir que ce matin.

Je ne sais pas ce que le futur me réserve, mais je me promets d'arranger les choses avec Adrian. Dans le taxi qui me ramène, j'hésite à lui envoyer un message. Je relis en boucle nos derniers échanges, refoule le manque de lui qui point en moi et me donne envie de courir chez lui. Je ne me sens pas prête.

Une fois arrivée, je grimpe les marches de l'immeuble quatre à quatre et pousse la porte. Mag n'est sûrement pas encore entrée et l'appartement est plongé dans la pénombre.

Alors que je cherche l'interrupteur à tâtons et allume enfin la lumière, un concert de voix me fait sursauter :

– Surprise !

J'écarquille les yeux, complètement larguée. Mon regard se pose sur Mag, puis sur Shirley. Et, enfin…

– Papa !

CHAPITRE 39

SORRY SEEMS TO BE THE HARDEST WORD

ADRIAN

Aujourd'hui, c'est répétition générale en costume. Le trac commence à monter, comme à chaque fois que je suis sur le point de participer à un spectacle. D'autant que, j'ai beau chercher parmi la salle presque vide, Hope n'est pas là.

Je ne l'ai pas revue depuis ma visite chez Granny et je suis quasiment certain qu'elle m'évite. À sa place, je ferais sans doute pareil.

– Allez, on prend vingt minutes de pause ! s'exclame Karson en agitant ses bras autour de lui. Ouste, je ne veux plus voir personne sur cette scène.

Le plus stressé de nous tous, c'est sûrement lui. Depuis quelques jours, il est insupportable. Il faut dire qu'on lui donne du fil à retordre. Enfin, surtout moi.

Je quitte la scène, non sans remarquer le regard noir que me lance Mag. Elle discute en coulisse avec la troupe de danseurs, mais ne me lâche pas des yeux. Je soupire en passant devant elle : je m'en veux suffisamment pour me passer de ses réflexions.

Comme je n'ai envie de croiser personne, je file dans

ma loge tout en ouvrant un peu le col de ma chemise. Mon costume a beau être magnifique, il n'est pas vraiment confortable et il me gratte la gorge. Alors que je traverse les coulisses, j'attrape les écouteurs dans ma poche et les enfonce dans mes oreilles pour être dans ma bulle. La voix de Paul McCartney s'élève et me prend aux tripes.

— *Yesterday, love was such an easy game to play. Now I need a place to hide away.*[25]

Je dégaine mon téléphone et le fixe comme un abruti. Cette chanson n'aurait pas pu mieux tomber.

Juste à côté de ma loge, la porte de celle de Rebecca est grande ouverte. Je risque un regard à l'intérieur : bien que je refuse toujours de lui adresser la parole en dehors des répétitions, mon ex petite amie n'a eu de cesse d'avoir de gentilles attentions envers moi, ces derniers jours. Je devrais me méfier, mais je n'en ai plus la force. Au fond, je sais que Rebecca se sent mal de ce qu'elle m'a fait.

Et je crois que je l'ai assez punie pour ça.

Rebecca est dans sa loge, assise face à son miroir, en train de mettre un peu d'ordre dans ses cheveux. Ça me coûte de l'admettre, mais elle fait une Clarisse formidable. Grâce à elle, le show sera fabuleux. Elle pourrait même gagner un Tony que ça ne m'étonnerait pas.

Je retire mes écouteurs de mes oreilles et, sans réfléchir davantage, je frappe discrètement sur le battant ouvert.

— Je peux entrer ?

Elle se retourne et darde sur moi ses prunelles surprises. Ses lèvres s'étirent, creusant une fossette dans sa joue gauche.

— Bien sûr, souffle-t-elle.

____

25 *Yesterday,* chanson des Beatles
Traduction : Hier, l'amour était un jeu dont je connaissais toutes les règles. Aujourd'hui, je dois trouver un endroit où me cacher.

Je fais quelques pas dans la pièce et avise le petit canapé en velours. Je m'y assois, prudent, sans la moindre idée de ce que je fous là.

— Tu…, commencé-je. C'était très joli, ce que tu as fait tout à l'heure. Pour le morceau d'ouverture.

— Merci.

Entre nous, le silence s'installe et se prolonge. Je me racle la gorge tandis qu'elle joue avec ses cheveux, probablement aussi gênée que moi.

— Est-ce que tu vas bien ?

Son timbre est sincère, soucieux. Retournée sur sa chaise, elle agrippe le dossier avec ses ongles manucurés, peints d'un vernis un peu moins criard que d'habitude. Son rôle l'exige, après tout.

— Je crois, oui.

— Hope ?

— Non, elle refuse toujours de me parler.

— Je vois.

Elle se lève pour venir s'installer à côté de moi. Son parfum sucré embaume la pièce. Autrefois, cette fragrance me retournait la tête. Aujourd'hui, elle ne m'évoque plus rien sinon une époque lointaine.

— Je suis désolée, Adrian, lâche-t-elle en regardant le sol. Pour tout. Je n'ai jamais voulu te faire de mal, je…

— Je sais, la coupé-je. Tu es tombée amoureuse. Ce sont des choses qui arrivent et c'est moi qui ai eu tort de t'en vouloir pour ça.

Ses sourcils s'arrondissent sous le coup de la surprise, mais je suis lancé et j'en profite pour vider mon sac :

— Je veux dire, j'aurais préféré que tu me le dises avant de coucher avec lui, évidemment. Et même si je t'aimais profondément, je réalise aujourd'hui…

— Que ce n'est rien comparé à ce que tu ressens pour Hope ?

Je lève la tête vers elle. Un sourire a pris possession de son visage, révélant son sourire digne d'une pub pour dentifrice.

— J'ai su que tu avais fait une bêtise à l'instant où j'ai vu sa tête, il y a quelques semaines, poursuit-elle. Encore plus quand j'ai remarqué que tu ne venais plus aux répétitions. Après être passé chez toi, Zack est venu boire un café et m'a tout raconté.

— J'ignorais que vous vous étiez réconciliés…

— C'est Hope qui m'a convaincue de raconter ma version de l'histoire, tu sais. Zack a compris. J'ai revu Colin et Hilary, aussi. Rien ne sera plus jamais comme avant, bien sûr. Mais c'est un début…

Quand nous nous sommes séparés, tous nos amis ont pris mon parti. Elle a dû se sentir si seule…

— Je suis désolé, répété-je.

— Adrian…

Elle prend mes mains entre les siennes et me force à la regarder.

— Nous nous sommes trop aimés pour nous détester, pas vrai ?

Je hoche la tête et risque un sourire à mon tour. Ça me coûte de l'admettre, mais elle a raison.

— Peu importe combien je suis heureuse avec Tom, à présent, tu seras toujours une part de moi. J'ignore ce qui t'a poussé à agir de la sorte avec Hope, mais… Elle a eu une vie avant toi. Tu ne peux pas lui en vouloir pour ça.

— Je sais… Je veux la récupérer, mais elle ne me laisse pas l'approcher. Et vu comment Mag me regarde, si je lui demande, j'ai peur qu'elle me saute à la gorge.

Rebecca se relève brusquement et me toise de toute sa hauteur.

— Adrian McKenzie, tu es comédien, tu détiens un Tony Awards… Et surtout, tu es un incorrigible romantique. Tu veux la récupérer ? Alors, fais quelque chose, bordel ! Quelque chose de grand !

J'avais oublié que Rebecca pouvait être si théâtrale et je me surprends à rire. Il est bon de la retrouver, même si elle a un peu changé. Son physique est peut-être moins naturel, mais à l'intérieur, elle est restée mon amie.

Ses paroles tournent en boucle dans mon esprit. *Quelque chose de grand…* Est-ce que ça suffirait à réparer les pots cassés ? Est-ce que Hope me pardonnerait, si je lui prouvais que je l'aimais ?

— Alors ? s'impatiente Rebecca. Une idée ?

Son pied nu tape sur le sol de la loge et le tempo déclenche la révélation dont j'avais besoin. Je me relève à mon tour, le cœur battant à tout rompre, et m'exclame :

— Tu es la meilleure !

Je l'attrape par les épaules et la serre dans mes bras. Elle hésite un peu avant de me rendre mon étreinte et c'est ainsi que Colin nous surprend.

— Eh ben, il va neiger ! s'exclame-t-il.

— Ah, tu tombes à pic !

Je lui prends le bras et l'attire à l'intérieur de la loge pour lui expliquer mon plan. Rebecca et Colin m'écoutent attentivement, acquiescent. Quand j'ai terminé, mon ami secoue la tête et se marre :

— C'est parfait, mec. Mais tu sais de qui on a besoin pour ça ?

Je grimace. Je ne le sais que trop bien.

J'ai besoin d'une régisseuse.

CHAPITRE 40
GO THE DISTANCE

Je serre les jambes pour réfréner mon envie de faire pipi. J'ai eu beau passer aux toilettes avant, c'est plus fort que moi. Le trac s'en mêle et j'ai l'impression que je vais mourir foudroyée.

La salle est comble. Depuis les pendrillons, je peux voir les visages des premiers rangs et je souris en reconnaissant la mine joviale de mon père et celle de son compagnon, Miguel. C'est une magnifique surprise, qu'ils me font là.

— Je n'aurais raté ça pour rien au monde, m'a dit papa hier. Heureusement que Mag m'a prévenu !

Mag a tout organisé dans mon dos. La cachotière est là aussi, quelques places derrière eux. J'ignorais qu'elle avait acheté son billet au moment même où je lui ai dit que j'allais participer à ce spectacle.

Pour l'heure, tout le monde profite de la performance d'acrobates de cirque. Suspendus à des draps, ils tournoient dans les airs sous une lumière bleutée. C'est si beau que j'en oublierais presque que, d'ici une dizaine de minutes, ça va être mon tour.

Comme elle me l'avait promis, Hilary est venue m'aider à

me préparer. Elle m'a coiffée, maquillée. J'ai eu peur quand elle a sorti le fard à paupières noir pour me faire un *smoky eye*, mais je dois admettre que le résultat est surprenant. Je ne me suis jamais trouvée aussi belle.

Dommage qu'avec ces chaussures, je ne puisse pas mettre mes chaussettes porte-bonheur.

— Tu es superbe.

Je sursaute et tourne la tête. Mon cœur rate un battement et je dois me rappeler de respirer.

— Qu'est-ce que tu fais là, Adrian ?

Mon ton est plus sec que je l'aurais voulu et je me mords la lèvre. Je le détaille malgré moi. Sa veste de costume bleu foncé tombe impeccablement sur ses épaules et même dans la pénombre, je peux voir que le tissu met ses yeux en valeur. Néanmoins, il a échoué à dompter sa tignasse et je meurs d'envie de passer mes doigts dans ses cheveux.

— Je voulais te souhaiter bonne chance, dit-il simplement. Et aussi te dire que, si tu as trop peur, ma place est au troisième rang, juste à côté de celle de Granny. Je sais que ça aide d'avoir un visage amical dans le public…

Il me désigne un siège vide à côté d'Helen. Comme il se penche sur moi, je peux inspirer son odeur, qui me donne immédiatement envie de me pendre à son cou.

— Merci.

Il reste un instant à mes côtés, sans bouger. J'ai tant de choses à lui dire, mais les mots restent coincés dans ma gorge. Le simple fait qu'il soit là, si élégant dans son costume trois pièces parfaitement coupé, me réchauffe le cœur.

— Tu te rappelles le banc où tu m'as demandé de te retrouver ? s'enquiert-il soudain.

Sa voix grave glisse en moi et me tire des frissons.

Comment suis-je supposée lui résister, hein ?

— Oui.

— Je t'y attendrai demain matin, vers onze heures.

Mes entrailles se nouent tandis que les artistes saluent l'assistance et laissent la place à la chanteuse suivante.

Après elle, ce sera ton tour.

— Pourquoi ?

Je lève la tête pour plonger mon regard dans celui d'Adrian. J'y lis de la tristesse, de la tendresse, un peu de désir, aussi. Tout ce qui nous caractérise, lui et moi, en cet instant précis.

— Je voudrais avoir une chance de m'excuser en bonne et due forme.

J'acquiesce, parce que j'ignore quoi faire d'autre. Alors qu'il fait mine de se détourner, ma main se presse sur son torse et l'arrête.

Nouveaux regards. Nos silences parlent plus que mille mots. Ces derniers se bousculent dans ma gorge, mais ce qui sort finalement de ma bouche a un goût d'inattendu.

— Mia était ma fille.

Les yeux d'Adrian s'agrandissent sous la surprise. Néanmoins, il lève le bras et sa paume vient recouvrir la mienne.

— Je suis tombée enceinte à dix-sept ans, avant de quitter le lycée. J'ai fait une fausse couche à cinq mois de grossesse et, pendant huit longues années, Logan a essayé de me convaincre de faire un autre enfant pour remplacer celui que nous avions perdu.

Je vois sur son visage qu'il commence à comprendre. Il ne cherche pas à m'interrompre, alors je continue.

— Je sais que ce que tu as vu dans cette ruelle t'a paru cruel. Mais crois-moi, ma vie d'avant l'était bien plus.

— Je… Hope, je suis vraiment désolé. Si j'avais su…

Sur scène, la musique s'arrête de nouveau. Je dois m'arracher du regard d'Adrian pour ne pas l'embrasser. Le noir se fait et, à regret, je glisse ma main le long de son torse et me libère de l'étreinte de ses doigts.

— Va les éblouir.

Son murmure m'accompagne alors que je fais un premier pas sur scène, puis un deuxième. Je me place devant le micro, parcours le public des yeux. Je vois Adrian rejoindre silencieusement sa place, à côté de sa grand-mère.

Les projecteurs s'allument. Les murmures s'éteignent. Il ne reste que moi, debout au milieu des autres, à une inspiration de réaliser mon rêve.

J'ouvre la bouche pour commencer à chanter quand je l'aperçois.

Discrète, elle se faufile parmi les sièges pour rejoindre sa place. Quand elle s'assoit et relève le menton vers moi, son sourire efface les disputes, les mauvais moments, mes doutes. Je réalise qu'au fond, c'est tout ce que j'ai toujours voulu.

Que ma mère soit fière de moi.

Une larme coule sur ma joue et je l'essuie discrètement. Puis, transportée par une nouvelle allégresse, je fais signe à l'orchestre et inspire.

— *I have often dreamed of a far off place,*
Where a hero's welcome would be waiting for me,
Where the crowds would cheer, when they see my face,
And a voice keeps saying this is where I'm meant to be.[26]

---

26 Go the distance

Traduction : J'ai souvent rêvé d'un endroit lointain, où je serais accueilli en héros, où la foule acclamerait à la simple vue de mon visage, et une voix me dit que c'est là qu'est mon destin.

Je me sens pousser des ailes tandis que ma voix emplit la salle. Helen avait raison, cette chanson est pour moi. Je la chante de toutes mes forces, avec mes tripes, poussant sur les notes comme je ne l'ai jamais fait.

Je le fais pour elle. Je le fais pour moi. Pour la Hope de dix-sept ans et ses rêves un peu fous.

Dans la pénombre, mes prunelles rencontrent celles d'Adrian et le reste s'efface :

— And I won't look back, I can go the distance,
And I'll stay on track, no I won't accept defeat.
It's an uphill slope,
But I won't loose hope, 'till I go the distance
And my journey is complete.[27]

Je le vois sourire et serrer la paume de sa grand-mère. Derrière lui, mon père pleure à chaudes larmes, consolé par Miguel. Alors que j'étire les ultimes notes et prononce les dernières phrases, je me jure de ne jamais oublier ce moment.

Moment que je veux immortaliser dans les yeux cobalt d'Adrian.

— I will search the world, I will face its harms,
'Till I find my hero's welcome waiting in your arms.[28]

Je reprends mon souffle au moment où la salle vole en éclat. Le public se lève, m'acclame et je chavire dans un concert d'applaudissements.

Un concert de bonheur.

---

27 Traduction : Je ne regarderai pas en arrière, j'irai au bout du chemin, sans le moindre détour, sans accepter de défaites. La pente est raide, mais je ne perds pas espoir, car j'irai au bout du chemin et mon voyage sera terminé.

28 Traduction : Je parcourrai le monde, affronterai ses dangers, jusqu'à ce sois accueilli en héros dans tes bras.

— Hope, chérie, c'était magnifique !

Mon père me serre dans ses bras et inspire une flopée de paillettes. Il faut dire qu'Hilary n'a pas lésiné sur la laque.

Le concert est terminé depuis presque une demi-heure et j'ai eu tout le mal du monde à retirer ma robe. Hilary n'en avait malheureusement pas fini avec moi. Elle m'a tendu une combinaison smoking et une paire d'escarpins, prétendant que c'était à ce genre d'événements que les directeurs de casting traînaient toujours et que je devais être, selon ses propres mots, au top du top.

— Si après ça, tu n'es pas repérée, je ne sais pas ce qu'il faut ! s'exclame Mag en arrivant juste derrière mon père et Miguel.

J'attrape ses mains et lui plaque un baiser sur le front. Au fond, tout ça, c'est grâce à elle.

— Hope ?

Je me retourne et souris. Maman est là, visiblement nerveuse. Trop heureuse de voir qu'elle a fait le voyage, je franchis la distance qui nous sépare et l'attire à moi.

— Comment as-tu su…

— Ton père. Oh, ma chérie, je suis tellement désolée…

Sa voix chevrote et, l'instant d'après, elle pleure à chaudes larmes dans mon cou.

Je lui caresse les cheveux. On a encore beaucoup de choses à se dire, toutes les deux, mais je réserve ça pour un autre moment. Pour l'heure, je compte bien profiter de ces retrouvailles.

Voir mon père et ma mère côte à côte est un vrai miracle de Noël. Ils ne s'étaient plus parlé depuis des années et savoir qu'ils ont enterré la hache de guerre pour moi m'emplit de joie. Ils discutent comme s'ils avaient toujours été bons amis, sous le regard éberlué de Mag, qui n'en revient pas non plus.

De loin, j'aperçois Helen sortir de la salle à son tour. Elle a fait un merveilleux numéro de fermeture, avec l'aide d'une chorale. Je cherche Adrian à côté d'elle, mais en pleine lumière, la famille Fitzgerald-McKenzie ne semble pas décidée à se montrer.

En revanche, une dame à l'allure très sophistiquée tient le bras de ma prof de chant. Elles s'approchent de nous et ma famille fait légion autour de moi.

— Hope ! entame Helen en me claquant une bise sur la joue. Bravo pour ta performance.

— C'est grâce à vous.

— Je ne crois pas être la seule responsable, non, glisse-t-elle avec un sourire entendu. Laisse-moi te présenter Regina Gelhart, qui cherche justement la tête d'affiche de son prochain spectacle : Moulin Rouge[29].

— Je, euh… Enchantée.

La révérence fait son grand retour et Mag se plaque une main sur son visage.

— Tout le plaisir est pour moi, Mademoiselle Harper, sourit Regina. Vous avez une voix fantastique, qui irait parfaitement à Satine.

Satine. Le rôle principal.

Je meurs.

— J'organise des auditions la semaine prochaine. Cela vous intéresse-t-il ?

Je suis en mort cérébrale, c'est ça ? Quelqu'un va venir me débrancher d'un instant à l'autre.

— Je… Oui, j'en serai ravie, parviens-je à articuler par un

---

29 Film réalisé par Baz Luhrmann, sorti en 2001.

procédé miraculeux.

– Parfait. J'enverrai les détails à Helen. Bonne soirée !

Elle s'éloigne un peu de nous, probablement pour aller débusquer une autre vedette potentielle et je saute au cou d'Helen.

– Merci, merci, merci !

– Doucement, ce n'est qu'une audition ! Il va falloir qu'on travaille dur. Satine est un rôle très exigeant. Je te veux chez moi dès vendredi à huit heures tapantes ! Après tout, je crois que tu as rendez-vous quelque part, demain…

Helen salue mes parents d'un signe de tête et s'écarte à son tour. Je me retourne pour étreindre Mag, mon père et ma mère. Puis, je réalise avec un pincement au cœur qu'il ne manque qu'une personne pour fêter ça.

Adrian.

CHAPITRE 41

LA VIE EST UNE COMÉDIE MUSICALE

HOPE

Je me lève le lendemain avec une seule idée en tête : retrouver Adrian. Sautant du lit, je file à la douche et prends une vingtaine de minutes à trouver la tenue parfaite.

Bon sang, Hilary doit commencer à déteindre sur moi.

Je passe un short imitation cuir sur des collants opaques et un chemisier blanc. Alors que je m'apprête à sortir de l'appartement, je remarque la porte grande ouverte de la chambre de Mag.

Elle n'est pas là.

Curieux. Pourtant, hier, lorsque nous sommes rentrées du spectacle après avoir raccompagné mes parents à leur hôtel, elle était avec moi. Et ce n'est vraiment pas dans ses habitudes de se lever avant midi.

Sûrement quelque chose à gérer pour le spectacle.

C'est vrai que la première est ce soir. Je ne me suis toujours pas décidée à y aller. J'imagine que ça dépendra de ce qu'Adrian compte me dire…

Décidée, j'attrape mon manteau et sors de l'appartement.

Dehors, le froid est saisissant. Le ciel est lourd, chargé et ça ne m'étonnerait pas qu'il neige. Mon cœur s'emballe à cette pensée : quelques flocons seraient parfaits pour une veille de Noël.

Tout excitée, je retrouve le banc sur lequel Adrian m'avait retrouvée, la première fois. À cette heure, Central Park est bondé. Les enfants tirent leurs parents à la patinoire, les couples s'embrassent, les amis se chamaillent. Une écharpe de solitude s'enroule autour de moi alors que je m'installe.

Et j'attends.

Les minutes s'égrènent et emportent avec elles un peu de mon espoir. Adrian ne m'a quand même pas oubliée, si ? Suis-je seulement au bon endroit ? Je suis persuadée que oui.

Au loin, j'entends la musique d'une fanfare. Les trompettes et les tambours se rapprochent inexorablement, mais je suis trop déçue pour relever la tête. Il est presque onze heures quinze et mon téléphone est toujours silencieux.

Adrian ne viendra pas.

L'orchestre passe devant moi dans un concert de grosses caisses et de cuivres. Ils marchent en rythme et je décide que, si Adrian n'est toujours pas arrivé lorsqu'ils auront terminé leur morceau, je m'en irai.

Sauf qu'ils s'arrêtent là, juste en face de moi. Ils forment un arc de cercle, continuant de souffler dans leurs instruments.

Je fronce les sourcils, observe les alentours. Peut-être que je les gêne ? Oui, ils vont probablement faire un concert ou un truc du genre.

Je me lève pour leur laisser la place quand la musique change brutalement. Derrière les musiciens, quelques danseurs surgissent et commencent leur numéro. Je crois reconnaître le visage de Colin, mais ils bougent si vite que je ne suis sûre de rien.

C'est quoi ce bordel ?

Je reconnais les accords de *You're the one that I want*, de *Grease*.[30] Interdite, je reste figée. Un des danseurs — bon sang, c'est bien Colin — sort de la troupe et passe dans mon dos pour me maintenir en place.

– Tu allais quelque part ?

– Je…

Je m'interromps brusquement. Les cuivres s'écartent et laissent passer une version plus jeune et aussi plus sexy de John Travolta — *si, je jure que c'est possible.*

Adrian.

J'ouvre grand les yeux, à mi-chemin entre la surprise, la gêne et l'amusement. Heureusement que Colin est derrière moi, car sinon, je serais tombée sur le cul.

Grand sourire aux lèvres, Adrian ouvre la bouche et commence à chanter :

– *I got chills, they're multiplying,*
And I'm losing control,
'Cause the power you're supplying,
It's electrifying.[31]

Chaque mot l'a rapproché de moi et il me tend désormais le bras. Je fixe sa main comme une idiote. La musique s'arrête et je comprends qu'ils attendent tous quelque chose.

Moi.

Autour de nous, les passants ont ralenti pour nous regarder. Certains ont sorti leurs téléphones. Je repère Mag qui filme la scène, un peu plus loin.

---

30 Film musical de Randal Kleiser, 1978.

31 Traduction : J'ai la chair de poule, de plus en plus fort, et je perds le contrôle, car l'énergie que tu fournis est électrisante.

Une mutinerie, donc.

Mon attention se reporte sur Adrian. Mon cœur bat à tout rompre dans ma poitrine, menaçant de la faire imploser. Incapable de résister plus longtemps, j'attrape sa main et entame, a capela :

— You better shape up,

'Cause I need a man,

And my heart is set on you.[32]

La musique reprend, il éclate de rire. Il m'attire contre lui et me fait tournoyer. Entre les trompettes et les tambours, je tente tant bien que mal de suivre les pas de danse imposés par la troupe. Adrian m'agrippe la taille, me soulève, me repose, sans cesser de chanter.

— You're the one that I want ![33]

Des chœurs surgissent et, parmi eux, je reconnais Rebecca. Elle me fait un clin d'œil et est aussitôt embarquée par Colin, qui la précipite au milieu de la troupe de danseurs.

Parmi les chœurs, il y a aussi Zack et Hilary. L'un joue un Kennicky assumé tandis que l'autre doit être Rizzo. Un couple, donc, même si je devine que ce n'est que pour la chanson. Dommage…

Quand le numéro s'arrête, je suis essoufflée. Adrian me tient toujours contre lui, sa bouche à quelques centimètres seulement de la mienne. Je sens qu'il veut parler, mais, au fond, c'est bien inutile. Peu importe ce qu'il va me dire, désormais.

Aujourd'hui, Adrian a fait de ma vie une vraie comédie musicale.

Les passants applaudissent, la foule se disperse. La fan-

---

32 Traduction : Tu devrais te remuer, car j'ai besoin d'un homme, et c'est toi que mon cœur a choisi.

33 Traduction : Tu es la personne que je désire.

fare et les danseurs restent néanmoins autour de nous, comme s'il manquait encore quelque chose pour bien terminer cette histoire.

— Hope, commence-t-il. Ces dernières semaines sans toi... J'ai réalisé que c'était pire qu'une traversée du désert. Cette passion, ma passion, je l'avais perdue avant de te rencontrer. Il a suffi de quelques notes et d'un *Long Island Iced Tea* pour que je tombe éperdument, irrémédiablement amoureux de toi.

La tension est palpable et je me force à ne pas le faire taire en fondant sur ses lèvres.

— Je suis désolé de la souffrance que je t'ai causée. J'ai eu peur que tu m'abandonnes et je n'avais pas compris que, la pire chose qui pouvait m'arriver, c'était une vie sans toi.

Il va me faire pleurer, ce con.

— Je ne veux pas te perdre, Hope. Mais je te promets que, si un jour nos chemins doivent se séparer, je t'aimerai toujours suffisamment pour te laisser partir. Car c'est ça, le véritable amour. Laisser l'autre libre.

Une larme coule sur ma joue, inarrêtable. Elle creuse un sillage jusqu'à mes lèvres, y laisse un léger goût salé.

— Je t'aime, Hope.

Je me hisse sur la pointe des pieds pour coller mon front à celui d'Adrian. Ses mots, son odeur, son regard, tout en lui panse mes blessures. Sept lettres se forment dans ma gorge, glissent sur ma bouche comme un bonbon sucré.

— Je t'aime.

Ses yeux pétillent et sa bouche engloutit les quelques centimètres qui nous séparaient encore.

Enfin.

CHAPITRE 42

LE PRINCE ET LA CHANTEUSE

ADRIAN

Ça y est. J'ai la frousse.

Dans la salle, le public est installé. J'observe les visages des gens, cachés derrière le gros rideau de la scène, qui s'ouvrira dans quelques minutes. Je reconnais Hilary et Zack au troisième rang et me demande soudain pourquoi ces deux-là ne se sont jamais mis ensemble. Le regard de mon pote glisse sur sa voisine et je devine que ce n'est pas l'envie qui lui manque.

Comment ai-je pu être aussi aveugle, tout ce temps ?

Quand je lui ai demandé de faire le numéro pour Hope, Zack m'a dit qu'il avait finalement arrêté de voir la nana du bar. Une idylle bien vite terminée, mais je m'en doutais. Alors, peut-être qu'avec Hilary…

Rebecca se glisse à côté de moi et passe à son tour sa tête dans un pli du rideau. D'ici, nous sommes invisibles, mais si Karson nous voyait, il nous passerait un sacré savon.

– Alors ? Elle est là ?

Mes yeux tombent sur la place encore vide au premier rang et mon cœur se serre.

Hope n'est pas là.

Pourtant, j'étais sûr qu'elle viendrait. Après notre numéro de tout à l'heure, dans Central Park, nous n'avons pu échanger qu'un baiser fiévreux avant que le devoir ne se rappelle à moi. Toute une journée de répétitions avant la première, journée que j'aurais mille fois préféré passer avec elle. J'ai tout juste eu le temps de glisser un billet dans la poche de sa veste et de lui murmurer :

– J'espère que tu viendras.

De toute évidence, elle n'est pas venue.

– Tout le monde en place et en costume, on démarre dans dix minutes ! nous parvient la voix de Mag depuis les pendrillons.

Je soupire et retire ma tête du rideau. Rebecca croise mon air déçu et pose une main amicale sur mon épaule, un drôle de sourire flottant sur ses lèvres.

– Je suis sûre qu'elle te réserve une surprise. Crois-moi, elle viendra.

Je me raccroche à cet espoir alors que je passe ma veste de costume, entièrement brodée de fils d'argent. Pas la tenue la plus virile que j'ai portée, mais ça fait conte de fées.

Quelques notes nous parviennent, signe que l'orchestre prend place dans la fosse. Le début du spectacle est imminent. Je n'interviens pas tout de suite, mais je tiens à voir mes collègues performer leur numéro d'ouverture. Je suis mieux avec eux que dans ma loge.

Rebecca est de l'autre côté de la scène, côté jardin. Elle fera son entrée juste après la première chanson.

Je songe à tout le chemin que nous avons parcouru, tous les deux. Amis, amants, ennemis… Enfin, elle a peut-être été mon ennemie un jour, mais j'ai réalisé que je n'ai jamais été le sien. C'est comme elle a dit, au fond.

Nous nous sommes trop aimés pour nous détester.

Son sourire s'élargit soudain. Je fronce les sourcils, perplexe : il ne se passe pourtant rien. Le trac monte en moi et je serre les jambes, pris d'une subite envie d'aller aux toilettes.

— Alors à toi aussi, hein ?

Je tourne la tête, les yeux écarquillés. Hope se tient à côté de moi, éblouissante dans sa petite robe prune, les cheveux ramenés sur son épaule. Son regard est vif, pétillant, brûlant aussi.

— Que… tu…

— J'avais négocié avec Mag une place dans les coulisses bien avant que tu ne m'offres ce billet, réplique-t-elle en agitant le petit bout de papier. Je vais rejoindre mon siège dans quelques instants, mais je voulais… Je voulais t'offrir ça.

Un paquet tout mou se retrouve dans mes mains, parsemé de petits flocons dorés. Intrigué, je le déchire et découvre avec stupeur une paire de chaussettes à l'effigie des Beatles.

— Joyeux Noël ! s'exclame Hope. Tu n'avais pas de chaussettes porte-bonheur, alors je me suis dit…

Je plaque ma bouche sur la sienne pour la faire taire. C'est, et de loin, le meilleur cadeau qu'on m'ait jamais fait.

Ses doigts agrippent ma nuque tandis que ma langue s'enroule autour de la sienne. Un instant, j'oublie où nous sommes et qu'un spectacle est sur le point de commencer. Tout ce qui compte, c'est Hope. Hope et son sourire, son courage, ses fesses délicieusement galbées dans cette robe…

— Hum, hum, toussote quelqu'un dans notre dos.

Je me sépare à regret de ses lèvres et me retourne. Mag est là, oreillettes et micro plaqués contre son visage, tablette en main. Elle darde sur nous des yeux moqueurs et lâche :

— Monsieur McKenzie, si vous voulez vous taper des

petites nouvelles, je ne saurais que trop vous conseiller de le faire dans votre loge.

— On a déjà fait la loge, soupire Hope.

Mag s'esclaffe alors que je tente de reprendre un minimum de sérieux.

— Adrian, le spectacle va commencer. Hope…

— Je sais, je vais à ma place !

Elle pose un dernier baiser sur mes lèvres et murmure :

— Éblouis-les !

Elle me laisse là, avec mes chaussettes dans les mains. Je ne peux pas les mettre, car cela se verrait trop, alors je me tourne vers la meilleure régisseuse de Broadway.

— Hé, Mag ?

— Quoi ?

— Tu veux bien me garder mes chaussettes porte-bonheur ?

Le spectacle s'achève dans un tonnerre d'applaudissements.

La main de Rebecca serre la mienne alors que nous saluons, un immense sourire étiré jusqu'aux oreilles.

C'est pour ça que je fais ce métier. Pour voir les étincelles dans les yeux des gens, pour les rêves que nous mettons dans leur vie, l'espace d'une soirée.

Au premier rang, Hope s'est levée et nous siffle. Je vois les larmes au bord de ses yeux et réalise que jamais moment n'a été aussi parfait. Bientôt, ce sera elle sur une scène et moi dans le public. Et un jour peut-être, ensemble…

Le rideau tombe. Le spectacle est terminé.

Tout le monde s'embrasse, les comédiens, les danseurs, l'équipe technique. Je serre Mag, Rebecca et Colin dans mes bras. Sans eux, rien n'aurait eu la même saveur.

Pour la première fois depuis longtemps, j'ai retrouvé la foi. Et je sais à qui je le dois. Impatient de la retrouver, je cours dans ma loge pour me changer. J'ouvre la porte, le cœur battant, et elle est là. Debout face à la coiffeuse, à côté des portants des costumes, comme la première fois. Son visage s'illumine, agrandissant ses yeux noisette dans lesquels j'adore me plonger.

Doucement, je referme la porte derrière moi. Le bruit du loquet nous fait sourire. Elle fait un pas en avant, j'en fais un autre.

– Tu m'as manqué, susurré-je.

Sa langue passe sur ses lèvres et je perçois le changement d'atmosphère, le désir dont la gravité se charge. Je suis attiré par Hope comme la Terre est attirée par le soleil.

Mes mains glissent dans son dos, remontent sur ses joues. Elle m'attrape et m'embrasse comme jamais auparavant, un baiser pressé, passionné. Je m'abandonne complètement à cette étreinte brûlante. Ma veste tombe sur le sol, bientôt rejointe par ma chemise. Elle va vite, trop vite. Et je veux ralentir un peu.

Je la plaque contre le mur et la retourne. La pression de ses fesses sur mes hanches me rend fou, mais je tiens bon. Délicatement, ma main vient écarter ses cheveux qui me bloquaient l'accès à sa nuque. Je laisse courir ma bouche en haut de sa colonne vertébrale, apprécie chaque frisson, chaque soupir. Du bout des doigts, je délace lentement sa robe et caresse ses épaules pour en faire tomber les bretelles.

Sa peau laiteuse se retrouve à ma merci. Sous le tissu, sa

poitrine est nue, dressée. Je colle mon torse contre son dos, agrippe ses seins, embrasse son épaule. Ma paume droite s'aventure le long de son ventre, passe sous son collant, sous l'élastique de sa culotte en dentelle.

Je la touche avec précaution, attentif aux moindres de ses gémissements. Elle se tortille pour m'offrir un meilleur accès et je fonds dans son cou, la mordille, la goûte. Tout ce que j'ai rêvé de lui faire pendant ces quelques semaines séparées se rappelle à moi et je sais qu'il nous faudra plus qu'une nuit pour que nous soyons rassasiés.

À bien y penser, une vie ne suffirait peut-être pas.

Au bord de l'extase, elle se retourne brusquement et saute pour entourer ses jambes autour de mes hanches. Je l'attrape par les fesses, retrouve sa bouche avide. À travers mon pantalon, mon membre durci est plaqué contre son ventre. Une de ses mains descend pour le caresser, ce qui a le don de me faire perdre le contrôle.

Je la repose et retire mon pantalon. Elle fait de même avec ses collants, me laissant le soin de retirer moi-même sa culotte en dentelle le long de ses jambes. Je m'attèle à ce petit plaisir lent et sensuel, en profite pour balader mes lèvres sur ses cuisses. Puis, je remonte subitement pour empoigner ses petits seins ronds, fermes, qui s'emboîtent parfaitement à la paume de ma main.

– J'ai envie de toi, murmure-t-elle, haletante. Maintenant.

– Maintenant ?

J'ai envie de faire durer le plaisir, que notre étreinte dure toute la nuit. Je me sens capable de recommencer, encore et encore. Mais les désirs de Hope sont des ordres. Pressé, j'attrape une capote dans un tiroir de ma coiffeuse. Hope me la prend des mains et, avant que j'aie eu le temps de dire quoi que ce soit, la glisse elle-même autour de mon membre dressé.

– Où tu veux…

– Ici.

Elle m'agrippe par la nuque alors que je la soulève de nouveau du sol. Ses jambes s'enroulent autour de moi et je plonge en elle. Lentement d'abord, comme un lent supplice, puis plus vite. Chaque coup de reins lui tire un gémissement et je grogne. Son visage, déformé par le plaisir, n'a jamais été aussi beau.

Elle m'embrasse et ses seins plaqués contre mon torse me font perdre tout contrôle. Je me rue en elle, impatient de la voir jouir. Je sens venir le moment où elle atteint le point de non-retour. Ses jambes se resserrent autour de moi, son regard se perd dans le mien, hagard. Puis, elle laisse échapper un tout petit cri, accompagné d'un sourire. Je sens ses pulsations autour de ma hampe, pulsations qui m'achèvent à mon tour.

Je me serre tout contre elle alors que l'orgasme me submerge. Mon front dans son cou, j'inspire son odeur, encore et encore. Une fine pellicule de sueur nous couvre tous les deux et, même si je viens de jouir, une autre idée coquine me vient immédiatement en tête.

Je rêve de recommencer dans la douche.

– Adrian ?

Je m'écarte un peu pour observer son visage. Ma main repousse quelques mèches folles qui lui tombent devant les yeux et mon cœur s'emballe.

– Oui ?

Un sourire se dessine sur ses lèvres.

– Je n'avais encore jamais fait l'amour avec un prince.

— Ah non ? m'esclaffé-je avant de l'embrasser encore.

Nous ignorons les voix qui s'enthousiasment de la première à l'extérieur, ignorons les poings qui s'abattent sur ma porte en riant et en nous criant de sortir. J'emmène Hope dans la douche et nous recommençons, encore et encore, inépuisables.

Heureux.

ÉPILOGUE

NEVER (EVER) ENDING STORY

HOPE

L'attente est insoutenable.

Les jambes pliées contre moi, sur le canapé d'Adrian, j'attends désespérément le coup de fil qui va changer ma vie.

J'ai auditionné pour le rôle de Satine il y a deux jours. Tout s'est très bien passé et pour une fois, on m'a laissé chanter ma chanson jusqu'au bout. Helen m'avait aidée à travailler un morceau compliqué, mais je crois avoir convaincu l'équipe du casting.

On vous rappelle dans deux jours, m'a dit Regina.

Eh bien voilà, ça fait deux jours. Et mon téléphone est tristement silencieux.

Dans le tréfonds de l'appartement, j'entends des draps se froisser et je me redresse. Bondissant sur mes pieds, j'attrape la cafetière, une tasse, glisse mon téléphone dans la poche de mon pyjama et me dirige vers la chambre.

Adrian est là, encore à moitié endormi. Je m'arrête un instant sur le seuil de la porte pour l'observer. Ses cheveux en bataille lui tombent devant ses yeux semi-ouverts. Le drap, remonté nonchalamment sur ses abdos, me donne immédiatement envie de me glisser dessous avec lui.

Je l'aime. C'est une de mes seules certitudes.

Il m'aperçoit et grogne à mon intention. Ses lèvres bougent pour former le mot «café» et je lui pose sa tasse fumante sur la table de chevet. Puis, je m'assois à ses côtés. Ma main s'aventure d'instinct dans ses cheveux, la sienne trouve ma cuisse.

Hope, t'as ferré un sacré poisson !

– Des nouvelles ? croasse-t-il.

– Toujours pas.

– Je suis sûr qu'elle va t'appeler. En attendant…

Je reconnais cet air coquin pour l'avoir vu des dizaines de fois, ces derniers jours. Amusée, je me penche vers lui pour l'embrasser et me retrouve sous les draps, déjà délestée de mon haut de pyjama.

Sa bouche parcourt mon corps, y laisse un million de baisers et l'empreinte de ses lèvres m'électrise. Il englobe mon sein de sa paume, enfouit son nez dans mon cou, et…

– Hope ? Adrian ?

La voix de Zack nous interrompt brusquement et je sens Adrian se tendre au-dessus de moi.

– Je vais changer les serrures, maugrée-t-il. Dès aujourd'hui.

– Hé, les machines à cul ! s'exclame Mag depuis le salon. Sortez du lit, on a apporté le petit-déj».

– Bordel.

Zack et Mag sont en bonne voie pour devenir inséparables. Ils passent énormément de temps ensemble et leur complicité est évidente. Mais s'ils se mettent à rappliquer chez Adrian tous les matins, ça ne va pas le faire.

Soudain, une vibration dans ma poche me fait sursauter. Je sors aussitôt mon téléphone, sens mon cœur s'arrêter de battre lorsque je vois s'afficher le numéro de Regina. Adrian est toujours au-dessus de moi et m'observe, les yeux brillants.

— Décroche, susurre-t-il.

Mes mains tremblent tellement que j'ai du mal à appuyer sur le bouton. Je porte le combiné à mon oreille, au comble du stress.

J'ai envie de faire pipi.

— Allô ?

— Hope ? C'est Régina.

— Ah, Régina. Comment allez-vous ?

— Très bien, merci. Je t'appelle pour le rôle…

J'ai la sensation que mon âme sort de mon corps. Le temps ralentit et je plonge mon regard dans celui d'Adrian.

— J'espère que tu n'as rien de prévu pour les six prochains mois, car tu vas interpréter Satine, mon chou !

Je vois qu'il a entendu à son sourire béat. Aussitôt, il se met à me couvrir de baisers pendant que j'essaye de répondre à la directrice de casting.

— Je… merci, vous ne le regretterez pas !

— J'espère bien. Allez, je te laisse fêter ça. Je t'envoie les détails par mail avec ton contrat, on se voit l'année prochaine !

Je souris à la blague et raccroche. Nous sommes le trente-et-un décembre. Ce soir, à minuit, je dirai au revoir à cette année riche en émotion pour en embrasser une nouvelle.

Plus riche encore.

Quand nous sortons enfin de sous les draps pour rejoindre nos amis, je cours dans les bras de Mag en pleurant et en riant.

— Tu l'as eu ? Putain, tu l'as eu ? s'exclame-t-elle.

— Elle l'a eu, répond Adrian pour moi.

Zack me fait tournoyer à mon tour pendant que mon petit ami leur sert un café. Je n'arrive toujours pas à y croire.

Je suis comédienne à Broadway, bordel !

Mes pensées se dirigent immédiatement vers Helen et je me promets de passer dans la journée pour lui annoncer la bonne nouvelle.

— Ce soir, on fête ça ! lancent Mag et Zack en chœur.

Je sais ce qu'ils vont proposer. Il n'y a, de toute façon, qu'une seule adresse à New York pour célébrer un événement comme celui-ci.

Le *Sing Along !!*

❦

Le bras d'Adrian autour de mes épaules, cocktail dans la main, j'embrasse la salle du regard. Le bar est comble en ce réveillon de la nouvelle année. Les chanteurs se succèdent sur scène, tous plus talentueux les uns que les autres. Autour de nous, sur la banquette qui est désormais la nôtre, Hilary, Colin, Zack, Mag, Shirley et même Rebecca sont venus pour fêter mon rôle.

Mon tout premier rôle.

— À Hope ! s'exclame Adrian en levant son verre.

— À Hope ! reprennent nos amis en chœur.

Les larmes au bord des yeux, je leur souris. Je n'échangerai ma place pour rien au monde.

— Est-ce que la star montante de Broadway va nous régaler d'un morceau, ce soir ? s'enquit Hilary en désignant la scène.

— Ce n'est pas prévu, répliqué-je.

Elle jette un regard entendu à Adrian et je suis le mouvement.

– Adrian ?

Il passe une main dans ses cheveux, gêné.

– En fait…

– Mesdames et messieurs, faites du bruit pour Hope et Adrian !

La voix de Gill déchire les haut-parleurs et je pince le bras d'Adrian en punition. Il éclate de rire avant de me faire glisser sur la banquette et de me pousser jusqu'à la scène. Nos amis sont hilares et je devine qu'une fois de plus, j'ai eu affaire à une mutinerie.

– Tu vas nous faire chanter les Beatles, j'imagine ? m'esclaffé-je en attrapant le micro.

– Mmmh, mieux !

Il fait un signe aux musiciens dans notre dos, prend une grande inspiration et déclame :

– *Turn around,*

Look at what you see.

Mon cœur cesse de battre un instant. Je l'observe, les yeux brillants, commencer la première chanson que nous avons réellement chantée ensemble. C'était il n'y a pas si longtemps, pourtant j'ai l'impression qu'une éternité s'est écoulée depuis. Que je connais Adrian depuis toujours. Qu'il m'attendait là, à New York, dans ce bar où on sert de fabuleux Long Island, prêt à me montrer la voie vers mon rêve.

Mes rêves.

Je le rejoins en chantant. Ma voix est ponctuée d'éclats de rire qui pourraient tout aussi bien être des sanglots de joie. Adrian me fait tournoyer, me presse contre lui. Et, yeux dans les yeux, nous nous aimons. Nous chantons. Nous espérons.

C'est tout ce dont nous avons besoin, à présent.

– *Never ending story.*

REMERCIEMENTS

Alors voilà, je pose enfin (ou déjà) le point final de ma première new romance en solo. Pendant l'écriture de ce livre, j'ai eu l'impression de devoir réapprendre les codes de l'écriture, moi qui suis habituée aux genres de l'imaginaire. Et pourtant, je me suis éclatée.

Je voulais écrire une histoire d'amour contemporaine depuis plusieurs mois, mais c'est finalement avec Hope et Adrian que j'ai sauté le pas. Tous les deux, ils sont magiques. Incroyables. J'ai chanté avec eux, dansé, ri, pleuré. Merci à vous d'avoir été des personnages si merveilleux.

Les remerciements, donc. Cette fois, je dois dire merci à ma maman, en tout premier. Grâce à elle, j'ai baigné dans les comédies musicales depuis toute petite. J'ai regardé Grease des centaines de fois et je ne m'en lasse toujours pas.

Merci à Marie et à Eulalie, pour m'avoir encouragée à publier son livre sous mon «vrai» nom de plume. Vos commentaires et votre soutien m'a porté jusqu'au bout de cette histoire.

Merci évidemment à Lucille, ma Luluberlu, qui refuse que je publie un livre si elle ne l'a pas lu avant. T'es ma meuf sûre, forever.

Enfin, merci à vous, lectrices et lecteurs, si vous avez eu le courage de lire ce livre et d'aller jusqu'au bout. Grâce à vous, je vis de ma plume.

Et ce rêve, je n'aurais jamais pu le réaliser sans vous.

À PROPOS DE MEGÄRA NOLHAN

Megära Nolhan est une jeune et gentille sorcière, un peu perchée, qui aime le calme et la tranquillité. Elle vit quelque part en Loire-Atlantique, bien qu'elle adore sauter sur son balai pour voyager dès que possible.

Elle a vécu à Paros, dans les Cyclades, et à Lanzarote, dans les Canaries. Un peu lassée par les îles, elle a élu domicile en France où elle écrit des romans du fond de son lit ou de son canapé.

Heureusement que son coach sportif personnel veille sur sa ligne. Noodle, son chien, promène sa maîtresse trois fois par jour minimum, la traînant souvent comme un boulet.

Megära a aussi une passion non dissimulée pour les livres, les films et les séries. Fan de dystopie, de fantasy et de fantastique, elle touche du doigt son rêve de vivre de sa plume

SES LIVRES

Let It Snow
Paru en 2019

Six Pieds Sous Terre (duologie complète)
Parus en 2020

Chasseuse d'Âmes (trilogie complète)
Coécrit avec Pryscia Oscar
Paru en 2021 chez Explora Éditions

La Selkie (trilogie complète)
Paru en 2020 & 2021

Atypicalypso 1/2
Paru en 2021

Loup-Garou & Bas Résille
Coécrit avec Lucille Chaponnay
Paru en 2021

Vous avez aimé ce livre ? Laissez-lui un commentaire sur
Amazon !.

www.ingramcontent.com/pod-product-compliance
Lightning Source LLC
LaVergne TN
LVHW042346190726
843493LV00005B/939